胡人說書

駱以軍

目次

贖回最初依偎時光

童偉格／《西北雨》二〇一〇，印刻

克蒂斯能描述各種自己從未見過的事物：世界是詞藻的海洋，是沼澤、是沙漠，瞬息萬變地環繞他所站立的方寸之地。魯恩總看著朋友，七手八腳為眼前所見的事實塗上一層又一層厚重的油彩，直到一切黝黑而可疑，不再是原來的樣子。……「朋友，」每一場戰役後，魯恩總對克蒂斯說：「您知道的，我但求公平一戰。」「我的朋友，」克蒂斯總是聳聳肩，一手敲著拐杖，一手扶起魯恩，對魯恩說：「只有讓他們在我的言語前，成為需要嚮導的盲人時，我們才平等。對此，我深感抱歉。」我深感抱歉；幾乎每則歷險，都結束在這句話上頭。事後想起，這亦是整個童年時代，白紙黑字浮現在我腦中的最後一句話。

我讀童偉格，視覺上那翻動著空曠的場景如此像年輕時看的塔可夫斯基。但流動的詩意卻讓我想到以色列小說家奧茲，或較好時的石黑一雄。

等待，一個被遺棄的孩子。「時間本身，單純地讓每個人終成鰥寡。」一種時間的洞悉同時放棄。一種靜默的瘋狂，一種焦灼、緩阻，目視著學習老人們（後來你知道那其實是死人亡靈）如何無聲在這殘酷的荒原和時間中，慢速地活著，不，展演他們儀式般慎重以對，像某些要素被吃掉被隱蔽的記憶，「最好的時光」（但難以言喻的古怪）。

小說是這樣靜謐的獨自時光（也不是獨白或獨語），而是獨自感受著星光、流風、時間、大海、暴雨臨襲前的風雲變化，無害但存在於老屋或這座島各處的鬼魂。一個完滿的宇宙。

空間上它是一座島（或有兩個不同名字：狗山和光武島的不同兩座島）。這個島，也許譬似艾可的《昨日之島》，似乎泅泳過去便穿過換日線到被時間沒收的另一端；但卻又歷歷如照明燈下近在眼前栩栩如生的遊樂場。「我好像必須花上淺薄生命裡的數十個年頭，才敢向自己確認，也許，它將永遠如此靜靜的瘋癲，像宇宙中最稱職的療養院。」這個霧中小島有神話時期的父親，有史前時代的軍隊，有王爺府，有火車、鐵路，有校園、村落、家庭、鄰里親人……在這些地貌場所上活動並進行著什麼的人際關係。小說的大半本以上這個小說像在翻印著一具你找不到邏輯的窗口，一種村上春樹的末日之街，石黑一雄《別讓我走》那提供器官之複製人的寄宿學校，或瑪格麗特‧愛特伍的《末世男女》、韋勒貝克的《一座島嶼的可能》——是的，科幻小說，我們借著小說家的凝視，看著那一整片他描述出來的畫面風景，古怪又詩意，其實是童偉格將那「災難」的耳半規管從所有飛翔情節之鴿子的內裡摘除掉了，那變成一種「空望」。童偉格在晚近以單篇形式發表的一篇題名為〈將來〉，奇怪的是，「將來」除了作為這整個小說接近結尾部位的一個時間邏輯的給予，恰像是童偉格自《無傷時代》即發展出來的時光劇場，讓它們進入核爆過後的世界。計時失去了任何藉以形成描述人類存在之意義，與回憶相對應的是一個被永恆取消掉了的現在，那是一個死亡的時間，「已經」終結了，但無法在目連救母式的巨大悲願重建這一切枯荒無望之曠野的同時，「解決」那悖論的仍在前進的物理時間。

那讓人想起馬丁・艾米斯的《時間箭》。一部小說如錄影帶倒帶，時間是顛倒進行的，我們眼中所見，竟不止是動作的倒轉：抓姦的丈夫變成把妻子送給姘頭的皮條客，劊子手贈予死屍完整的身體和生命，噁心的糞便從馬桶的水喉上升吸入人的肛門，之後從他口中吐出豪華豐盛的美筵……「當生命倒著走時，一切變得美好了」。在童偉格的這個「將來」的世界發生著什麼事呢？一種保護著——甚至如在碎成破片的倒影世界裡傻笑著，如失聰者，如杜斯妥也夫斯基的「白痴」——《無傷時代》的，以超荷於「小說所能贈與、贖償真實之空無」的願力——黏貼模型那樣「小小世界真奇妙」的一個空間化的「白銀時代」（借王小波的書名）。那是我所能想像小說家用不可能之死物與屍骸，用一「借來的時間」讓它們活在宛然畫面裡（一座被大海包圍的島）。

所以這個只要用願力泅泳過換日線的「昨日之島」，一切都變換成白銀熠熠的「將來」，在「我想起來了」的魔術啟動之前，它們恆只是漂浮靜止於巨大標本皿內的死物（殘缺的曠野），一種內向封印於族類的環節們失落的「故事」。這種刻意返祖，剝落掉寫實主義以降強大復刻「真實」的細節元素，使之類似神話（寓言）場景的「故事」，讓人想到巴加斯・尤薩的《敘事人》：「因為在馬奇根卡斯人中間有一個擔負著十分特殊任務的人，他既不是巫師，也不是巫醫，而是主要擔負著講述歷史的任務。這個人是講述事情的、說話的。不久前，馬奇根卡斯人還是分散的，孤立成一個小小的公社，有時是人數很少的家族團伙，因為他們居住的地區是非常貧瘠的……不能組成重要的社會集體。這樣他們便完全分散、孤立的生活。馬奇根卡斯人稱之為『敘事人』的人物是他們各團伙之間來往聯繫的一種形式，有些像中世紀的行吟詩人，也有些像巴西東北地區尚存的流浪歌手，彈著六弦琴，走村串鎮，邊走邊唱。至於『敘事人』並不是唱歌而是講故事——既講他們在別的部落裡看到的事情，也講他們自己的經驗、公社裡過去的歷史故事、神話、傳說和個人編造的故事。」

這個在死者、祖先、昨日和將來間，傳遞故事（或夢境）的「我」，是一個退化症的畸人（譬如《鐵皮鼓》的侏儒奧斯卡，《摩爾人的最後嘆息》裡的早衰症少年）。歷史在這個島因某種畫框外的重擊而擱淺了，所有人都停止在那故障的時刻裡，「一個人出生的地方，終於成了他們所能抵達的，最遙遠的地方。」停格，曝光，永遠重複。「我」的父親是個外國人（飛行員。飛機被擊落而被島民俘虜關在大狗籠裡），像瘋了時的老邦迪亞那樣以原人形象成為猿猴般的展示物。真到父親的國家戰勝，島民這一邊的國家戰敗了。「但是，『恥辱』哪裡去了？『仇恨』哪裡去了？還有，『憐憫』哪裡去了？」「我」構造著父親的感受，凝視、獨白、頓悟。由這個退化症的「我」，「無傷時代」的「我」，慢速，默片、黑白膠卷地投影那個父親孤自面對一島之人的屈辱、仇恨和憐憫。這樣篩沙也似流光從眼前傾落，一種偏執的觀照，想看清楚無辜的每一個在場者是在哪個關鍵遭受侮辱和損害。其實其證物泯滅之哀慟一如舞鶴之〈拾骨〉。只是童的「祖先遊戲」之抒情核心更在「寬諒」。寬諒什麼？「我」的罪如迷霧包裹，層層遮蔽（他的祖先們並無罪啊，有的只是被剝奪、被侵侮、被壓碎了）。因為「我」無法修補父祖們的壞毀？「我」故障了，這個僅能用如此艱難晦澀故事重建殘酷時光劇場之「我」讓想像中的父祖失望了？「當簡潔與溫暖，終於也像餘燼那樣將要消亡，對他們的每次猜想，於我就像傾巢的話語，去抵禦那個終將沉默的自己。」

所以這是一個「自己」之書。但那又是一個魯佛的《佩德羅・巴拉莫》的世界，所有死去亡靈的追憶、懷念、遺憾，全部進駐這個唯一活人（甚至他發現自己也早已死去）的意識。「我」負載著這所有沉默無告的祖先們那麼巨大無垠的苦難，「自己」是遺忘的荒原最後一隻稻草人，最後一根鹽柱，但我難改自己血液基因裡那善於苦笑、沉默、原諒，和畏敬海天的天性，「我已經無話可說了」。「我」，假定是複製自他人生命的贗品；但同時對抗這種複製，形成了楊照所說的「廢人存有論」：不給人帶來困擾，不與這世界發生過多不可測的聯繫。

「我」養著一隻「穿透了老王的心」的那隻小象；「我」在父親面前和看不見的貓玩把戲，這樣馬歇・馬叟式的和不存在，已離去的失落之物（親愛者）玩「他們仍在場」的默劇，「我」像捧著將要迸散碎落的水，那樣小心翼翼，那樣預示著「將要」，必然的失手。那個慢速連笑話都失去了該有的痙攣，「沒關係，笑話會等人。」或「好好想，你時間多。」「他」（在後來的章節證明是「我」的祖父）在「我」的夢裡，時光運鏡不斷往前推：包括「他」總是被陌生人騙走的母親；「他」在軍中承受那一次靜默荒謬的暴力，薛西佛斯式的浪費；「他」的父親為了兒子的命運去找神乩打架，想收回海王之神諭，最後卻變成那麼悲哀、孤獨，那麼自由對羞辱的反轉冥想之死前時刻。當「自己的故事」退無可退成為「箱裡的造景」——「『他的』山村如何被封固在一個更為繁複的人造童年裡，和時間兩相遺忘，在地理中消失。他帶動一整幢病院，發現世界並沒有瘋」，只是變成一死者回返的霧中風景。「我全部想起來了。」從無言、失語而至這整個小說最後滔滔不絕的描述，「我」成為那個之前因舌頭賈禍的海王，喚起所有人的記憶，「我深感抱歉」。「我」睡著了，在夢中造鎮，又用小圓鍬鑿毀整個島活人與鬼魂的阻礙；「我」，一種贖回的意志；「我深感抱歉」，為著同時祭起這驚擾亡魂而融化已凍結的時光，讓不知自己已死的親愛之人們重演活著的時光。但那正是「我」和所謂界線外粗暴、快速、無感性的正常世界對決的「平等的話語幻術」。倒帶、透明，揹著快樂無害的他們在這片夢中荒原跑，從葬禮出逃，拉出這樣一幅浩瀚如星河，讓我們喟歎、悲不能抑、靈魂被塞滿巨大風景的「贖回最初依偎時光」的夢的卷軸。

二〇一〇年二月號《印刻文學生活誌》

底層的珍珠・微物之神

房慧真／《單向街》二〇〇七，遠流

讀運詩人的文章，很像小時候讀《西遊記》，每每唐僧師徒又夢境般從凶險劫厄僥倖過關，和那些遙遠國度的國王「交換度牒」，對那時的我而言，「度牒」似乎混淆了年節中元站在母親身後，看她將一疊一疊印了銀箔小方塊或紅圈的黃草紙，或寫滿經咒的薄冥紙，摺疊丟進火盆裡的那些「神鬼靈妖之文」：一種往神祕之地的通行證，一種除了奢侈交給火舌舔捲你無能力解讀的濃縮故事，一種像《百年孤寂》邦迪亞上校那十七個最後同樣被神祕獵殺的兒子們額頭上的十字徽印：永無法超度的孤寂與流浪，那些「度牒」——或應說出自這個高額頭一雙洞澈人世的古怪女孩之手的這些「不快樂的故事」——以極簡（甚至近乎潦草）的線條匆匆記下別人可能以一生交換的浩繁鉅冊，《大唐西域記》、《山海經》、《唐吉訶德》……一個文明的覆滅，一座城市的廢墟筆記，一部遷徙者後裔的暗室傷害史，一齣齣如柏格曼《芬妮與亞歷山大》、《哭泣與耳語》那樣的仲夏夜噩夢……然而我們手中只是一張一張符籙般的「度牒」：一張疊著一張蜿蜒成一架盤旋險峻通往無光所在的天梯：

陰沉乖戾的父親所主導的古怪的「家族旅行」。

密室裡幾個互相傷害的女孩靜置。

像《盲眼刺客》那個將闇夜裡的一朵一朵煙花般明晃晃的夢境編織綴補成一幅巨大的故事百衲被；像安潔拉・卡特《馬戲團之夜》裡一群妖異女孩輪流說著又純潔又邪惡的怪胎、處女神、娼妓，各自奇技淫巧的神祕能力；又像巴加斯・尤薩的《酒吧長談》，一千零一夜的拋故事抖包袱，用各人的身世，作為擦亮燃燒這無情世界的火柴棒；或是吉本芭娜娜《白河夜船》裡那個陪睡的靈媒，替人吸收他們各自夢境中的渾沌纏絞在一塊的傷害、絕望、恐懼，與遙遠的渴愛的童夢……

或是村上春樹《世界末日與冷酷異境》裡，那圖書館裡喫下城市裡所有人夢境的「獸」的頭骨——最後它們的屍骸被和秋天的枯葉堆在一起焚燒；那些曾被竊占吞食的「命運交織的夢境」們，又徒然地燒成灰燼，歸還於虛空。作為運詩人她的部落格「單向街」長期的讀者，我有一種「啊，確實無法將一座波赫士或卡爾維諾式的立體迷宮摺疊，壓扁成一平面書的形式」；我們手中的這本看似「散文集」的書裡的各小段文章，原本即是一組龐大的「詞條」或「索引」。它們常在那深夜寂寥的電腦屏幕上，招魂般引來不知原先藏躲於何方的古怪靈魂，臥虎藏龍，他（她）像盛裝而來參加這些關鍵詞嘉年華的中世紀修道僧，帶著各自珍藏的孤本書、祕聞、流浪旅行之所見，聚首於這條單向街上，嘈嘈休休，旁徵博引，大擺龍門陣，有時是方法論或邏輯的大論戰；有時是故事接龍；有時是讓人歎為觀止的龐雜知識炫學；有時是各自記憶某一條老街某一個古早喫食小攤（譬如麵茶、涼粉……）的開水壺蒸氣鳴響與難以言喻的氣味。

我曾在運詩人的《單向街》或其他某幾位年輕創作者的部落格目睹過這場以電腦屏幕為各自城

邦的文藝復興。一座青年藝術家們心中「原該是這個模樣」的奧麗文學殿堂。他們用蒼老的腔調談文論藝，嚼食四面八方，不斷增長累疊的書本圍城，卻又常洩漏出年輕知識分子的青春潮騷，時或擦槍走彈，論述重武裝在那條街上蜂巢式殲滅火網亂射；時又七嘴八舌，像小學生（小丸子？）討論卡通公仔型號那樣虛榮狂歡地互補書單、電影、發燒碟、記憶街景……關鍵字串。我總感覺其中有一種類似愛特伍《末世男女》那種科幻滅絕神話一般的，文明在荒原中從圖書館廢墟灰燼中從頭撿拾綴補，重建心靈史的火神廟孤兒的悲壯。

運詩人的泛愛眾讓我想起年輕時的天文天心，但她確實在書寫的渡船划入各自不同身世、臉孔之人的隱蔽沼澤、曲折荒蕪之境時，又多了一種療癒系的，天使淚滴之類的神祕氣氛。

有點像吉本芭娜娜小說裡那個靈魂純淨優美的「陪睡人」，在深夜的藍色螢幕上，她的一千零一夜故事不是向陽的，常是向陰的：

「而我總是被陰鬱的人事物所吸引。」——〈我的維若妮卡〉

「晶瑩剔透趨近完美，水晶般的R，我不知為什麼有一股衝動要去破壞她，打碎她，陰陰暗暗的劣根性，國中以後，依然存在於她的周圍，那些沒有她美麗沒有她聰慧，不懷好意面目模糊的少女臉上。」——〈我的美麗與哀愁〉

「有時我站在暗處，盯著客廳裡三人的互動，忽忽會覺得，我不在場的時候，才像個家。」——〈我妹妹〉

「過了社交障礙週期後，很自然地，我甩掉了艾勒芬。

這麼多年以後，我總記得，有一次和艾勒芬去上游泳課，結束後，我們排隊沖洗。她排在我

前面，先進去了，不久，一股暖暖的熱流傳過來，淹漫過我的腳踝，沒有熱水，那是艾勒芬的體溫。」——〈艾勒芬〉

底層的珍珠。微物之神。不快樂的故事。作為運詩人「單向街」這個部落格眾多讀者之一的我（慚愧的是，我始終是個潛水者），總在孤獨靜夜讀著她這一則一則像隱沒陰影裡之苔蘚絨毛的短故事，娓娓道來，無喜無悲，我的內心總充滿一種巨大的悲慟：這是什麼？怎麼可能在一如此年輕的生命上插滿了這麼多不可思議的玻璃碎片？有點近似當初讀到童偉格《無傷時代》的轟然迷惘。長他們十歲的我們這一輩，在一個遲到的現代主義未來廢墟之城的無景深表演區，用「ＡＩ人工智慧」、「銀翼殺手」、「蒼蠅王」這類橡皮靈魂合成人裝配線機器人之自我隱喻來構築和這個龐大但「存在處境已徹底隱蔽」之世界的關係，我們擴大並繁殖自己手中握著那一點小小的傷害來編織那些密室裡的，「內向世代」（黃錦樹語）的故事，神（應該說是蒼蠅吧）的複眼、法國新小說的完全客物化，身體的尤里西斯流浪，穿孔變貌與吸毒，或如德希達所謂「形上的永遠漂泊與替代」……，但是這些三十歲上下的年輕說故事人，正在一塊一塊拔下插在他們靈魂上的玻璃，安靜地（沒有文學論戰，沒有文壇大哥的喜惡提拔或打壓，甚至沒有發展的舞台，面對的是一片純文學出版之荒原）砌造他們的「單向街」，他們的「無傷時代」。

他們正用一種溫柔害羞的形式，如《霧中風景》裡那對固執的姊弟，僅憑一張風景幻燈片，便長途跋涉去找尋那個失落的父親，和這個傷害他們的世界和解哪。

不能免俗地，我也提一下班雅明那本同名書《單向街》，如同王德威先生與黃錦樹先生最早在論及朱天心「漫遊者」形象時，引用班雅明在〈新天使〉中提到的克利的那幅畫：一連串事件與災難，壞毀的廢墟與堆置的屍體，天使張大嘴，目光凝重，雙翼撐開，想補綴這成為碎片的一切，但天堂的風暴吹來，把他背對著吹向他所痛恨的未來。那個風暴即是所謂之「進步」。班雅明對於資本主義現代精神、法西斯，對現代藝術經驗之匱乏……種種嚴厲且憂鬱之批判，他對於古典昔時優美教養之懷舊與戀物，他的「撿破爛者」詩意的形象……種種都在《單向街》這本小書裡，以非論述而近乎一條「不存在的街」的地圖誌札記形式，殘片地留下他的冥想與隨感。那些小章節之標題本身就是一條時光之街上的建築或地景：〈加油站〉、〈早點鋪〉、〈擺滿豪華家具的十房住宅〉、〈墨西哥大使館〉、〈建築工地〉、〈時髦服飾用品〉、〈古董店〉、〈失物招領處〉、〈面具存放間〉、〈站著喝啤酒的小酒館〉、〈餐廳〉（啊他在這個夢裡夢見自己與衰老的歌德一道用餐，並在要扶他起身時，觸摸到老人的肘部而激動哭泣起來）……

這些標的物確定了「單向街」的存在，但密存在它們各自內部的記憶或夢境，卻恰如逆反那條「單向街」悲傷無法挽回通往未來（或現代）之人文指標，它們「以這種方式迴避夜與晝這兩個世界的斷裂」，像焚燒夢境，像格列佛在孩子收集的郵票上的國家與人民之間旅行。像陶醉在一種「全景幻燈」式的停頓凝視。

〈全景幻燈〉是《單向街》裡的一章，在允晨版的注釋裡，提到全景幻燈「是十九世紀德國人奧古斯特・弗爾曼發明的可以二十五人同時觀看幻燈片的環形幻燈屋。它像一個巨大的圓筒……周圍開二十五對小窗口，窗口裡有一對立體鏡，像望遠鏡的兩個鏡頭。……畫片通過齒輪機械裝置控制，從立體鏡前面經過。……在任何位置都能看到裡面的全部連環畫面，故稱之為全景幻燈。事實上，看全景畫的人和今天看全景電影的人所處的位置正好相反。……第一次世界大戰後，電影與起，全景幻燈便逐漸衰落……」[1]

「全景幻燈」或是班雅明「穿過」、「凝視」、「耽於細節」他那個一九二〇年代歐洲文明的方式，異於後來成為百年後人類視覺敘事進化後勢之電影的線性河流，你一次只能專注地凝視一張畫片，因為那風景讓你踟躕停頓許久，所以在轉換至下一張畫片時，它不只是一張風景畫了。你的「灰色的夢境牢牢地黏附在那視覺暫留的寂寞與惘然」，然後下一張畫片，再下一張……如此的全景，糅雜裹脅了觀看者對自己置身之歷史文明時刻的沉思、好奇、噩夢、失落的鄉愁、救贖的童話可能……

種種種種。

我想這或許也是運詩人這本《單向街》如水晶雪景球俯瞰著她置身的這座城市，這個文明，這和她「不斷累聚的陰影往下望」所纏繞連結的，她和許多她的「街友」們，從暗夜芙渠慢慢編織成一片驚人之故事海洋的祕術。但或許所謂「業餘偵探」，所謂「都市拾荒者」，所謂「全景幻燈」……都是我這輩廢墟悼亡人一廂情願對運詩人這輩創作者，缺乏想像力的遠距式描述。在她這本「詞條之書」裡，你會發現一種奇異的，如日本動畫家今敏的《千年女優》、《盜夢偵探》那樣充滿穿越廢墟荒景，故事文本，夢境，他人之痛苦，古怪知識……各種界面世界多棲式皮膚、鰓肺，以及自由變化以潛泳或飛行的鰭肢與翅翼。她的文字始終帶著一種童女的好奇、悲憫與邪穢不近身的貴氣，如同《盜夢偵探》的結尾，在夢中之夢由俄羅斯娃娃層層卵覆的夢境核心，原來所有

1　瓦爾特，班雅明《班雅明作品選：單行道、柏林童年》，二〇〇三，允晨文化。頁四六。

人在夢中被病毒汙染加入一種玩具傀儡失智的狂歡恐怖遊行，全因這一切夢中壞毀虛無灰色場景，是一位企業帝國總裁的邪惡夢境，但女主角在那所有人俱被詛咒成故障玩具、倒影與城市廢棄物的獨裁者夢境中，化身成一兩眼無邪的女嬰，她完全不理會那邪惡老人的枯竭卻無處不覆蓋的權力意志，在老人的夢中把老人創造的龐大死灰城市場景，吃進她胖胖的嬰孩肚腩裡。細看運詩人的這些短篇章，會發現她的身分隨著那一切顛倒恐怖、華麗照眼或樓塌樓空的城市實體與幻夢之複雜造境而自由變化：童年受創的不快樂女孩、印尼人、集體宿舍裡的女大學生、養貓人、夜遊神；人妻、公娼義工、「先秦陰陽五行數術黃老」的論文作者、影展趕集人、追憶似水年華者、抄書者……這樣的身分換串與變貌，在我這輩的「現代主義型說故事者」，常因長期換檔而出現靈魂似胃液逆流之職業傷害，因為我們常總以宅男或浪女之單一真實身分在作身世交換與故事妄造，一種童話救贖無解為起點的廢墟紀錄片。我們像電影裡那個童夢與野心弄混的造夢老人，腳下站著的「現實」其實僅方寸之地。

一直到我認識了運詩人和她的「老男孩」（此君亦為一宇宙無敵怪咖，來日有機會再等運詩人寫他的幻異故事吧），像是遇見了《艾蜜莉的異想世界》裡那一對害羞、好奇、傷痕自我修補的男孩女孩台北版。我被他們帶領著，走進假日午後舊巷的「日日春」看公娼阿姨當年接客小屋後巷綠光搖曳的矮牆；到「樂生」看那跡近人去樓空的零餘者莊園；他們帶我去西門町聽紅包場；眼光發亮地告訴我台北哪條老街舊巷裡有一家怪旅社多麼多麼有意思，哪一幢尚未拆掉的無人老公寓可以偷爬進去冒險……而這一切於我仍止於「獵奇」、「窺看」，卻是運詩人低調靜默多年生活其中的城市動線。

無有躁鬱，無有憤怒，如此溫柔，如此哀憫。

寫這篇文章的此刻，我仍尋思著，那看似涓涓細流卻不會枯竭的愛與好奇心是源自怎麼樣的靈魂設計？有一陣子，我陷入憂鬱症近乎無路可出的死蔭之境，有一個深夜，獨自在家附近的馬路徘徊亂走，坐在街邊抽菸，因為沮喪而像個遊民那樣哭泣起來。那時心裡想：「這個世界若無一人在乎我的存在，我便吊死在眼前這棵榕樹上唄。」

那時，一秒不差，像神跡一般，我的手機簡訊響了，是運詩人傳來的，簡單、安靜的問候與祝福。……

從此便成為朋友了。我猜「單向街」上賃租或遊晃的眾多古怪靈魂們，應也一人有一則這樣超現實的，和運詩人及她的「老男孩」的神祕情緣？

黃錦樹／
《南洋人民共和國備忘錄》二〇一三，聯經
《猶見扶餘》二〇一四，麥田
《雨》二〇一六，寶瓶

寫在南方

＊火，與危險事物

「延長賽是尷尬的。」

「延長賽是尷尬的。」

這裡頭，在閱讀的默契——那之於馬華之外，對南洋華人一百年之遷徙、捲入「遠方的鼓聲」、熱血回振某個南來者的革命之夢、失語症的被殲滅、被「神隱」其名字、懸空在一「去脈絡的現實」……幾乎全然無知，常只能調度「異國感」（而正是拉美魔幻、印度、非洲小說在確定自身「進入」歐洲小說大書寫的一個重要的自我戲劇化與掙扎）——小說先於原本無知、無共感知「史」（南方，南洋，馬華近代史，馬共史）而鮮豔、氣味濃郁、雨林裡如上帝或佛陀最晦澀炫技之刺青的蟲魚鳥獸、熱氣蒸騰的性、同樣熱氣蒸騰的原始屠殺，一種人類學情感的「之於外」、「空白頁」、山海經式的奇觀異想、被殖民史、日軍暴力南洋進兵史。二戰後馬來西亞獨立建國史一次次「在他人的國度」之捶擊重塑不同形狀的認同地位……活脫亂跳的蹦入「我們」（台灣的小說讀者，或共享華文的小說讀者）超出想像維度的景觀。所以，李永平的《大河盡頭》、《吉陵春秋》；張貴興的《群象》、《猴杯》、《我思念的長眠中的南國公主》；黃錦樹自己的《魚骸》、《烏暗暝》、《刻背》；到黎紫書那近乎「古老戲曲熠熠發光世界、栩栩如生之博物館」（可以王安憶《天香》對照讀之）……幾乎任一種古魅幽靈的故事入口、傳奇旋轉門，都可以闖進那飽滿、暴脹著存在劇烈剪影（父母餐桌暗著臉的低語祕密、像公猴般生殖力強大的某個父系祖先、殘酷的屠村、屍骸被野獸撕碎吃光、強暴芭蕾舞劇的性的腦額葉爆炸或懺情錄、旖旎的彈詞琵琶戲台上人或濕雨的小鎮〔通常是離開的異鄉人：從《十七歲出門遠行》到《如果在冬夜，一個旅人》〕，布魯諾・舒茲那異變成大型禽鳥標本或螃蟹的父親……）。

這是「我們」即使不懂「馬華」內心那傷害史時鐘、層層累聚之離散者考古地層學的，那麼艱晦澀的整幅二十世紀「史的現場」，也能「魂兮歸來」（王德威語），將之「聊齋化」、福克納「南方化」、馬奎斯「百年孤寂化」的閱讀：一種異史與無河之流、鬼影幢幢，符號大矩陣快閃紛繁的神話學式擠壓與狂歡。

我們可以什麼都不懂，卻裝作是最好的、最熟悉故人的「馬華小說讀者」。

然後我這樣一個讀者，從最初的時刻，就屢屢摔趴在黃錦樹的小說（每一個，只是一個短篇的篇幅）之前。似乎他在操作著一架超乎你掌握的小說機械論更「非如此不可」的認識論的未來創造：最開始觸摸那發著黑夜純淨冰冷光澤的巨大火車頭裡的鐵鑄鍋爐、銅管蒸汽閥、嵌合連軸桿、魔鬼臉孔般的儀表；或是最開始在一個夢中醒來，漂浮著不知該摸哪裡的一架朝寒冰天宇飛去太空船艙內；或是虛空中疊棧搭勒拱天窗，那阿奎那的《神學大全》或愛因斯坦與波爾的「EPR」思想實驗論戰：完全抽象、純淨數學，在演算中疊高、脫離僵固物理學舊慣性，才得以趨近之「謊言與真理之技藝」。

問題在於這錦樹關於馬共的一句感慨關鍵字：「延長賽」。

一篇先於小說集而浮現腦中的，這本「當時尚未出現之小說集」的「自序」；一本虛構的，應該長這樣，雖然現實裡未必如是，但以這小說家一人「代筆」，偽造出的《馬華小說選集》；一篇像波赫士〈另一次死亡〉；或村上龍〈五分後的世界〉；或更激進之《哈扎爾辭典》的〈馬來亞人民共和國備忘錄〉；一篇南洋該出現的陳映真小說；一個並沒有如史載被日本憲兵祕密處決的，變成南洋女海盜老公（且多子多孫），被困於南方（遺忘、默寫上半輩子知識構成之華文經典）的老人郁達夫……

應該發生過的九十分鐘正規球賽，在這國境之南的地圖上，最慘烈的衝擊、犯規鏟球、紅牌黃牌、擔架抬出斷手斷腳斷頭者、觀眾席暴動，或是可歌可泣的十二碼罰球、魔術般香蕉弧度一腳進網的角球，一種人類以存在之個體妄圖拚搏，卻形成群體的疊加態故而產生之荒謬、恐懼、哀憫……到了這個天才神童上場的空闊綠草如茵的球場，卻發現：嗶嗶！沒有比賽，沒有那在他腦海中特寫、長鏡頭、優美野蠻史詩般穿繞、撲防、打落牙齒踢斷足脛的「摩羅衍那」、「摩訶婆羅多」……被屏蔽了？被「笑忘書」了？

他不斷用「南方」開「中原」的玩笑；用二十世紀末乃至二十一世紀初全球化景觀的資本主義大樓峽谷景觀、笑忘書的政客、媒體人、盜賣「文化財」（屍骸或手稿甚至糞便化石）的商人之巴赫汀愚人宴狂歡開「華教」、「族魂」的玩笑；用魯賓遜式的野人傳奇、猴子後裔、巨大的屌開那些「原鄉神話」（被創造出來的失落烏托邦）或謎一般的「感時憂國、涕淚飄零」（郁達夫）的玩笑；或用「錢鍾書養的鸚鵡」、「顧城的死亡詩劇布置」、「日本學者掌握的郁達夫無限晚年寫在無數『香蕉鈔票』空處的默寫遺稿——古今名詩詞兩千首、古今名文三百篇、先秦諸子、歌德《浮士德》、密爾頓《失樂園》、但丁《神曲》」，將晚清至民初，那個魯迅、張愛玲們遭受的碾殼般的中國古代與西方現代的痛苦車裂文明撞擊，拉至南方，成為一種《蒼蠅王》式的荒島惡童原始劇場，或如瑪格麗特·愛特伍《末世男女》那樣的「創世紀」，或艾可的《昨日之島》：另開一個從零開始的自由狂想蠻荒布置，無人在場（大人；二十世紀世界史那擁擠、自顧不暇其歐洲文明的崩毀、大屠殺、文明壞墮、機械複製的新舊帝國們；或那個祖先遷移往這熱帶叢林之前的「我的祖國是一座祕密地下電台」……全部不在場），一個像齊天大聖孫悟空，被其內在暴力、「為何是神猴」，但又一抓毛髮幻變出千千萬萬單一個體承受（卡夫卡的《城堡》、孟克的〈吶喊〉，乃至奈波爾的《抵達之謎》）的迷惘、失語、失史、被棄在千百華人苦力脊背被小說狂人妄圖以中文之《尤里西斯》（不可替代的革命性的現代主義方案）刺刻於一「肉身的痛」、「隨生命流逝之短暫性」、「活生生的載體」這經典的奇想——從魯迅的「吃人血饅頭」，朱西甯的〈鐵漿〉，到莫言的《檀香刑》，這不知已奔跑到多遠的噩夢國境之南，小說觔斗雲能翻跳的不可思議顛倒幻夢、形銷骨毀了。

被引渡到了「南方」。

如錦樹在《南洋人民共和國備忘錄》自序〈關於漏洞及其他〉一文中，半嘲半謔說「那時也想過嘗試用各家文體來寫馬共題材（如愛倫坡體、卡夫卡體、波赫士體、昆德拉體……），似乎過於偏向於遊戲，喚不起激情，也就無疾而終了」——我完全相信，當代整個華人頂尖小說家之中，只有他有這能力及「演奏小說」之音域，可以實現這樣一本「在他念頭中出現又作罷」的「二十世紀偉大小說家們擄起袖子各寫一篇『馬共』小說」的「如果在南洋，一個旅人……」（同時我們會疑惑想起，那個原本更激進的余華，更先鋒的格非、馬原，那個張大春……他們到哪去了？）

同一篇文稍後，他又提到：

有一年，想寫一本假的馬共書信集，與其說是為了講故事，不如說是為了個中的省略和漏洞。／也是自然的無疾而終。／原因之一或許在於，我嘗試擬仿的那些人的文字能力普遍不佳，不論擬仿的逼真與否，下場都一樣：必然是部失敗的小說。

或再印象派的補一段他十年前在《刻背》後記就已經提出的話：

……可悲的是，做為異鄉客，我們的寫作，在此間的文學消費市場上，宿命的若非被當成異國情調來消費，便是把技術看做是它們意義的唯一依據。這多少可以解釋我的兩位同鄉前輩的寫作何以選擇如此徹底的美學化，因為選擇和自身存有的歷史對話就等同自絕於此間的讀者。即

> 使是長篇累牘的注和解說也是無效的，解決不了它們內在必要的沉默。借維根斯坦的話，簡單性和複雜性都不是自明的，而是被語境決定的。

如此，不僅是將五四〈文學改良芻議〉後百年、那驚心動魄的西方（或應說「世界」）小說引進、在地對話、實踐、誤讀——如所有第三世界文學「現代」的自我觀看視覺與自我敘述的聲音（通常是「巴別塔」的詛咒：雜語爆炸的機械）之「發明」，調快了歐洲四百年幾條小說傳統河道演進成渠網的小說鐘面之命運——但或已在二十世紀末的全球化大國文化輸出，透過不可能模仿的巨資電影工業，網路、智慧手機的媒體革命，或傾倒如海嘯的《哈利波特》、《達文西密碼》之類複製的席捲模式……完全實踐其「文學——書（或不同載體）——商品」之宰制；那個「北方」（「中原」、「作為所有文化地震的震央」），因為上半個世紀的毛語言宗教式大清洗，農民（「為人民而文學」）語言成為國家文學語言之隱密的正朔，反而奇妙的接收、模仿這種「國境是平的」的暴脹式出版景觀。

之前之於台灣的文學場域（文學史；文學出版、市場、讀者；發表之空間；學院的討論，討論後面的歷史或文學史的記憶河道；下一代作家進入文學舞台的窄門……）的「馬華小說」，在「大哥想扮演西方想像的那個『中國』」，「二哥想扮演那個西方想像的那個『台灣』或大哥想像的那個『民國』」，「魯迅成為『大哥的魯迅』」，「現代主義成為『二哥的現代主義』」，「張愛玲成為『大家的張愛玲』（我們一家都是（上海）人？）」……作為「馬華小說」的那個孫悟空的黃錦樹（或他想「刻背」於己身的「中文現代主義——一個未完成的計畫」），那真正可以將華文小說的創作維度，帶進波赫士、納博可夫、卡夫卡、馬奎斯、昆德拉、奈波爾、魯西迪、大江、柯慈們的「小說摩羅衍那」、豐饒之海、唐吉訶德那無比自由的故事冒險大曠野，這樣一個現代小說飛行計畫可能擁有最未來設計圖、最大運算資料庫、最強噴射引擎的變形金剛，卻站在一個「預先宣判缺席」的空曠太空。一個魯賓遜，一座「先要把亡佚的父親重新生回來」的孤島。

當馬戲團從天而降

以〈當馬戲團從天而降〉這首卸除了「以波赫士式之短篇否證了長篇」最形式激進的，像「剜肉還父、刮骨還母」的對西方長篇小說那「大冒險」（倫理、認識論、存在主義、國族創病史、追憶似水年華……）的漫漫書寫長途，不斷剝除，一種所謂「短篇」的物理學或方程式世界再現（卡爾維諾說「宇宙的模型、無限性、不可複製性、時光之永恆、現在」），或是敘事（而非「濃縮」與「隱喻」）的量子化微測模型——連這「最後的」字與篇幅形成的文類邊牆都翻跳躍境——變成了詩，這樣的一個「馬戲團」（讓我們想起布魯諾•舒茲那孩童哀傷懵懂之眼所見，一個所有華麗夢幻「世界」拔營而去之前的，那傻氣歡樂的詛咒。或讓我們想起馬奎斯《百年孤寂》裡所有不同年代濾紙色層分析深淺暈圈的外來者：吉普賽人帶來的新奇事物、高地姻親帶來的上一代西班牙殖民貴族的宗教、歐洲、拉丁文、銀器……之教養作態或神祕感，美國人帶來的鐵路，色情電影、香蕉園及整批跨國移工……；或卡夫卡那自由變貌的動物、城市機構將之孩童嬉鬧化的「惘惘的威脅」；或葛拉斯《鐵皮鼓》那個人時鐘停止在侏儒（因此是男孩）的文明崩壞走馬燈大場景的流浪漢傳奇……）；這樣一個「從天而降」（讓我們想起杜斯妥也夫斯基的《附魔者》；易卜生的《野鴨》；葛林的《沉默的美國人》；奈波爾與魯西迪……）……作為被啟蒙、被贈與魔術奇景、同時被姦淫、掠奪，最終被遺棄的「可憐的小子宮」，被百年如浪潮的幻影侵入者一次又一次終只是魔術、激情後的虛無、竭澤而漁的被歷史遺忘……的《南洋人民共和國備忘錄》，它不陷入那筆記小說、稗史、異志、卡爾維諾《看不見的城市》（如董啟章在《V城繁華錄》所蓋的鏡像倒影之城）的陷阱；而是像乳酪狀蟲洞一個奇異維度可自由穿進穿出的「膜宇宙」；一個魅影重重走廊通道如迷宮不知在哪處鏽壞崩裂之下水道管便打開一個暴脹、繁簇妖異的（偽）歷史或記憶祕道：一個千瘡百孔、結滿傷痂膿血的「子宮城寨」：

「我可憐的卵巢」伊抑鬱的說，
「已然凋萎如老嫗」
是的　那隻可憐的小蝌蚪
如被擱淺在乾涸的河床上的老魚
張大了口喘著喘著
在牠三百六十度疲憊的視野裡
都是沙漠。

之後便是獅子座流星雨般的，從天而降的華麗、瘋狂、幻暴的各種駱駝、河馬、神的大篷精液

（好大一團烏雲）、穿著紅色肚兜的三隻小猴子、蛇、人頭蛇、互人、魚婦、三面人、刑天、獨角獸、那父、耳鼠、雨師妾……紛紛從天而降。三個小丑、兩個魔師……墜落感同時如轟炸意象，視維的自由碎裂、墜落物本身的神聖圖騰舊昔感（像班雅明那哀傷回望但陳列於拱廊街的靈光、靈魂之手工藝造之物）因所出之時代印象的錯幻；且從天而降的魔術師們，出場詩（介白）像發條玩偶般古怪、像布雷希特「史詩劇場」那刻意的突梯歌隊）、嘉年華如歌的行板、小步舞曲的豆子蹦灑節人文中的笑謔、爭吵、喧譁、「惡童的胡搞」。

「革命需要重整」

「指導一個偉大
革命運動的如果
沒有革命沒有
歷史沒有實際運動的
深刻要取得
是不可能的。」

注釋附錄的被倒裝、頭尾亂接的《毛語錄》原文：「指導一個偉大的革命運動的政黨，如果沒有革命理論，沒有歷史知識，沒有對於實際運動的深刻的了解，要取得勝利是不可能的。」

這像是《刻背》裡那些臉色陰鬱屈辱、背脊被異想天開的「偉大創作計畫」，刺青了零碎斷句的南洋華工，在我們眼前不存在的歷史廣場，混亂悲慘的亂跑，排列組合，如詩中那個俄國形式主義文論家「什克洛夫斯基」所說：

小弟的專長是
復活，詞的復活
讓石頭
更像石頭
讓花更花
大象更 gajah
tiger 更 haniman

這首詩讓我們看到黃錦樹可以展開的敘事曠野有多麼自由、任意召喚結界以撬開這個歷史糾結、多少塌縮、離散之族裔、身世之謎、被羞辱損壞棄之於「南方」的死靈魂們、承受且守諾攜於流浪之途且「祕密教喻」原封口傳子孫的「華教」，古詩詞古戲曲宗教祭祀（那永恆無法啟航的〈開往中國的慢船〉，鄭和的寶船幽靈船隊和荒塚遺跡，悲傷的失語的峇峇）。

這首詩〈當馬戲團從天而降〉，像是卡爾維諾在《給下一輪太平盛世的啟示錄》，〈輕〉這一章的提示，成為一種馬華小說的歷史意識那千頭萬緒糾葛辯詰（一不謹慎便被某一種「詞」的魔術師式換手裝箱便吞沒至「詞的死蔭之谷」：黑暗之心，作為太年輕的共和國或太年輕的民國各自不同中西衝突乃至其實已淘洗（或大江說的：被換成『冰雕的嬰孩』），或是和那移遷落地之鏡藤根盤錯或許並不那麼秀異的老一輩作品的紊雜心靈史礦層——它好像以「馬共」為賦格主題的各篇章（那背棄的、負著罪衍的、時光永遠停在樹林戰爭中或屠殺噩夢的、說謊吹牛的、揭開性狂歡野性生殖奇觀的、湮沒的重大人物被重翻開的瘋狂史）的「再一次」輕快演奏，一個提示，一個盤桓飛行其上的安魂曲。

但這首〈當馬戲團從天而降〉，同時是書中（這本《南洋人民共和國》）上一篇小說〈尋找亡兄〉將近尾聲時，那歷史劫餘倖存老頭的一段話中，懸而未說完的「潘朵拉之盒」：

「你知道嗎？五〇年代末，它的成員如果不是被捕投降，就是被殺或餓死。北方來的兩個魔術師改變了它的命運。一個來自莫斯科，一個來自北京。這棵樹本身就是戰爭的紀念碑。這裡是最後一場戰役的舊戰場。現在倖存的那些人，都不知道自己其實是幻影哪。」

「在最後的戰役裡，我們幾乎就要全部戰死叢林了。那時發生了一件事，馬戲團——」

奇怪的是，這話題就斷在這裡。憑空截斷了。

這篇小說的開頭，卻說要去「尋找的這個亡兄」，竟和他二十年前那篇已成為九〇年代短篇經典〈魚骸〉中的虛構哥哥，近乎一模一樣的身世背景，同樣的被軍警圍剿，拘捕入獄，之後「自我流放」的，沒被馬共史寫進的幽魂人物，「那不是我的亡兄嗎？」

故事如陳映真的《山路》，郭松棻的《月印》，一個被背叛的，發著純潔微笑的昔時，像是夜行列車穿過一座一座幽微隱蔽的隧道，像旋轉的藻井，不斷進入那個叢林深處，暗夜行路，讓人想到奈波爾《大河灣》、《在自由的國度》這樣的「尋找之旅」。

無岸之河的多重渡引

李渝在小說〈無岸之河〉的開頭，藉《紅樓夢》第三十六回寶玉窺見齡官與賈薔為一籠中鳥展演之戀人絮語，以看似無理之刁難、嗔怒傷害對方，其實以隱形之絲繩絕望又熾熱地在大觀園中禁制封閉、權力地位皆不對等的愛情關係中找尋一情愛交涉之「純潔」可能；或是沈從文在〈三個男人和一個女人〉中，以「說故事」之遞轉、懸疑、豔異傳說，層層切入一「不可能」的，在荒涼亂世中存在的深切愛情。李渝提及一「多重渡引」之概念：

> 小說家布置多重機關，設下幾道渡口，拉長視的距離，讀者的我們要由他帶領進入人物，再由人物經過構圖框格般的門或窗，看進如同進行在鏡頭內或舞台上的活動，這長距離的，有意的「觀看」過去，普通的變得不普通，寫實的變得不寫實，遙遠又奇異的氣氛出現了。

非常奇異的，黃錦樹可能是我這代小說家群最早即具備這種「故事的多重渡引」——一種小說家將要全面啟動、一個無比繁複、封印在幽微祕境的「傳說」管弦樂團開始大演奏前某一把琴似是不以為意的調音試奏，一種「本格小說」的懸念氣氛故事起手式「布置多重機關」天分、魅力，或技藝自覺（說故事？）的第一人。其實，進入那個「祕境」、「被遺忘的處所」、「塌縮而無法從我們這個順時物理學宇宙跳躍進入的一個宇宙」，這個「緣起」之交代，穿過換日線之前，一切都好好的，一切都如我們閱讀的「那些小說」可信的細節。

像波赫士〈不為人知的奇蹟〉，那些行刑隊在冬日早晨，押著那劇作家在冬日刑場前，那一切「穩定的寫實」：光影、空氣、人物們的各懷心事的表情。一種故事展開，對讀者的催眠。像那些本格小說、浪漫傳奇，登上將出航的鐵達尼號，碼頭上栩栩如生的「不知之後命運」的各路人等；阿波羅十三將發射前，所有角色內心的焦慮，惘惘的威脅；將遠行前對妻兒的牽掛。

然後出發。魔術在那時出現：越過那道換日線，艾可的〈波多里諾〉的唬爛中一張羊皮卷一張羊皮卷翻出的一個「如果唐吉訶德沒瘋」，那個一坨紙團，一房間凶殺案現場（諸多推理線索），一個封印了的神燈巨人，在那魔術時刻將要啟動（咆哮山莊？）前的「我只是來借個電話」。

包括〈大河的水聲〉那奇異聳人的祕道裡的展廊收藏：不存在的手稿、女作家的內衣褲、指甲齒牙毛髮、作家的蛻物，甚至乾屍。將之「古堡小說」化，怪誕的進入一個核爆地窖般的「不存在的馬華文學地下室」；包括〈補遺〉那仿謔當年雷驤與攝影小組拍攝之「作家身影」，偽造了這樣一趟「尋找郁達夫」的南洋之旅，也是透過那偷天換日、暗影幢幢的驚悚小說氛圍，「多重渡引」至一個言之鑿鑿，像波赫士〈歧路花園〉那樣一個由祕密、陰謀、諜影、監禁的老人郁達夫的「偽／遺世界」；以這一年新發表的〈扶餘〉一篇來說，錦樹似乎更把這樣的「故事的多重渡引」發展到更神祕魔幻。

小說的開頭引一九五〇年陳寅恪詩〈讀《霜紅龕集》有感〉：「不生不死最堪傷，猶說扶餘海外王。同入興亡煩惱夢，霜紅一葉已滄桑。」

即進入那「一位女學者採錄泰南和平村關於女馬共生命史」的遭遇。她採錄的對象是一個叫「阿蘭」的老女人，她曾加入馬共，但「從一次幾乎喪命的危險遭遇中倖存後，她就變得很不一樣，愛說一些荒誕不經的靈異經驗。中央認為她違反了馬克思唯物主義辯證法的基本教義，因此被迫做了多次的思想檢查」。這樣一個層層累加的「語境協商」，讀者不斷在曾閱讀過的小說記憶庫調焦那被文字的景觀布置（「村裡的紅毛丹、榴槤、波羅蜜、尖必辣等都結實累累，但都還沒到成熟的時候，緣得張揚。村子中央那棵高大的樹，葉子倒不合時宜的紅了，它的葉子有點像山竹，闊葉卵形，葉厚而正面帶油光，葉背有絨毛。」）：李維史陀《憂鬱的熱帶》那樣的人類學筆記，採錄的對象，女馬共。一個湮滅的組織、一個失去生命現實感的時光廢棄物，在南方之南，叢林的邊緣。她作為一個「黑盒子」被解密著那些歷史暗處的稀微磷光：慘烈的被殲滅包圍的叢林遭遇戰、組織裡的鬥爭、批判、思想檢查（這時我們或會調度共和國小說諸如閻連科作品的印象）。那被世界遺棄的「比死更悲慘的遭遇」，中伏、樹林中敵人槍火的掃射、敵軍用馬來話喊要強暴她。那人失去人類文明依傍的野蠻之境，黑暗之心（這時我們很難不啟動召喚李永平與張貴興）……

這時，小說中奇怪的引渡出現了，小說家撬開了一個波赫士式的魔術小盒。那瞬間暴脹張開的世界，乍看像唐傳奇〈南柯太守傳〉中，那蟻穴之國裡「彩檻雕楹、朱軒棨戶，冠翠鳳冠、衣金霞帔」的朝廷奇遇，以及恍惚轉眼榮華權貴一生如夢；但其實揉混了更多遊俠傳奇的現代小說運動感、怪誕感、瘋狂的特寫——這又讓我們想起魯迅的〈故事新編〉——同時閱讀瞳焦錯駁跳閃著斯威夫特的《格列佛遊記》、愛倫坡（陰鬱的禁閉）；或錦樹自己獨門風格印記的「怪誕的生殖劇與性狂歡」；或他的「地下室屍體標本展廊」。甚至，沒錯，卡夫卡，那故障童偶般對唯一在人類狀態者之恐懼、驚嚇、迷惑、羞愧，完全無感無同情理解的僕人們或官吏們……

這樣的一個短篇所吞吐的小說維度——時間上的暗影偷渡，調亂鐘錶齒輪的變形之跡，從南方，到馬共，到唐傳奇（或陶淵明〈桃花源記〉）那烏有之邦的開啟、闖入，一個豁然張展的另一幅文明史（或如他另一篇小說〈馬來亞人民共和國備忘錄〉。一個量力宇宙概念的，「在我們感知的這個宇宙沒發生的，但在其他無數個薛丁格方程式宇宙必然是這般發生的歷史」），一個狂想的、所有物理學法則全被更改的離散，或柯慈所說「極限的光焰在暗滅之前，最後的幻視殘餘所照見的一閃，讓我們瞥見那不可見的事物」——我想那個層層累聚之陰影，一塊一塊揭開如洪太尉放走百十道金光妖魔之石碑。那從魯迅的《在酒樓上》、從張愛玲的《雷峰塔》、從錢鍾書的《鸚鵡》、郁達夫的手稿、辜鴻銘的國學夷學造詣，一個黑暗迷霧電光閃閃痛苦不已的，大爆炸意象碎肢骸掉出國境之南的，「再一次的死亡」。他不只是張愛玲將自己後半生全擱淺、塌毀的李鴻章張佩綸的家族舊照片；他扛著那個「馬戲團從天而降」，「正歡快騎著女神的戰神／一時走神／不及攔下子彈／只好抽搐出／好大一團烏雲蔽天／雷亂鳴／隨手撈起一條河潑下」，那因為無足夠篇幅，所以未展開如奈波爾那樣公路電影漫漫長徙的「抵達之謎」，這個男孩，憤怒、驚恐、悲不能抑，翻拾遍野屍骸瓦礫（這篇小說的女主角阿蘭，老去的瘋婦，唯一能證明那所遭遇為真，竟是她會寫一手曹操〈求賢令〉真跡的字），一方面又如匈牙利女作家雅歌塔・克里斯多夫《惡童手記》的結尾，始終以雙胞胎「我們」這內爆敘事聲音，扞格於自我內在崩裂同時攫抓的文化之「魂飛魄散」，終於在結尾，其中一人留在那成為廢墟的故國，另一人，踩著父親被地雷炸死的屍體，越過邊境線，歡快地奔向那未可知的，可能將變成怪物，但故事全部可以顛倒錯換從頭說起的南方——是的，就空間上而言，我想將來的文學史家會重新丈量錦樹這批小說，觔斗雲翻滾又翻滾，將華文小說帶到多麼遠之地。那或可以波赫士的一篇小說〈南方〉來比擬，一部出錯的百科全書，莫名其妙被關進一所精神病院，似乎在一高燒夢境被放出，搭上一列開往南方的火車，中途在一罕無人跡荒棄小站下車，從此展開一趟尋找南方、但漸淹沒進其歧岔迷宮、古代神廟城廓的流浪。

*猶見扶餘

三件顏面神經麻痺病例。其中一件病例的臉頰刺入一片和手掌一樣大的炮彈破片，傷患並且自豪地展示給我看——他展示的是那片彈片。

一件頭交感神經麻痺病例，該名傷患被子彈射入張開的口中。

兩件脊椎骨折病例，其中一人處於瀕死狀態，另一人正在康復中。一枚砲彈落在他駐紮處附近的壕溝段落爆炸，結果支撐壕溝的一根横梁塌了下來，壓在他身上。

只有一件頭部重傷的病例；傷患名為尚・波尼西納，五天前在孚日受傷，以某種神祕方式送到醫院來。

——《美麗與哀愁——第一次世界大戰個人史》（一九一五年四月三日星期六，哈維·庫欣在巴黎的一所軍醫院裡列出了一串值得注意的病例）

•

五十個三體時後，質子的二維展開第二次進行。這一次，地面上的人們很快看到了異兆，當聚變發電站的散熱片發出紅光後，在加速器的位置上，突然出現了幾個巨大的物體，都呈很規則的幾何形狀，有球體、四面體、立方體和錐體等，它們的表面色彩很複雜，細看發現原來是根本沒有色彩，幾何體的表面都是全反射的鏡面，人們看到的只是被映照的行星表面扭曲的圖像。「這次成功嗎？」元首問。

科學執政官回答：「元首，這次仍不成功，我得到加速器控制中心的報告，這次少減了一個維度，目標質子被展開成三維。」

巨大的鏡面幾何體以很快的速度繼續湧現，形狀也更加多樣化，有環狀和立體十字形，甚至還出現了一個類似於莫比烏斯帶的扭環。所有幾何體從加速器的位置飄移開去。約半個三體時後，這些幾何體布滿了大半個天空，像是一個巨人孩子在蒼穹中撒了一盒積木。幾何體反射的陽光使地面的亮度增加了一倍，且閃爍不定，巨擺的影子在這投到地面的天光中時隱時現，左右搖擺；接著，所有的幾何體開始變形，漸漸失去了規則的形狀，像受熱融化似的。這種變形愈演愈烈，變化的形狀越來越紛亂複雜，現在天空中的東西不再使人聯想到積木，更像是一個巨人被支解後的肢體和內臟。由於形狀的不規則，它們散射到地面上的陽光均勻柔和了一些，但其本身表面的色彩卻更加怪異和變幻莫測。

在布滿天空的這些雜亂的三維體中，有一些引起了地面觀察者們的特別注意，首先是因為這些三維體極其相似，再細看時，人們辨認出了它們所表達的東西，一陣巨大的恐怖感席捲整個三體世界。

那都是眼睛！

——劉慈欣《三體》

怎樣維度的展開才算展開？

如何才算是「無限接近那傷害、暴力、恐怖景觀的第一現場」？

在閱讀的時刻，我們讓那文字串如釣絲，鑽進我們的腦額葉中，然後啪地張開，像一根二維的線以三維的方式，炸張成一隻色彩鮮豔的傘蜥蜴。我們想像著我們被那樣的（透過閱讀之翻譯）經驗占滿，鱗片狀根鬚狀或無數根錨鉤。於是一根一根雨絲般二維的線陣、線網，在那樣炸開再炸開，不，它並不是一萬隻傘蜥蜴擠成的奇異巴洛克畫面，它重構了一個關於存在的摺疊宇宙。譬如張愛玲寫乾菊花扔進瓷杯裡，注入滾燙熱水，那菊花在那不幸而神祕的某一秒，「彷彿活了回來」。我們很難想像，用以上那描述一戰某個戰地醫生眼中所見的視覺，描述《三國演義》某一場戰役後的現場。

但這樣如同「子彈射入張開的口中」「大半臉被轟掉了」的描述，僅僅只是某種「觀看的方式」的不斷革新，提出，以及思辨嗎？為什麼經驗要以這麼侵入、撕裂、透視的方式，進入我們裡面？或者是「個人史」（最接近寫實主義小說的理想全景再現），上百個彼此無關連的個人，某個片段時刻的紀錄，內心獨白，幻燈片投影，這樣閱讀過程的「將碎片在腦海中自主重疊」，最後會形成我們對一戰的某種與官方歷史無關的「一個多維的經驗球體」。我們占據那些書頁和字句，而那些敘述占領了我們腦海原本空蕩蕩對「一戰」這件事的「百感交集」。它重構了我們所謂的現代性感受：之前沒有過的，痛苦的形式，恐懼的形式，自我意識如此清晰但又在一比例尺下，如此渺小易碎；瘋狂的旋轉形式。

黃錦樹的《猶見扶餘》（取自陳寅恪詩：「不生不死最堪傷，猶說扶餘海外王。同入興亡煩惱夢，霜紅一葉已滄桑。——陳寅恪，〈讀《霜紅龕集》有感〉，一九五〇」），又是從「紅毛丹、榴槤、波羅蜜、尖必辣」南洋叢林視覺、氣味與北方中國植被印象如此陌生的「國境之南」，霧鎖重樓的展開（應說是撬開），一則仿擬對失落馬共史的倖存者採錄。從這個採錄學者眼中看去，那位已是個不折不扣老婦的前馬共游擊隊員，所言內容（往事並不如煙？）全是瘋話。「從一次幾乎喪命的危險遭遇中倖存後，她就變得很不一樣，愛說一些荒誕不經的靈異經驗，黨中央認為她違反了馬克思唯物主義辯證法的基本教義，她因此被迫做了多次的思想檢查，關過禁閉，後來就沒敢胡言亂語了，但有的同志提起她還是會粗暴的說她『撞過鬼』。」故事就這樣如「紅毛丹或波羅蜜」式氣味濃郁又層層複瓣的剝開又剝開其包裹又包裹的換渡，從一場馬共游擊隊被馬來政府軍在叢林圍殲，同伴都被射殺，她則可能被姦殺。但小說卻在這個時刻，像畫外音聽到小說家彈了下手指，從此進入一「杜子春式時光摺疊術」（或「南柯一夢」、「黃粱夢」，甚至「波赫士〈不為人知的奇蹟〉式」）；一種唐傳奇式機關布置，像〈聶隱娘〉、〈紅線〉、〈崑崙奴〉、〈無雙傳〉那些鮮衣怒冠的古代劍俠，半仙半妖，半神半獸，飛天般的麗人奴婢，從饕餮圖騰二維世界跑出來的人物，一種在想像介面的視覺翻跳出畫框外再翻跳的自由，這個想像性的無邊自由來自於「古代」，那個孺慕的、永無法抵達、永遠失落的，碑帖書法的線條尚未被現代印刷術或出版的「小說」字形排列所框格住的那個羽色鮮豔，翩翩飛舞的「古代中國」。這部分讓人想到安潔拉・卡特那些從典型英國小孩床邊故事，變貌蛻脫而來的恐怖奇想又帶著說不出想像力光輝的短篇。像是透過蛾蝶薄翼髒汙微光所見的幻燈片影像。她被一群這樣的「古代人」所救，既被引渡（解決了那在馬共歷史時空當下，將被屠殺、滅絕的寫實主義處境），同時也被囚禁，成為那古代二維世界裡的「生殖之母」（成為這個摺扁世界「主人」性欲高張的承受女體，又在「下腹如火燒」的魔幻描寫生出半古代二維半現代四維的混血兒子）。那整個將古代中國「南方化」（《憂鬱的熱帶》？）的志怪卻又帶著刻意的人類學筆記味的調謔筆法，遍摭即是，不一一舉列：

有時扛回幾隻長頸鹿，脖子的肉特別好吃，但銅鈴般的大眼很會流淚。鴕鳥、袋鼠還蠻常見的，烤了吃。也吃斑馬、河馬、犀牛。鱷魚的皮很有用處，肉很硬的。再則是沼澤巨龜，大殼可以做腳桶臉盆，也非常耐用，不怕摔。那院裡就有好幾十個。大廳牆上還釘了張綠色的皮，說是隻老妖的，剝了皮也死不去，給關起來了。

自我懷孕後，他們就不讓我看那些血淋淋的東西了。但異獸他還是會抓來向我炫耀。譬如鳳，就是野雞嘛，我們常吃的。但羽毛實在太漂亮了，拖著長長的華麗尾巴，幾乎是手到擒來的。我常為牠們求情，有時他也看我情面放了。譬如龍，他養了幾隻火龍，平日無事就縮小了附在巨劍柄上睡覺，我還以為是小蜈蚣呢。用著牠們時再把牠喚醒。另一種異獸，他笑瞇瞇的捧來讓我猜，身上都是五彩鱗片，四隻腳，頭像龍又像獅，大鼻圓睛，渾身散發出火光——妳一猜就猜到了。沒錯，是麒麟。

從最初的《刻背》開始，黃錦樹的小說或是華文小說最具波赫士意識的一位，那不同向度的小說飛矢，造成你意圖整本逐篇閱讀的，眼珠跳動想統合一個「感悟」、「概念」，常被扯碎。他曾在〈大河的水聲〉虛構一部不存在的馬華小說史。問題是，他連這個似乎和「過去」的文學史時間跳開好幾格音軌的，那些並沒有寫出過的小說，都偽造出來；或是還未發生的未來小說，也並置其中。最後卻惡童狂歡的進入一地下祕室，那收藏著那些失蹤的「華人傳奇作家」的屍身或骨骸（裡頭還包括郁達夫），這是一整個對「張愛玲夢工廠」的嘲諷？但後面又策動了「沒有馬華文學史」的地下暴動、鬼影幢幢、戀屍癖。似乎在脫離中原華文小說閱讀目光的國境之南，所有發生過的跟沒發生過一樣：包括歷史、存在、追憶父祖的離散故事，乃至於和現代民族國家相伴產生的「現代文學史」；馬華文學常在視而不見的小說地圖上變成奇怪的幽靈。或許沒有足夠量夠格形成現代小說史的「好作品」，但光憑這小說家一人的偽造技藝，便啟動那所有包括史料、文學館、收藏家、媒體、文學社團、圈子、江湖……所有謠言和傳奇，偽回憶錄，那個波赫士乃至艾可的狂歡。或是，像在〈阿拉的旨意〉，他展開了華文小說沒有出現的「格列佛遊記」式的；或後來我們喜歡的瑪格麗特・愛特伍式的；或韋勒貝克式的「末日小說景觀」；這整個敘事機器後面結構森嚴，必須要交代一個覆滅的華人歷史意識；「我是最後一人，那個終結者」，「曾在那國度發生的種族戰爭、革命被殲滅，乃至文化被清洗——他被放逐到外太空般，完全孤立，外於華文小說（不論大陸、台灣）之外的幾乎無啟動敘事位置的「不被意識其存在」的，但其實無論百年來發生於南方那許多人的「個人史」、戰爭、屠殺、華人遷移者第一線和異文化衝突、膠林裡那福克納式的「聲音與憤怒」，皆像一被摺疊壓縮進維度太高所以難被轉譯的塌縮宇宙。

＊雨

習慣黃錦樹小說之暴力、瘋狂、夢中暗影稠液之林中屠殺、強暴、逃亡，敘事上大迴轉的翻扭，時光檔的大幅壓縮形成一種小說時間不可思議的重力……的讀者會在這本書中，意外的遇見一篇篇抒情、傷感的美麗詩篇。當然還是有一個母題：失落時間的再造，不在場的旅者，如果一如所引《聊齋》那師父命門徒看守不使滅的蠟燭，其光芒照著另一次元的暗夜行路者。小說其實是一不在場的點燃。面對歷史的消滅，那個點燃就爆炸如《南洋人民共和國備忘錄》；如果是個人生命史，那個燭火的「使之不滅」（其實是無法知的另一幻夢裡的光），就難免召喚，搖曳，感傷，迷惘，錦樹曾說過的那個「抒情傳統」。也因為這種暫與前幾本小說，那孫悟空式的無有之境朝失憶的現在翻滾的核爆之力分別，這本小說集裡對讀者熟悉的雨林，文字上更精緻，畫面的顯影解析更歷歷如繪，故事裡的人物因為不是為一個之後要發動的魔術或敘事的妖怪吞噬而存在，故而更在故事裡五官清晰，置身的場景愈栩栩如生。這種對細節的留情或耽迷，其實在錦樹之前的散文即常見其筆力。

《雨》形成了時間的一塊乳酪，不，應說是一個多面都有通道出口的歡樂屋，幾篇同名〈雨〉的短篇，像在一個裡頭塞滿回憶線索，膠林裡的男女、生死、日軍屠村之線團，但各篇故事在這塊時間的塊狀果凍裡穿著不一定交會的蟲洞。讀者跟著敘事在那蟲洞鑽行，啵的一下就從其中一個立方體的面破洞而出。在第一篇〈雨〉的故事裡，男孩辛朝著屋外來侵襲的母虎小虎衝出，小說戛然而止，我們不知男孩的下場是否被虎撲殺。第二篇〈雨〉的故事中，父親成了失蹤者，不在場者，只留下那艘代表父之蛻物的魚形獨木舟。同時母親的性，成為男孩辛充滿焦慮的，父不在的膠林小屋面對原始野蠻，不確定的，隨時要被奪走的脆弱物。最後母親可能再被一位自稱父親朋友的男人強暴，或誘姦。這個故事的結尾，同樣猝不及防，妹妹喊「爸爸回來了。」作品三號〈水窟邊〉，辛成為已死的男孩，在憂傷的父母的懷念中，靈魂穿梭在膠林裡。雨後枯木、土墩頭、叢林裡的各種昆蟲和魚，還有上一篇故事的魚形舟，一種「逝者版的湯姆歷險記」，被截斷消失的子裔（原本的故事記憶者），小說的最後是「大雨來了，日本人也來了。」

這幾個短篇，有福克納短篇小說的決絕、明快。或雷蒙卡佛某些短篇，人被無法預測的，大於人類之渺小承受力的暴力或荒謬給擊垮。

而這種「雨落下，魔術劇場中的人偶開始動作；雨停止，如幕降下一切即戛然消失」的神祕氣氛，很意外讓我想到安潔拉・卡特的《馬戲團之夜》。為什麼會讓我將錦樹和安潔拉・卡特這兩位天南地北的小說家產生聯想？我想是某種對故事的原始靈動的瘋魔，且皆在一讓人感覺窄擠的空間形成艱難把故事進入一個極大感受性的布景魔力，一種孩童聽床邊故事，那驚畏、無法判定想像力如何竄長的不可測。譬如我很喜歡的這篇〈歸來〉，好像是個「黃錦樹式」的家族血裔內向的性狂歡祕密，但寫到最後，二舅竟被不知什麼人拘住，關在一長廊兩壁掛滿，其中一幅畫之中，在那靜止二維「畫的時光」過了幾十年，這個如聊齋的奇想，實在太令我震撼了。這本小說集或和《南洋人民共和國備忘錄》在小說介入（或再造？）歷史的實踐，這種介入必然的拗摺、躍遷、鏡像，或真實歷史終於無法從小說宇宙流刑再穿過書頁返航的「另一個」，那種翻跳再翻跳，或是黃錦樹的小說裡，光譜最遠的一本。也許這個小說家走得更遠了（因為可以調戲大歷史的小說，好像也正在這個新世界滅絕？以前他用小說追捕弔亡離散消失在南方的歷史，現在他在弔亡「小說」那無與倫比的故事幻化之美？），也許他真正在不等速消亡的歷史和小說（包括日軍屠殺南洋華人的紀實）間，成為一個沉靜的、在玻璃燈盞上繪圖的說故事者？

第二次

朱天心／《初夏荷花時期的愛情》二〇一〇，印刻

死屍多極了，托彼亞斯甚至覺得在世界上見過的活人都沒有那麼多。他們一動不動，臉朝天，分好幾層漂浮在水裡，每個人都帶著因被人忘卻而感到遺憾的神情。

「這些人都已經死了很長時間了，」赫爾貝特先生說道，「要過幾百年後他們才能擺出這種姿勢。」

再往下游就到了安葬剛死去不久的人的屍體的水域，赫爾貝特先生停住了。正當托彼亞斯從後面趕上來時，一個非常年輕的姑娘從他們眼前漂過。她側著身體，睜著眼睛，身後有一長串花朵。

「這是我一生中看見過的最漂亮的女人。」

「她是老哈科博的妻子，」托彼亞斯說，「好像比本人年輕了五十歲。不過，就是她，不會錯的。」

「她到過很多地方，」赫爾貝特先生說，「她把世界上所有大海裡的花朵都採擷來了。」

——馬奎斯〈瘋狂時期的大海〉

我們會問：「為什麼要有第二次？」

在激烈清絕，飽脹著青春與衰老、回憶與欲望，近乎瘋狂的逆悖時光之詰問，並讓人訝然駭異「燒金閣」的第一次之後，「你和我一樣，不喜歡這個結局？」重來，重起爐灶。布雷希特式地要死去的演員們起身，在老婦與少女的畫皮間挑揀戲服，重新站位，燈光，敲導演板（「Action!」），另一個完全不同的命運、

語境、哲學論辯之位置，因之召喚起對同一組角色完全不同之情感……

重來一次。

那是波赫士的「另一次的死亡」？昆德拉的「永劫回歸」——曾經只發生過一次的事，就跟沒發生過一樣？還是納博可夫的《幽冥的火》：覆寫在一首同名之詩上的乖異扭曲的小說。詩人隱退。詩在感官之極限或回憶之召魂皆鍊金術成神聖符號（「黃金印封印之書」）。然而，扯裂那記憶雙螺旋體而複刻、黏著上譫妄、破碎流光幻影，龐大身世線索，詮釋學式翻譯每行詩句背後漫漶紊雜、「事實的真相是如何如何」的，不正是，「多話」的小說家，妄想症的不存在國度之流亡國君，瘋子？那洶湧過剩的，「往事並不如煙」的「對照記」、「說文解字」——不，或是像豆莢迸裂紛紛彈出，且無止盡彈出的小說家話語（或曰「巴赫汀定義的小說話語[1]」）：充滿鬼臉、怨

1 巴赫汀（M. M. Bakhtin, 1895-1975），俄國現代文學評論家。

毒、耽溺、默想、悔恨……各種表情的「重說一次」？

在第一章裡，老年對青春的欣羨眷戀，它不是一種川端《睡美人》（或「蘿麗塔」）式的欲望客物化，一種仰賴對方失去主體性（在迷霧莊園般一間一間密室吞服了安眠藥而昏睡的裸少女，或不知道自己有一天會變形離開這個短暫神寵形貌的幼獸美少女）而高度發展。違反自然律的，「把老年人的雞爪探進年輕身體（或靈魂）的顫慄哆嗦」，一種孤立的極限美感。

很怪，它是一種《霍爾移動城堡》的，或《換取的孩子》的，被咒詛的至愛變成豬，變成冰雕嬰孩，變成無心臟的俊美魔法師，那上天下地、漫漫荒原，徬徨無所依的救贖之途的啟程。

在這樣神話結構裡，「我」通常是較平庸、無神奇法力的平凡人——他是到冥府尋回被冥王奪占為冥后的髮妻的奧非爾斯。在《初夏荷花時期的愛情》裡，是個「所有囊狀器官皆脹氣」、「瘦的像蛙類，胖的像米其林輪胎人」，天人五衰，「困於老婦外型的少女」，同時又是南柯一夢驚覺所有如鮮花朝露的美麗事物，怎麼轉眼全衰毀石化的浦島太郎：

啊，如此渺茫，如此悲傷，但又不可以，你不失理智的告訴自己並無人死去無人消逝，你思念的那人不就在眼前。

那個「被救者」——對照於「日記」作者那個以永恆為愛之賭誓的癡情少年，成為時光河流中變形、故障、異化、憊懶（對不起我又想到宮崎駿《神隱少女》的河神／腐爛神）的陌生丈夫。

這篇小說同時存在兩種時光劇場：

1. CSI式的屍骸四散無從理清頭緒的重案現場。「我」重建、比對採樣，在每一件時光蛻物上作局部推理：「這一部分是在哪一個環節變貌的。」小說中的「那個丈夫」，在這樣的「追憶似水年華」中，其實是個「死者」。——「這個人吃了當年那個少年」，恆不在場，或被關在「『我』與日記的獨白密室」之外。

2.「尋找被冥王劫去的妻子」之旅，招魂之祭，模仿最初時刻（或「抵達之謎」：年輕時在一張電影海報中看過，一對優雅的老夫婦衣帽整齊的並肩立在平直的、古典風格的橋上凝望著）的旅程。「日記」在此，成為如〈古都〉中，那個失魂落魄、偽扮成異鄉人，對自己所在之城（但已是另一座城市）的一次陌生化重遊的那張記憶地圖。

那樣的「尋回」（認定現有的存在是最初那個的贗品、是失落物）、「推理」（「屍體」與「遺書」在時光兩端各自提出意義相反之線索），建立在不可能的時間鴻溝、不可逆的作為時間債務的身體朽老、激情不再……因而所有的反推比證的判定必然是負棄與變節。這樣的敘事意志帶來巨大的，卡夫卡《城堡》那個土地測量員K般的焦慮：荒謬的核心，任何想循跡找回「事情的真相」（最初）的路徑必然被挫阻。那個「恆不在場」，極限激爽的最好的時光在「你的幸福時刻過去了，而歡樂不會在一生裡出現兩次」之形上永遠失落之體認後，卻仍如柏格曼《第七封印》的武士執拗堅決與死神對弈。在第一章的結尾，變成了一種美學上的爆炸——那就是三島「火燒金閣」的意志：

舉凡有生之物，都不像金閣那樣有著嚴密的一次性。人只不過是承受自然的所有屬性的一部分，並予以傳播、繁殖而已。殺人如果是為了毀滅對象的一次性的話，則殺人是永遠的誤算。我這麼想，這一來金閣與人類的存在便愈益顯示出明顯的對比：一方面人類由於容易毀壞的身體，反而浮現出永生的幻影；而金閣則由於它的不滅的美，反而漂起毀滅的可能性。

——三島由紀夫《金閣寺》

偷情。讓我們回到那個，小說家的咒語從半空響起：「你和我一樣，不喜歡這個發展和結局？那，讓我們回到〈日記〉處……探險另一種可能吧。」一如愛麗絲夢境正在消失，所有正在親歷的場景、舞台、歡樂古怪的同伴皆塌陷、模糊、消失、遠杳……作為結界咒術鎮物的巨大鐘面之齒輪、機括、鍾擺正四面八方回響以偷渡了流光的，波赫士〈不為人知的奇蹟〉之時差換日線。

（作為入戲的讀者，我差點驚呼出聲：「不，不，我喜歡這個版本，請繼續……不要關掉它……」然少女已遭荒野女神詛咒成老婦，至愛之人已變成無明無感性無記憶的豬，美麗神祇的腦袋已被砍去，老邦迪亞已迷失在夢中列車車廂般無數個一模一樣的房間其中一間忘了回來的路；繁華遊樂園變成塌落泥胎鬼氣森森的醜陋廢墟……）

小說家不理你，啟動了魔術。原本受傷的、哀逝的，被時光負棄故事所困的臉，突然輕微轉變成柔美、神祕的微笑。

是的，第二趟旅程啟動了。〈順風車遊戲〉。

認真回想，早在很久很久以前，朱天心就是個啟動一場「流浪者之歌」、「哀傷馬戲團遊行」、「面具狂歡節」，主人翁換裝、偽扮成另外角色以進行一場離異於「任何旅途小說囿見」之外的旅途之高手了。〈古都〉已成為後仿者翻轉城市多重記憶、地質考古學般將被高樓遮斷天際線的豐饒洶湧「小歷史」雜語，如潘朵拉盒子打開放出的黃金典律；〈匈牙利之水〉的偽香水朝聖之旅，〈威尼斯之死〉的偽鑽石拱廊街的拾荒者，業餘偵探之小型暴動；乃至〈我的朋友阿里薩〉、〈鶴妻〉、〈去年在馬倫巴〉……無一不是（如果冒犯的、簡化地說）一趟又一趟，從上下四方，裡面外面，以咒術召喚不存在之走廊，以穿越這個鋪天蓋地、銀翼殺手般晚期資本主義大峽谷場景的變裝旅程。即令在創作光譜中最晦澀濃縮，因悼亡父而書之《漫遊者》，也被黃錦樹比為宋玉之〈招魂〉：「旅行。漂流。在地球上踩滿腳印的朱天心，旅行漫遊的那種快適在這裡卻沉重如同沿途撒著冥紙，於是我們將聽到壓抑的哭泣聲……」，上窮碧落下黃泉的旅途。

在〈偷情〉這一章裡，則是偽扮成對方多年來並不在場（不在時間內）的初戀情人的偷情之旅。

〈順風車遊戲〉此一短篇，在昆德拉那些動輒祭起希臘詞源與哲學論辯公案，像魔術方塊旋轉、拆卸、重組，各章節以音樂賦格形式對位、重奏、變奏「同一主題」（「鄉愁」、「不朽」、「生活在他方」、「媚俗」、「笑與忘」、「緩慢」）博學、雄辯、性愛展廊與犬儒知識分子「誤解辭典」之狂歡的長篇巨石陣裡，或只是一個「昆氏小說技藝」最原初、基本幾何構圖的微形宇宙模型（勉強類比卡爾維諾的《宇宙漫畫》、張愛玲的〈留情〉、李永平的〈拉子婦〉）。

一對各有所思的年輕情侶，在一趟原本平庸無想像力的既定旅途中，一時興起玩起「假扮陌生人」遊戲：純情的女孩變身公路邊攔陌生人順風車的浪蕩女；老實的男孩則打蛇隨棍上演起這種順風車豔遇的玩家，這樣看似陳腐的《仲夏夜之夢》角色換串大風吹，在這類第一流小說家的小篇幅操作裡，反而可以一窺其嚴謹強大的基本技藝，原本惡戲的小男女突然意識到他們不知從何時起，被那個小小調皮的角色扮演遊戲，那個罩至他們臉孔的面具所吞噬、制約。他們無從脫身，愈演愈烈，混淆了偽扮情境之契約邊界，猜疑、嫉妒，且愈在對方面前入戲扮演那個本來不是（但後來自己也詫異：原來我有這一面？）的淫蕩放縱的「另一個我」。

小說的結局是在這一切不斷加碼，無法踩煞車的最恐怖暴亂，同時最狂情淫蕩的高點，女孩在一間汙穢破爛的小旅館，啜泣著對男孩重複：「這是我啊……這是我啊……」

這個「順風車遊戲」的旅程之展開，正是朱天心在這一組「初夏荷花之戀」小說的芝諾「飛矢辯」、「阿奇里斯追龜論」，或曰波赫士「不為人知的奇蹟」的魔術所在。

飛矢辯：

（一）一支飛行中的箭矢，這飛行之空間可以區分為無數個瞬間的位置。

（二）飛矢飛行的過程，即是這一系列連續瞬間位置的總和。

（三）在每一瞬間位置上的箭矢是靜止不動的。

所以飛矢是不動的。

旅程本身不再是「尋找金羊毛」的夢想、追尋、冒險與啟蒙。而是唐吉訶德式的，對成為懷舊照片、金閣寺、或班雅明那裡熠熠發光，凍結在永恆靜美的時光蠟像廊（或電影海報）的「最珍貴的處所」，再一次踏查，一種冒瀆、歪斜版、滑稽、愚人嘉年華式的重遊。

正是在這個不斷可以按「暫停鍵」、「倒帶重播鍵」，把劇場上一臉茫然的那對男女演員（扮演老妻的唐吉訶德和扮演老夫的桑丘？）不斷叫回後台，重新化妝，換戲服，像瘋狂的導演交代另一套又一套完全迥異的劇本。（《東京物語》？《去年在馬倫巴》？三島的《孔雀》？《威尼斯之死》）？《愛情的盡頭》？）

當我們腦海中還核爆之瞬被強光停格在，第一章那個「變成冰雕嬰孩」、「是不是哪個妖怪吞食了未來那個寫『日記』之深情少年」的，那個在初老妻子眼中汩汩突突不斷冒出汙油臭味的故障機器人丈夫被推落橋下。「啊！」一趟遠比昆德拉〈順風車遊戲〉複雜、妖嬈、恐怖許多的面具換裝之旅啟動了。原本，原本我們自以為熟悉的那個「少女神」——為了不能忍受孔雀在時光流河中必然衰敗變醜而將動物園孔雀悉數殺光，為了金閣絕不能落入平庸汙濁的無想像力視覺而燒了金閣，為了「寶變為石」而嚎啕痛哭的那個揮動翅膀背對時代暴風，眼前散布屍骸與瓦礫的克利大天使——不見了（或詭笑地戴上狂歡節面具了）。「偷情」。如同M・安迪在《說不完的故事》中，替那個被虛無吞食國度危難所困的孩童女王所提出的唯一救贖之道：作為拯救者的培斯提安縱身踏入以搶救之的贖償代價：「每創造一無中生有之物，便以失去你在現實世界一件記憶，為交換。」小說家在此拉開的一段「偷情之旅」，形上而言，正是「愛、易感、淚水、體液，所有第一義，最鮮烈年輕、動物性的創造力」之祕密贖回。把變成冰雕嬰孩的本來的弟弟換回來。試想如果一個在除魅已盡，無有神所以也無有魔鬼可協商交換年代的浮士德；一個遇不到湯婆婆與白龍，無魔法幻術可施，但是確實失憶想不起自己名字的神隱少女（艾可的《羅安娜女王的神祕火燄》？）。——這是〈偷情〉這個「搶救大冒險旅程」最黑暗、恐怖、讓人讀之大慟的「存在之隱蔽」。

——「啊，吃不動了，走不動了，做不動了。」

——時候到了，原來兒女也並不重要。

不然何來拋家棄子之謂？

「你願意為我拋家棄子嗎？」比「你願意嫁（娶）我嗎？」更具吸引力和神聖性，可以同樣站在聖壇前莊嚴回答的。

除了滿滿、沉甸甸的，一無是處的回憶；除了那在時光原點懵懂慢速以己身（變成這樣讓自己厭憎沮喪的天人五衰模樣）澆灌長出的一切（並不是自己當初所想的）：子女、家庭，再沒有新的可能性，可以直望到生命盡頭的，所有中年初老之人眼中所見那疲憊重複的生之哀——無任何可堆上牌桌梭哈那一把以何為交換？以何為抵押品（甚至祭品）去「偷」回那本來已不再被應允屬於你的，神光閃閃的至福時刻？

那個國王讓人殺了貝克特大主教——他看到敵人把他的出生城市燒毀，於是發誓說因為上帝對他做出這種事，「因為祢搶走我最愛的城鎮這個我出生而且長大的地方，所以我也要搶走祢最愛我的那部分。」

——格雷安・葛林《愛情的盡頭》

那交易已經開始生效……這發生在很久以前。在北溫哥華，他們住在柱梁式房子裡。那時她才二十四歲，對討價還價還是新手。

——艾莉絲・孟若〈柱和梁〉

第三章，乍看是「誤解的詞」之形式，其實是「神隱」——在前章所有作為舊昔時光蛻物（「你」擋不住的，正在石化的一切），堆上牌桌以梭哈那一趟神光重現之旅的，小說時間之外的逐條注解，或這麼說，借班雅明在〈普魯斯特的意象〉所提：

「普魯斯特的校對習慣簡直令排字工人絕望：送回去的長條校樣上總是寫滿了旁注，卻沒有一個誤印之處被糾正過來，所有可能的地方都被新的文本占據。回憶的法則在作品的邊緣同樣發揮著作用……記憶中產生了編織的規則。」

「普魯斯特如此狂熱地尋覓的究竟是什麼？這些不懈的努力到底為什麼？我們能說所有的生活、工作和行為等等，僅僅是一個人生活中最平庸乏味、最容易消逝、最多愁善感、最軟弱無力時刻的混亂呈現嗎？……我們可以稱之為日常時刻……如果我們就此屈服、沉入酣眠，就不會知道什麼在等待著我們。普魯斯特沒有屈服、沒有沒入酣眠。」

「……依靠對這種法則的屈從，他征服了內心絕望的傷痛（他曾經將之稱作「……此時此刻本質上無法補救的不完美」），而且在記憶的蜂巢為他思想的蜂群建造起蜂房。」

什麼樣的法則？

普魯斯特的法則是「夜晚和蜜蜂的法則」，那朱天心呢？

我們或可這樣說：

朱天心是一個頭頂著美杜莎蛇髮（我想像著再一尾扭動的蛇是她埋伏、騷亂——大至一座城市、一段編年、小至一間咖啡屋、瑣碎物件、飄浮如風中微塵感官——指針各自不同的時鐘）的記憶之神。她的眼瞳凝視之物，立即石化成「昔時」。成為龐貝古城永遠停止在毀滅之瞬的浮世繪蠟像館。「一望」。但我們同時為她深情款款的眼神所騙。一望即成死灰（譬如徐四金《香水》中寫到大把玫瑰一扔進滾燙熱油之瞬，立即枯萎慘白……）

包括她的時間重瞳（〈古都〉）。「老靈魂」。奇怪我總在那些「怨毒」、「焦慮」、「卡珊德拉之預言」、「抒情傳統」的敘事看到一些完全相反的東西。或許這個複雜的小說家在睜睜瞪視眼前發生的一切／將要被咒禁進她小說中的，也正是掙搏於那些「完全相反的本質」。

所以，在第一章以「日記」和「《東京物語》海報那兩個站在橋上的暮年夫婦」為時光起點與終點而祭起的「燒金閣」行動（祭品是那位不幸當年寫了「日記」卻並沒有經歷浦島太郎時光機奇遇的老丈夫）；第二章展開了（其實是重來，覆寫了）「順風車遊戲」的偷情旅途（交換那極限光焰，或光焰黯滅前一證之眼「可以了嗎？」「可以了。」的神之秤的另一端是拋家棄子剜肉刮骨斷腸截肢的所有，「不要了」）；連朱偉誠這樣的專業讀者（或我這樣的小說後輩）初讀時都會忍不住入戲呻吟提問：

……你拿過往年輕時候的認真來檢證年老的現實，這種檢證可能有些讀者會覺得荒謬，我的意思是說用年輕來檢證現在，不管什麼樣的人其結果都必然是不堪的。

——〈朱天心答朱偉誠問〉《印刻文學生活誌》第六十一期

這或正是朱天心的「法則」：不斷插入的旁注，旁注的頁沿再被插入延伸了更洶湧語義與無數張「我記得」的禽鳥俯衝快速變換調焦的層疊回憶照片。一開始我們以為那輕靈（而且顯得不夠多以組成「偽辭典」）的小章節是數獨式的填字遊戲（誤解的詞）；或如唐諾在朱天文《巫言》的長跋中提到的，吳清源所說「當碁子下在正確的位置時，每一顆看起來都閃閃發光」的星空。……但我們很快就大汗淋漓地發現，每一剎那被朱天心填進空格（或夾起抽換掉）的數字，每一枚被她放進那次敘事那個位置的碁子，都像將要引爆一場連續液態炸藥的第一粒灼燙的硫磺，或是核分裂核融合千萬次方擴散（無法收回的地獄場景）第一個塌癟崩潰的原子。

這時，〈神隱〉展開了，插入「第二次」的另一個「第二次」（以及等比級數或如連續引爆的「誤解的辭」）的「旁注」沙沙編織起來。波赫士所謂「兩種（或兩種以上）龐大隱祕、包羅萬象的歷史」。

黃錦樹當年在〈從大觀園到咖啡館——閱讀／書寫朱天心〉一文中，以小章節分項定義且論述的「都市人類學」——包括「資訊垃圾」（一方面顯示朱天心「一篇寫盡一種題材」的驚人企圖；另一方面卻又透露出她做為都市社會中資訊／垃圾處理機的深沉憂鬱）[2]；「蠻荒的記憶」（黃文

2 收錄於朱天心《想我眷村的兄弟們》，二〇〇二，印刻。

引〈去年在馬倫巴〉）中慢慢退化為爬蟲類的拾荒老人，及〈鶴妻〉中在「台灣男襪業發展史」、「近五年家電史」、毛巾史、洗衣粉史……物化的世界裡為了抗拒男性對她的遺忘（在死前、死後）以商品填滿所有隱蔽的角隅，「徹底異化為一個更加靜默他者」的鶴妻解釋，朱天心「以取消時間縱深度的方式來詮注都市文明中斷裂的現前，把在時間共時化中消失的歷史還原為神話，人類的歷史從「蠻荒—文明」轉變為「蠻荒—蠻荒」；「歷史」、「巫者：新民族誌」（「作為巫者，他們進入神話的時間，進入由無數的『死亡』堆砌成的『過去』。在敘述者神經質的旁白、解釋性的敘述中，作者援引心理學、哲學、人類學的論述，舉證歷歷……透過類比……」）如今重讀，仍奇異地具有如此新鮮、強大的詮釋效力。

「神隱」，即是穿過宛如昨日重現的垃圾墳場、老靈魂多年前彳亍作人類學觀察的原始部落曠野、神話的時間（這時我們領悟朱天心式的，波赫士之一個以上的「包羅萬象的歷史」之構建）……如那隻變貌成腐爛神的河龍，償還時間／物質／人類學式龐大城市記憶債務地，嘩嘩吐出這一切「變老」噩夢的造夢材料。

作為讀者，我們原本從《古都》那些一趟趟「艾蜜莉異想世界」式的城市蠻荒裡乖譎、暴走、顛覆性的「出走／離場／偽物質史」召喚而起的「抒情—憤怨—滑稽」複雜情感，在《漫遊者》那黃金印記，如同《百年孤寂》老邦迪亞率族人在一片「長征者的皮靴陷入熱騰騰的油灘」，「像夢遊般走過悲哀的宇宙」的「尋父之途」夢中沼澤的亂迷、哀慟與神祕性之後，似乎印象的判準朝向朱天心小說的抒情與「憤怨著書」（王德威先生語）傾斜。我似乎也慣性地在閱讀朱天心小說的預期舌蕾上，忽視了那些其實荒謬滑稽，難以言喻的鬼臉，一直到《初夏荷花時期的愛情》，不，應該說是跟隨著第一章之後的第二章，我們被那強大抒情力量帶引，愈陷愈深的濃愁耿耿，憑弔傷逝之情裹脅，卻在某些段落出乎意外地噗哧笑出聲（啊？怎麼搞的？）。

我不很能釐清這種混雜了抒情、憤怒同時古怪滑稽的情感是怎麼進行的，或如巴赫汀曾在〈諷刺〉這篇短文所作之界定：

「以其真正的形式而論，諷刺是純粹的抒情——憤慨之情。」

「諷刺並非作為一種體裁，而是作為創作者對其所寫現實的一種獨特態度。」

「……所有這些笑鬧的節日，無論是希臘的，還是羅馬的，都與時間——季節的交替與農耕的周期有著重要的聯繫。笑謔彷彿是記錄這交替的事實，記錄舊物死亡與新物誕生的事實。所以，節慶之笑一方面是嘲諷、戲罵、羞辱（將逝的死亡、冬天、舊歲），另一方面同時又是欣喜、歡呼、迎接（復蘇、春天、新綠、新歲）。這不是單純的嘲笑，對舊的否定與對新、對美的肯定緊密交融。這種體現於笑的形象中的否定，因而具有自發的辯證性質。」

《初夏荷花時期的愛情》這整部小說當然是環繞著「時間」這一主題進行複奏式的辯證，形式上它在章節間違反現實（或閱讀慣性）之逆轉、倒帶、不同鐘面的景框跳躍、停格（微物之神出現）……形成一種小說時間默契的擠迫與鬆脫，高度期待而驟轉虛無，一種（看不見的鐘錶）機械意象侵入的錯置感。在對時間的辯證本身，它所形成的「純粹的抒情——憤慨」又遠比古老農耕節的時間想像要嚴酷殘虐許多：因為衰老（或將逝的死亡）並不是歡欣迎接新生的遞嬗旋轉門，它是一幅巨大的文明場景將被遺忘（石化、廢墟化、天人五衰）不為人知的祕密搶救行動。小說家讓人瞠目結舌的追憶幻術相反地是在「對舊的（等價時光之無限延展）懷念，對新、對美的質疑」，在極窄如「站滿天使之針尖」的時間切點之上打開。而各章節間的辯證互相顛倒、逆反……

（這正是「第二次」的力量所在）

大江健三郎在《小說的方法》第七章〈仿諷及展開〉中，提到俄國形式主義者關於「延續小說事件」，討論「怎樣通過敘述事件的方法讓事件的整體像物那樣深深地印在讀者的意識中？」「被『陌生化』的事件又如何成為我們『明視』的對象？」「怎樣開拓出與符合日常生活邏輯的發展不同的途徑？」：

史柯拉夫斯基指出：

> **主題**這一概念經常與事件的記述以及稱為內容的敘述相混淆，但是，**內容**只不過是構成主題的素材。
>
> ……藝術的形式不是靠日常生活的動機形成的，而是通過藝術本身內在的法則來說明。延長小說的做法不是靠納入對立者，而是靠置換幾個部分而得以實現的。作家通過這個方法為我們提供了構成作品方法背後的美學法則。

換言之，即《項狄傳》作者史丹在扉頁引伊比德提斯[3]的話：「推動人類的不是行為，而是關於行為的意見。」

大江在這個章節中，舉了《唐吉訶德》中，幾個「小丑看穿了欺騙作弄他的所有詭計，立刻在內心世界顛倒了兩者的關係」，滑稽性模仿的例子（包括主僕兩人被作弄騎上木馬且糊弄那是可以在天空飛翔的滑稽機關；包括桑丘作為狂歡節小丑當上『島上的總督』；包括挺身保護引起眾怒的牧羊女……），如何「通過顯露對既有手法的仿諷來創造他們自己的小說結構」。最感人的一段是寫到，意識到自己不久人世的唐吉訶德把朋友們召集到病床邊，對他們說：

我確實曾經瘋過，但是，我想做一個正常人死去。

他的僕人，一直扮演給唐吉訶德這種瘋癲的冒險潑冷水的桑丘，這時卻著急地勸他：

啊呀，我的主人，您別死呀！……您別懶，快起床，照咱們商量好的那樣，扮成牧羊人到田裡去吧。……假如您因為打了敗仗氣惱，您可以怪在我身上，說我沒有給駑馬繫好肚帶，害您摔下馬來。況且騎士打勝打敗，您書上是常見的，今天敗，明天又會勝。

大江寫道：「在此之前，正像唐吉訶德自己所承認的那樣，他一直是瘋癲的冒險。可是，對守護在病床前看到唐吉訶德垂危的桑丘來說，已經不用擔心自己再次被拖入冒險的行列，他獲得了新的感受。真正給自己封閉的農民生活帶來活力，使自己的生命煥發生機的正是與唐吉訶德所進行的

3　伊比德提斯（Epictetus, 55-135），古羅馬帝國時代斯多噶學派哲學家。

冒險。桑丘認識到日常生活的自己與其他農民一樣精神正常、碌碌無為，通過充滿活力的自我解放，他看到了另一個世界。這是一個想像力活躍的世界。」

或如波赫士在〈另一次死亡〉裡那個死了兩次的達米安，提出了兩個時間版本：一個是一九四六年在恩特雷里奧斯去世的懦夫；另一個是一九〇四年在馬索列爾犧牲的勇士：

達米安戰鬥陣亡，他死時祈求上帝讓他回到恩特雷里奧斯。上帝賜恩之前猶豫了一下，祈求恩典的人已經死去……上帝不能改變過去的事，但能改變過去的形象，便把死亡的形象改成昏厥，恩特雷里奧斯人的影子回到了故土。他雖然回去了，但我們不能忘記他只是個影子。他孤零零地生活，沒有老婆，沒有朋友；他愛一切，具有一切，但彷彿是在玻璃的另一邊隔得遠遠的，後來他「死了」，他那淡淡的形象也就消失，彷彿水消失在水中。

一九四六年的版本則是：

達米安在馬索列爾戰場上表現怯懦，後半輩子決心洗清這一奇恥大辱。他回到恩特雷里奧斯……一直在準備奇蹟的出現。……四十年來，他暗暗等待，命運終於在他的臨終的時刻給他帶來了戰役。戰役在譫妄中出現，但古希臘人早就說過，我們都是夢幻的影子。他垂死時戰役重現，他表現英勇，率先作最後的衝鋒，一顆子彈打中他前胸。於是，在一九四六年，由於長年的激情，佩德羅・達米安死於發生在一九〇四年冬春之交的敗北的馬索列爾戰役。

波赫士說：「《神學大全》裡否認上帝能使過去的事沒有發生，但隻字不提錯綜複雜的因果關係，那種關係極其龐大隱祕，而且牽一髮而動全身，不可能取消一件遙遠的微不足道的小事而不取消目前。改變過去並不是改變一個事實；而是取消它有無窮傾向的後果。換一句話說，是創造兩種包羅萬象的歷史。」

「第二次」的力量：不論是大江所說的「想像力活躍的另一個世界」（唐吉訶德主僕針對「現實」或龐大騎士傳奇牧羊人小說所發動的）；波赫士所說的，牽一髮而動全身，「創造兩種完全不同，卻各自包羅萬象的歷史」；或納博可夫在《幽冥的火》中炫技展開的「小說之於詩的腫瘤式話語增生繁殖」，一個妄想症者腦中洶湧冒出的「不存在王國歷史」。朱天心在《初夏荷花時期的愛情》啟動的小說時間，絕不僅僅是我們那個年代所謂「開放式結局」如芥川的〈竹藪中〉或符傲思《法國中尉的女人》，「幾個不同版本之情節」。那更接近於昆德拉談論卡夫卡時所提出的「賦格」——拉丁詞原意是「飛翔」或「追逐」，同一主題在其他聲部模仿、變奏、形成各聲部相互問答追逐——「我把我的歧路花園留給許多未來，而不是一個未來」，是的，但朱天心在這每一座拆掉重搭的歧路花園裡，天啊她打開了「小說不只是故事，而是關於人類行為之意見的全部話語」的潘朵拉盒子：想像力、歷史、記憶、虛構的權柄、哲學的雄辯……「第二次」並不是與第一義篇幅相當而情節不同的「另一個故事」，而是「小說的全部」——作為晚近愈見氾濫的所有將小說變成冰雕嬰孩仿冒貨（盧卡奇說的：「小說有一個孿生兄弟：通俗小說」？）的陳腔：「現在的小說家愈來愈不會說故事了。」或者，某些只在第一義便完成小說閱讀之生產與消費的懶惰讀者輕率下標：「認同焦慮」、「城市書寫」、「身體／性別」……的那些小說；甚至她如哪吒剛烈寡恩在拋甩著那些（包括她自己寫過的小說）曾經存在的小說時光隊伍……所有「關於小說的誤解的詞」。

這個小說家以這趟書寫（這本書。這幾個作為賦格的短篇）搏擊「衰老／時光」這個主題，她明白的告訴我們：小說不止是對生命的「鑄風成形」、「編沙為繩」（波赫士語）、「以影惑體」——它近乎其姊朱天文的短篇〈肉身菩薩〉結尾引尸毗王割肉貿鴿的故事教訓——「這樣夠了嗎？」一次、兩次……像裱畫老匠人一層一層糊上對這個主題（時光）不可能之捏塑、逆襲、扭轉——一則遺失的愛情故事——克利悼亡的大天使變成溫德斯〈欲望之翼〉那個自洪濛初開以來即瞪視腳下人間，終於選擇折翼墜落的天使，為了究問、議論（不是行為而是對行為的意見）、追逐與飛翔……一次又一次造成時間之銼磨、拗扭、傷痕印象的下墜，直到天秤兩端（無邊的真實與波赫士所說的那個「阿萊夫」）等重。

> 種種，你有意無意努力經營著你的夢中市鎮，無非抱持著一種推測：有一天，當它愈來愈清晰，清晰過你現存的世界，那或將是你必須——換個心態或該說——是你可以離開並前往的時刻了。
>
> ——〈夢一途〉

在〈不存在的篇章〉這一系列短段落，在老男人對著這篇小說的發言者（老女人）說了那段「不結伴旅行者」（借朱天文《巫言》）最哀傷、澄清，且孤獨的最後旅程之「結伴邀請」：

抱歉我曾把你像一隻美麗的鹿一樣牢牢抓住不捨得放走，如今，那曾在我體內牢牢抓著我不放的神奇之獸已離去，我們，我們能否自由的（當然仍可以一起結伴）走入曠野，走入另一個彼岸世界。

由此，到最末一章〈彼岸世界〉，那卡爾維諾所說之「輕」的，讓人詫異、靜默、被那無限自由遼闊但哀絕的棄握而去所震懾，在這之間，小說家設定了一個非常奇詭的「箱裡的造景」，一個窺視孔。同樣是那重來一趟的「赫拉克利特河床」之旅程，但這次「順風車遊戲」雄兔腳撲朔雌兔眼迷離在「今之昔」的角色換串遊戲中，第一次在時光彼岸找到共時點，成為共謀的兩人，「你們成了變態老公公老婆婆老妖怪」，分別挾裹一個各自青春幻影之少年少女替身，「你們帶他們二人異地一遊，看他們吃，看他們走，看他們買，看他們做。」

這個視覺魔術如蠟燭黯滅前最後的火燄，驚鴻一瞥，簡筆匆匆帶過（小說家甚至將其標定如「垃圾回收桶」那般，僅為備忘的「不存在」）。然而，這一個「其實存在的窺視孔」，以我這樣一個小說後輩讀來，如林俊頴在〈巫師與美洲豹〉一文所引波赫士之「阿萊夫」：

「據說它的形狀是一個指天指地的人，說明下面的世界是一面鏡子，是上面世界的地圖；在集合理論中，它是超窮數字的象徵，在超窮數字中，總和並不大於它的組成部分。」

「牆那一邊，不會有什麼的，他們小妖似的身著新買的寸褸、膚貼玫瑰花蔓藤刺青貼紙、手腕頸項哐鎯鎯戴滿白日血拼的戰利品（混合著重金屬和哥德風的骷髏頭皇冠十字架）……他們互不相視，什麼都不做，不做那、此行、此生、你期待之事。……都說欲界的男女天人，隨時以身相親，夜摩諸天的僅僅以手相拉，兜率陀天的僅僅以心相思，化樂諸天的僅僅以目相對，他化自在天的僅僅以語相應——僅僅如此即可完成交合。如此，竟是老公獅說的彼岸世界嗎？」

那個窺視孔構建的觀看劇場，如小說之林，機關重重，繁複洶湧既是時光的悖論，今昔的對峙（〈波赫士與我〉？或者〈古都〉裡的「我」與A？）又是暮年之眼凝視青春豐饒色境的感官爆炸（不論是川端《睡美人》對少女胴體那近乎戀屍癖的微物之神；或納博可夫《蘿麗塔》的昆蟲學家式審美狂執）。

對我這小說後輩而言，直如插劍石上論藝，搔耳撓腮，揣度其意，餘緒無窮。

（此時應是小說家食指大動、派遣牆這邊的兩個變態老人登場做變態之事的時刻……）

（你多希望小說家為你多寫些篇章，抵抗著終得步上彼岸世界的那一刻。）

也許是小說家的鐘面，移格到我們重兵屯集，列陣決戰的曠野邊界另一端，幽微神祕的刻度所在？

……留有夜燈的病房，我可以確實清楚看到躺著的父親睜著大眼四處打量，異於白日的因藥物和貧血而昏睡。父親確實清楚看到很多我無法看到的什麼，他鷹似的愛觀察的炯炯雙眼，焦距左右遠近不定的時時變換著，幾乎我可以聽到上好的單眼相機不斷喀嚓的按快門聲……真想問他看到了什麼。

——〈《華太平家傳》的作者與我〉

天人五衰，魂飛魄散，神明形體終於塌毀崩陷前那一刻，小說家記下的是一場將啟程的「老年的未竟之渡」，出發前的刻舟求劍式的懷念、荒誕，甚至唐吉訶德主僕搖頭晃腦、兩眼認真但同時神祕詭笑的，只屬於小說的「一個不為人知的奇蹟」。當青春的幻術以不同故事祭起又次第萎白凋謝，形式的「第二次」洩露了杜子春式的時間原點，「換取」的過程我們不知不覺因小說的物質性力量，領會到從極限光燄那端一點一滴交換到衰老這端的「老年」，其實千滋百味，印滿初老小說家好奇把看，難以言喻的情感，作為替身的青春「另一個我」反而愈見透明。這個古怪的兩個老人窺視兩隻年輕幼獸的房間（時光的渡口或驛站？），讓我背頸起雞皮疙瘩地想到符傲思以莎翁《暴風雨》中普洛斯帕羅為主人翁原型的長篇《魔法師》；或大江在《再見，我的書！》那個老頭古義人在他的「另一個」分身將他誘捲進一場「以老人之姿重來一次的三島切腹式恐怖行動」的暴亂、滑稽，但同時悲憤的「唐吉訶德矛槍的奮力一擲」，腦海中卻宛若音樂鳴響著艾略特詩句：

我已不願再聽老人的智慧，
而寧願聽到老人的愚行，
老人不安和狂亂的恐懼
老人厭惡被纏住的那種恐懼
老人懼怕屬於另一人，懼怕屬於其他人
懼怕屬於上帝的那種恐懼。

這是這間怪異的小小房間帶給我的強大衝擊：「原來如此！」而遠不止於此。在看到小說家以畫素數千倍於我們之屏幕，以快速切換焦距的多景窗視覺，以〈強記者傅涅斯〉那樣將所有約定俗成之抽象符號與計數單位全抽換成完全獨立的第一手感性所造成之「細節的細節的暈眩」，一種整座城所有鐘樓的鐘面全調成不同時刻的瘋狂共鳴……進占那個難以言喻的房間之前，太容易被那些「沒有誤解的辭」、類型化角色、想當然耳的抒情傳統給套用、臆想的「暮年之哀」。「老男人／老女人」——誤解的辭——你不斷在閱讀中被調校著自己不夠寬廣的變速箱，被小說家左突右奔，不同路況的跳換中聞到自己過於僵直靈魂輪胎的燒焦味。老人的智慧，澄澈死寂的無欲與懷念。……不，這個「初老的祕密」有時殺氣騰騰，有時淚眼汪汪易感自棄，有時決絕寡思到讓人胃部發冷，但有時讀著讀著會被那古怪滑稽的段落惹得（在咖啡屋引人側目地）哈哈大笑……

如同也是雙魚座小說家的馬奎斯，在《愛在瘟疫蔓延時》，寫到暌違半世紀的這一對老戀人那應該是整個小說高潮的會面時，竟然寫的是阿里薩「腹部立刻充滿了疼痛難忍的氣泡」，在羞恥和痛苦下匆匆告別，之後在自己車上拉起肚子。或是寫到他倆在最後運河上來回航行那輪船的第一夜，費爾米納說了那句俗爛又非如此不可的台詞後（「不行了，我已是老太婆了！」）接下來卻是：

她聽見他在黑暗中走出去，聽見也走在樓梯上的腳步聲，聽見他漸漸消失的聲音。費爾米納又點了一支菸。一面吸著，一面看到了烏爾比諾醫生。他穿著整潔的麻布衣服，帶著職業的莊嚴和明顯的同情，以及彬彬有禮的愛，從另一條過去的船上揮舞著帽子向她做再見的手勢。「我們男人都是些可悲的偏見的奴隸。」……費爾米納坐在那兒一動不動，直到天亮。她一直在想著阿里薩，不是福音公園中那個神情憂鬱的哨兵阿里薩，那個阿里薩已激不起她的一絲懷念之情了，而是此時的阿里薩，他衰老了，然而是真實的阿里薩，她一直伸手可及，但卻沒有及時識別出來。

很怪的是，我讀朱天心《初夏荷花時期的愛情》，一路下來，從第一章、第二章，小說之妖獸不斷從記憶封印之銅櫃放出，到了黃錦樹曾云「偽神話」、「偽人類學」的「誤解的詞」，衰老成為撿拾碎瓦殘骸（又回到克利的大天使？〈去年在馬倫巴〉的拾荒老人？）在場的存在：那個「不再留戀現世的東西，不再了解和喜歡現世的人，其實都在預作準備，預作前往彼岸世界準備」的渡口，我卻被一種完全相反的、眷戀不忍、對眼前每一件細物的衰壞或石化驚怒且哀慟，昆德拉所言「對人類存在處境描述之熱情」給震動。

不僅止描述（當然也遠不止「熱情」，那近乎瘋狂地召喚小說全部之術，國王的隨從與他心愛的獵犬，上窮碧落下黃泉，以追討之）。於是在我看了〈不存在的篇章II〉這一段文字，竟無法控制自己是一專業讀者地哽咽起來：

窺視孔中，兩名小妖終於四仰八叉的睡著，仍耳戴耳機，軟垂著長長觸鬚器官似的接線，室內燈火大亮，電視大開，想必冷氣也開在最強，零食飲料吃完沒吃完的散落身畔，中毒身亡狀。

（此時應是小說家食指大動、派遣牆這邊的兩個變態老人登場做變態之事的時刻）……

二老不從，女的離開窺視孔沉吟著「這樣會著涼，該給他們蓋床毯子……」男的，淚流滿面，他們，多像那最終偷偷塞塊肉乾給他的那女孩，多像那唯一發現他走入曠野變做蹲踞著一隻鷹的那小孤兒啊……

大江在那個章節稍後又引了兩小段艾略特〈東科克〉的詩句，我將之倒置，恰可作為對朱天心這本小說像時光壇城，將時光如神獸庖解一如達文西那些解剖圖的神祕閱讀經驗之注腳：

「我對自己的靈魂說，靜靜地，不懷希望地等待，因為希望經常是對於錯誤事物的希望；

不懷愛情地等待，

因為愛情經常是對於錯誤事物的愛情。」

「啊黑暗黑暗黑暗。人們全都去往黑暗之中，

那個空空如野的星辰的空間，空曠前往空曠。」

不確定的灰色地帶

蘇偉貞／《魔術時刻》二〇〇六，印刻

品特的劇本《今之昔》是至今我反覆重讀，仍為其暴烈的詩意、不可確定的記憶主體在鑲嵌組合互相之抒情時刻，這樣一個紊亂、錯位，叫人迷惘而嘆服的作品。舞台上有一個丈夫、一個妻子，他們充滿對往昔時光眷戀之情感地招待妻子昔日的暱友。這樣二女一男的對戲，充滿陰影的嫉妒關係與疲憊的支配關係不斷像換舞伴那樣輪替著。作為第三者的安娜（妻子的暱友）和丈夫親暱地談論著妻子在少女時光的私密癖性。那妻子不斷憂心地插話：「你們談我的態度好像是我已經死了。」

蘇偉貞的小說集《魔術時刻》，收錄了八個短篇，逐篇讀下來，讓我後頸泛疙瘩地想起品特的《今之昔》。

這裡面有另一層的意涵：《魔術時刻》之定為書名，以及作者自序中提及：

……放手由著小說帶領我，進入一個難以捉摸，非常間接、無比緩慢、充滿試探意味的異次元空間。……後來是在一場座談會，我聽見小說家朱天文談及電影技術「魔術時刻」捕捉「曖昧不明、幽微難測的灰黑地帶」狼狗時光的效果。狼狗時光銜接白晝與黑夜中間暮色，只有短短幾分鐘，要留住頃刻畫面，搶拍手法叫「魔術時刻」（magic hour）。我猜測生命情境不確定的灰色地帶便是這個空間。

這樣抒情化散文式的自我敘述極容易誘引讀者催眠般地進入一波赫士以降拉美魔幻寫實之「時間特技」（波赫士《不為人知的奇蹟》將面臨行刑槍隊的劇作家向上帝挪借來完成曠世鉅作的一年，弔詭地壓縮在瀕死前的一秒之瞬。或是卡洛斯‧富恩特斯的《奧拉》，將年輕歷史學者抄寫老將軍回憶錄的過程，被吸捲吞噬進破碎紙頁禁錮的浪漫傳奇）。在這一部分，蘇偉貞的這本小說集，似乎仍延續著《沉默之島》時期，評者所言「雙重平行故事線或多或少給人予菁英式『實驗小說』的印象。小說的結構有明顯的幾何性——偏離了處理同類題材的文類所慣用的寫實框架」（張誦聖語）；或是「在話語符號無所不在的天地裡小說家要寫一種幽祕的沉默：對話語的拒斥，也是對回憶及歷史的拒斥。」（王德威語）

然則回到品特，劇評家們為之困惑的「鬼魂般存在於舞台上的安娜」——那個第三者，她掌握了妻子少女時期不為丈夫所知的淫蕩一面，她具備妻子無能力的與丈夫共同緬懷那逝去年代的抒情能力，甚且她可能在許多年前和丈夫有一段粗鄙但熱情的不倫關係……劇評家們甚至認為安娜的存在，是暴力化地張展了婚姻關係中被扼殺掉的「妻子的另一個可能」，問題不可能如此簡單。現代主義的戲劇性面貌不僅在它將漫長的寫實性昔時壓縮在一混濛不明的曖昧時刻。許多的闖入者正是那挾帶著龐大的時間（記憶，或相對於大歷史的個人的猥瑣歷史）債務的麻煩異類。

如同書名〈魔術時刻〉之單篇裡，在台北「老於情感遊戲」（「妳是我這一生擁有過最現代化的禮物」）的女主角，主動和男主角（在他說完十四歲時知青下放在長白山裡伐木，害怕自己一次愛都沒做過就死在山裡）在大連城市的飛天輪上方性愛。

男主角成群深嘆口氣：「言靜，那是不夠的。」

蘇偉貞這樣寫道：「怎麼會夠呢？連一場電影的時間都沒有，更沒有足夠的了解……半年見一次是不夠的，他特殊的故事是不夠的……」

這樣在遊樂場意象的城市頂空的匆促交媾正是《魔術時刻》在「天色明暗曖昧，只有七、八分鐘光景，叫做狼狗時光」的緊迫交換壓縮光碟般的「異國身世」的故事時差。「那確實是不夠的。」

我記得我初讀瑪格麗特・莒哈絲的《情人》的第一段：

「我已經不再年輕了，可是有一天在某處的大廳中，一位男士走過來自我介紹之後，他說：『我以前就認識妳了。大家都說妳年輕時是個美人兒，但是我想告訴妳，我覺得現在的妳比年輕時更漂亮。和妳年輕時比起來，我比較喜歡妳現在的容貌，歷盡風霜的容貌。』但她之後寫到「十八歲的我就已經老了……眼看著老化現象漸漸地毀去臉上的優美線條，五官也產生了不同的變化；在臉孔逐漸老化的過程中，我不僅嘗到了恐懼，同時也嘗到了一種逐漸陷入小說情節裡的心境。」

我想那是我初次在時序錯亂的「現代主義小說」的閱讀教養中，第一次深深地被某種「現代性時間」的小說愛情力量給折服（你可以說那是「撒謊隱瞞」）。那是在讀到福克納的〈給艾蜜莉的玫瑰〉——一個獨居的婦人將她負心的情人用砒霜毒死，與屍骸共眠了數年之久——之前；在波赫士的〈歧路花園〉之前；在巴斯的《迷失於歡樂屋》之前；甚至在卡爾維諾的《命運交織的城堡》之前……這些層層遮蔽的「撒謊與隱瞞」，形成了一種隙光自各種漏洞折射進來的時間之屋。一個時間的黑洞。完整的故事在預備開始述說前，便被在它之前那千百個故事的重量壓垮變形。（「我以前就認識妳了。大家都說妳年輕時是個美人兒」……「我不僅嘗到了恐懼，同時也嘗到了一種逐漸陷入小說情節裡的心境」。）

那個時候，彷若噤聲坐在品特的劇場舞台下，看著那個同時挾帶著活著的飽滿記憶和死去時光無邊的空無的第三人（如今我們嫻熟地稱之為「他者」），款款地穿過被暫停的主人翁之間。那個鬼魂般存在的「第三人」何其重要，不僅要藉以表抒時間暫停的大廳裡，每一個心思迴異的人們被誤解，被「哭泣與耳語」，被「聲音與憤怒」互相侵奪、遺忘、隱蔽的更多的「身分」（昆德拉且還動員了「誤解的詞」）。——如同〈倒影小維〉、如同〈候鳥顧同〉，它們總像王爾德的童話〈打魚人和他的靈魂〉裡，那個被負心用鞘刀割離的影子。

……她終於掉進記憶更深的失重狀態，確定永遠不會放自己出來了。世界另一邊，一個封閉的潛水鐘裡。背負著她自己和顧兩個人的生命，如果她不記得顧，顧就會消失……

——〈候鳥顧同〉

在時間啟動的最初時刻，「顧哥哥」是在十四歲少女房間，近乎「與自己同性」，「具有一種輕暴力」的，每次射精後異常煩躁自問：「那些不見的東西都到哪裡去了？」這樣細微索索，像用絲弦吊住才不致發狂崩潰的懵懂的愛與傷害。之後（時間啟動了之後），顧被送進精神療養院。她則持續在「這個世界」長大，顧成為她每晚夜歸時，窗外反覆出現的一隻候鳥。「顧哥哥，你以什麼方式出現呢？」少女時光曖昧光影的性侵害者，變成了一同對抗更巨大的傷害的世界的，凍結時間的共謀者。

我以為這樣如鳥喙反覆敲窗，「她和顧哥哥身體之間的光是灰藍色」，不斷回頭勾引時間碎片的優美書寫，後面有著一個現代主義細膩教養的說故事人，不得不如此讓她的故事在時間重力場尋找最摺疊形式的困難。

這樣的說故事者，聽到王安憶說「城市無傳奇」時，一定會訝然暈眩。

很諷刺的，這裡所說的「現代主義之教養」，卻在班雅明早於一九三三年的文章〈經驗與貧乏〉中，憤怒地指出：「隨著技術釋放出來的巨大威力，一種新的悲哀降臨到了人類的頭上——他們都摒棄了傳統的人的形象，那種莊嚴、高貴以過去的犧牲品為修飾的形象，而轉向了赤裸裸的當代人，他們像新生嬰兒哭啼著躺在時代的骯髒尿布上——那像是恩索爾的油畫：大都市的所有街道上都在鬧鬼：市儈招搖過市，身著狂歡節服飾，戴著扭曲的粉飾面具頭頂著金光閃閃的花環⋯⋯

班雅明說：「我們必須承認：這種經驗貧乏不僅是個人的，而且是人類經驗的貧乏，也就是說，是一種新的無教養。」

這是我作為後輩，閱讀蘇偉貞或她同一輩小說家，這些年出手愈緩慢，而形式的內造愈朝向一現實的光束極難輕鬆穿過的晦澀繁複之世界，心中常興起的凜然敬畏之感（包括愈來愈輕易在評論文學上讀到『看不懂』這樣句子的《漫遊者》、《城邦暴力團》……）。那像是一個曾經目睹（或記憶）了某一整世代的繁華文明或經由時間積澱而形成傳奇厚冊的「第三人」鬼魂，在一個過渡的（時差）形式裡，不甘心地偷渡進那個空間化了（失去時間向度）的，可任意停格的現代（都會）劇場的表演區。

這是〈日曆月曆掛在牆壁〉那個老太太在日記裡憑空多出（虛擬）個女兒「馮馮」。只有這個虛擬在二次元世界裡的女孩可以出鏡喊停時間讓老太太和她在光源區輕搖雙人探戈。日記外的世界是一個背義的，老爺早在多年前即窩囊離棄而去的衰敗的封閉家族（就那些倉皇敷衍老太太的第二代兒女言，或是被——新的時局、新的語境、新的倫理、新的都市叢林生存法則——更廣義地「不義」遺棄了）；或是如〈老爸關雲短〉，那麼地向朱西甯致敬式的山東腔口，那麼地如王德威所說「蘇偉貞即使寫情，也是在寫一決絕的義氣」。那樣假戲真扮地進入老先生反覆哭著說書《三國》——一窩的關雲笑關雲拉風關雲霸關東雲腿關雲悶——這樣倒影與真實世界的酬換指涉都險險要閉鎖成「老派眷村人的戲瘋子故事」時，結尾卻是一極幽微隱晦的，經由傷害而一閃而逝的（那是何其現代性的），「偽扮在男戲服裡的女兒終於向她的父親情人款款展露她的女性身體」，她的現代性台詞將舞台上的《三國演義》段子瞬間摧毀：

「老爸，你知道嗎？有一種故事，不用來觀賞，是用來經過的。」

這樣的，最後一批「有教養」（或曾目睹了「有教養」的佚失族類）的追憶衝動者，或作為第一批完整的現代性時間（現代主義小說的完整引介與臨摹）的，班雅明所謂的「無教養」的悲哀處境——「他們渴望一種能夠純潔明確表現他們的外在及內在的貧乏環境，並非總是無知或無經驗；

恰恰相反。他們『吞噬』了這一切——『文化』、『人』，他們吃得過飽，疲倦了。」——如同將黃錦樹評朱天心的〈自大觀園到咖啡館〉的隱喻作班雅明式的「續集」：「疲倦之後，繼之而來的是睡眠，睡眠中不乏這樣的情形：夢彌補著白日的悲痛和膽怯，表現著清醒狀態中無力可及，非常簡單卻十分偉大的生存實現。」

所以蘇偉貞的〈以上情節……〉不可能如王安憶在《長恨歌》中讓王琦瑤在強光投影、工作人等亂烘烘的片廠裡，在催眠般的「開麥拉」的呼喳下捲進命運的傳奇。〈以上情節……〉的寶聖，活在一個「假裝的世界」裡——反高潮、純屬虛構、母親是一個無趣的女性主義服膺者、父親則像「揑造出來」從小偷跑去學校偷看她（後來也就消失了）——她成天成夜地泡在電影院，隨著那些片段的、平面的巨大人影和對白長大。片中深諳世事的人物說了台詞：「我們只有這個世界，現在的這個。」寶聖則回嘴：「你錯了！我們連這個世界都沒有。」

如同張旭東說班雅明「死於一種『對這個時代』經驗的無能，但這個離時代最遠的人卻偏偏感到一強烈不可遏制的欲望，他要保留住這個時代，把它描繪出來」。這亦是蘇偉貞及其同世代拔尖小說家群，無論在推進小說技藝或對存在處境的感性邊界，「宛如在寂靜深海底」的難度（或困境）。他們無法如下個世代，徹底繳械成為布希亞[1]擬像（simulacre）虛構世界的嘻哈信徒。但離開了大觀園，遊晃進咖啡屋後，世界的細節全成了「單向街」，也許亦如奈波爾所說（「我的虛構小說已經寫完了」）：「小說只有在處理單一文化的時候最方便——單一種文化，就那麼一套行為模式，幾乎就像珍‧奧斯汀一樣。不過，當整個世界從四面八方衝激的時候，小說那種形態就無法絕對地呼應這種趨勢，而撒謊隱瞞又如此輕而易舉……」

不論是「說三國」裡，忠孝節義君臣夫婦啼淚別離的說書言語（父系語言？與當下時空無關的「中國」想像性符號？）；不論是龐大的電影對白堆積成的時間流；不論是一個老婦在阿茲海默症的蝕空腦袋裡自動修補生命裂片而活生生長出來的一個「不存在的人」；或是其實早已被按停生命時刻（如靜止在照片裡的小維，或瘋人院裡的顧同），仍被作為麥芽糖拔絲般不斷召喚以證明主體時間確實存在之客物；或是在「狼狗時光」裡仙度拉般搶在魔法消失前匆促以肉體相銜，彷彿兩座龐大記憶體以燒錄機快速壓縮形式交換身世的〈魔術時刻〉、〈孤島之夜〉……這本小說始終在主題復返重奏著一品特《今之昔》式的，傷逝（和它後面的閹割焦慮）與欣羨（及暴力）：失掉語言的、倒影世界的、鬼魂般在城市咖啡館或擬像媒體掏空背景、故事、空間的「看不見的城市」裡遊盪——這樣的「無傳奇人種」卻同時是「說故事人後裔」——每一則故事在表演的恰不是那「魔術時刻」被凍結的、淡黃色美好如舊照片的幸福之瞬；而是魔術終止後，無邊黑暗侵奪湧來，所有的語言皆如偽幣如狐狸樹葉枯萎凋敗，你不得不在光度巨大落差的散場時刻推門出場，與外面的世界繼續對話（即使再格格不入、混亂或枯燥）——那樣的哀慟逾恆。

二〇〇二年七月《聯合文學》

1 布希亞（Jean Baudrillard, 1929-2007），法國後現代主義哲學家。

陳雪／《附魔者》二〇〇九，印刻

鎮魂曲

不存在的女兒和她的瘋魔情人們

這是一個困難而恐怖的經驗。

困難處不在閱讀本身，反而是那剝洋蔥般一瓣一瓣摘下包裹身世謎霧的每一張呻吟的、顛倒嗔癡的、為愛而變貌成魔的群臉。恐怖的不是那傷害最核心的「父之罪」——這幾乎已成為陳雪成熟期之後所有小說技術、敘事迷宮所封印鎮魂的那張惡魔之臉——那比所有的傷害史更濛昧渾沌的史前時光，惡魔的臉其實孤獨、軟弱，被生命的不幸和社會的剝奪損壞而微弱打光重建出一張暗室中五官融化剝塌的「可憐人」。恐怖的不是作者如女祭司召喚所有原本靜置凍結於往昔時代，所有被那一場核爆般「愛慾之魔」所附、炸得屍骸碎裂的亡靈，再一次像劇場演員在廢墟中支撐站起，重演一次當時那（所有）高燒的、囈語的、想殺掉對方的，把有限之愛之能量一次揮發熾亮到極限的……那種慢速倒帶睜大眼睛、不放過當時咒困其中每一角色內心微細葉脈絨毛，其實追憶之攝影鏡頭對著的，是像高溫焊熔鎗對著眼球噴出的氫焰……

是怎樣的心靈可以承受這樣「整座地獄燃燒得如此輝煌」的全景素描——而非洪太尉揭開鎮魔鐵板放出一百零八天罡地煞之魔物瞬刻的轟然洶湧——作為小說同業，我畏懍佩服的是，從剝洋蔥起始，層層屏障迴廊，陳雪如何能以一種小說家的絕對專業，像藏密唐卡老繪師，一層一層鑲嵌疊套，每一細節填色、描花、精密繁錯地占領局部，絕無暈染潑灑？如何能在娓娓旁白時，拿鏡頭的手從未抖過？如何能，不為最初無辜置放至少女軀體內的核廢料之毒液腐蝕、擴散，被憤怒與瘋狂吞噬？或相反地，被遺忘機制或心理治療話語體系保護，將那一切噩夢封箱沉入最深之海底？是怎樣強大的心靈，可以不虛無、不進入憎恨冰冷之境，不為畫面裡「所有人都瘋了」至愛之人全變身成鬼形、豬形，在油鍋刀山刑架上哀嚎哭泣的暴亂全景所惑，如目犍連以錫杖擊地，壞肉身入冥府，引渡、釋放、以淚水滋潤，那些枯槁惡臭困在傷害地層凍土裡的親人與愛人之怨靈？

如何能？

我們總在想：靈魂的盒蓋掀開後，裡頭能藏有多少可能？

這部小說朦朧讓我想起王安憶的〈小城之戀〉，二者毫無相似處，只是一個「性進入離群索居的二人小世界」的寂靜與悲傷，「只有我倆」的一種瘋癲與朝必然之半衰期耗竭。

其實推進敘事唱盤旋轉的聲紋形式，以我們這世代的小說技術選擇而言，甚至可算古典：多聲部內心獨白之輪奏，譬如福克納《聲音與憤怒》、芥川〈竹藪中〉，或如柏格曼那些靜置劇場裡臉孔沒入暗影的聚會之人，汩汩吐出各自糾結埋藏之恨意與傷害：琇琇、阿鷹、淑娟、阿豹。

每一部裡像精準組合的小女孩玩具「甜蜜家庭模型」傷害版：芭比和她的爸爸、媽媽、男友們、妹妹、男友的妻子……當時，牆在這裡、沙發在這裡、床在這裡、電視播放的是哪一部片子、誰誰誰在那個時刻說了一句什麼樣的話，另一個人臉上表情是怎樣細微之變化……！每一部裡像上發條的蠟雕傀偶以三人或四人一組，一動對位一動地跳著把自己機械拆掉、慢速地毀滅的探戈……或者，我們看這位作者在展示一種奇異、冷靜的遊戲：一座由無數片長方薄積木垂直堆架而上的、巍巍顫顫的高塔，每次從塔身各處抽走一片薄積木，在一種高度危險的焦慮中，那脆弱之塔在各部位似乎致命處被抽去仍保持不倒，直到造成最後崩塌的那片不知在何時被抽掉……

琇琇這個女孩，是書中所有男人之所以附魔、狂情蕩慾、顛倒瘋狂的核燃芯棒，將性欲與極限美感渴求帶至一光爆的形貌。她既是蘿麗塔，又是以處女身被縛綁上刑架承受「父之惡」的犧牲。她摧毀了那陰鬱、苦悶、不擅描述自身感性的典型台灣底層男性的「婚姻」、「結拜兄弟」、「長嫂如母」、「叔叔與姪女」這種種細微索索的性之經濟、權力，與倫理網絡。那其實是本土女性版的《家變》。只是壞毀的劇場驅力非王文興式的「時間」（或曰卷軸畫式的全景、慢速時間，靜置鏡頭對著一活物記錄其敗壞、塌陷、潰毀之長時間過程的哀感），陳雪是以「性」，或琇琇這個「被超現實、超越社會倫常能承受之性而永遠摘除掉『正常』晶片」的女孩，因為女童時期為父所玷汙，而封印在一永遠純真（幫痛苦父親治病的小女孩，或用意志將胯下閉合成一無孔穴狀態的超現實自我想像）的療癒處女神，作為那引發這一切「大人扮家家酒」、「所有人偽裝成幸福快樂」的這一群其實良善、卑微的幾個家庭劇場的恐怖大爆炸之液態炸藥。

我想台灣小說或不曾有將「性」展演得如此純粹、妖異、美麗——除了舞鶴之外——卻有具有毀滅之神猙獰之臉的恐怖力量的書寫了。

我記得去年（二〇〇八）年初，在農曆年前，我與陳雪、顏忠賢君、楊凱麟君四人同遊台南，在大天后宮前廟埕，目睹了一場奇異詭麗之出巡神偶朝拜黑臉媽祖的「神拜神」場面。我曾將這段經驗寫在自己的小說之中：

那是八尊兩層樓高的巨型傀偶，各自穿著白銀蟒鱗錦織繡袍，關節僵固不動，但雙臂長袖曳擺搖甩。祂們是范謝甘柳四將軍，春夏秋冬四大神，踩著顛倒夢幻的舞步繞著圈子，像是八個得了巨人症的長腳大個兒相聚歡喜又焦慮地不知如何是好，祂們的腹臍部各有一潛艇般的舷窗，讓躲在巨神身體裡面下方的鑾勇漢子眼神淒迷地看著外面炮仗鑼鼓喧天，紙醉金迷一張張畏懼卻又迷醉的凡人的臉。

「大仙尪仔。」他發現這幾尊在發光的房間金漆巨影的女神注視下跳著神之呆傻舞步的巨人們，臉部不如印象中這種遶境傀偶漆著俗麗肉色漆紅色漆或黑色漆，而是長鬚長眉，臉如焦炭或棗木，瘦削拉長的下巴、深凹的大眼、高聳的鷹勾鼻——完全是中亞人或阿拉伯人混血的人種輪廓。他想：搞了半天，原來這每每在巡神幻麗之境孤獨於半空中揮著長袖的大個兒判官或瘟神將軍們，根本就是幾個忘了回家之途、陷困於矮小漢人夢境中的八個外國人。

八個胡人。老外。

每尊盔頂紅珠亂顫，背插旌旗，祂們不敢回看身後那鑾殿中目光灼灼的天后。搖頭晃腦，孤伶伶進不了這包圍住祂們的漢人夢境。一臉滑稽悲傷，找不到回去當初被甩出神之夢境的路徑。祂們每一尊的頭頂，木雕層瓣而上，非常古怪地戴著如一座金漆凌霄殿的奧麗之冠，一個想法深深震動了他。

神把祂的旅館頂在自己的頭上。

這幾尊大仙尪仔、異國神祇，即使最後混跡於一座漢人之城裡，從事驅邪壓煞，捕捉惡鬼的遊巡武職，在漢人的集體陰怖夢境裡挺著四米以上的高個兒，穿著華麗漢服東奔西走，但祂們，仍像那些非法外勞在地下工廠、餐廳、麵包店地下作坊間流竄躲避移民官員，得把鋪蓋隨身攜帶。即使那些神的旅館建築得如此幻麗繁複，讓人目眩神迷，祂們還是得把它們頂在頭上隨時可進行遷移中的遷移。

於是，跟在大仙尪仔之後列陣搖頭晃腦踩「虎步」前行的八家將，就像是一整批從那些巨神頭頂神的旅館裡歪歪跌跌摔出的不成形小人兒。他們矮小（或因跳八家將的都是一些十三、四歲，身體尚未發育完熟的青少年男孩）精瘦、背膊刺龍刺鳳，個個一臉酣迷、雙眼怒睜，繪了京劇孫悟空白菊花綻放的臉譜後面，帶著囝囝仔的騰騰殺氣，那臉譜使他們的臉，綻裂開一個以鼻尖為圓心的黑洞，或如旋轉中的彩色風車。他們左手統一執一把蒲扇，右手各自拿著魚枷、蛇杖、戒棍、火盆、黑旗、瓜鎚、判官筆……這些蛻化成神失敗、被從神的旅館逐出的少年神差們，知道此刻自己正在這被善男信女一層層包圍的神之劇場的正中央，他們像夢遊者附魔者神之胚胎被用針尖挑刺過的畸形怪物，有人類少年的胸肌和乳頭，卻穿束著最低階之神（不是天界之神，是冥界之神陰司之神的衙役）彩衣官服招搖街市。蜂炮和煙花在夜空炸開，廣場群眾外圈有至少二十支白鐵打鑄的長螺號，單調卻邪魅地衝著他們發出宰殺鯨魚時被海濤一陣一陣蓋過的嗚咽悲鳴。

「神在拜神了……」人群中有人低喊。

——〈神之旅館〉《西夏旅館》下冊

是夜，在凱麟君家客廳，我第一次聽陳雪娓娓陳述琇琇、阿鷹、阿豹及環繞著這整個恐怖劇「所有人都瘋了」的附魔故事，那非常像一千零一夜某個最關鍵之夜的啟開封印群魔嗥嗚竄出的說不完故事，我記得我聽得淚水漫面，除了說故事的陳雪像降靈巫祭起故事中每個角色被自己「因愛而入魔」的變形毀滅臉貌而驚嚇之畫面，我們每個人都噤默無言，只能渾身發冷地抽著菸。當時我便預感《附魔者》這本書一旦寫出，將是陳雪進入成熟期最重要的一部小說。那個晚上我們在天后宮前看到「大仙尪仔」與八家將以一種台灣沮迌男子的陽剛、暴烈，但又嫵媚之舞步，在炮仗與鑼鈸的迷離襯響中，搖頭晃腦不知如何是好地繞圈朝拜那尊黑臉女神，那恰像後來聽到阿鷹、阿豹們痛苦進入琇琇以自身為潘朵拉之盒而開啟的「大強子對撞機」——所謂的末日實驗，當琇琇這個小女孩曾受到的傷害被拆封，一旦這些雄豪男子心中掠過「以愛為救贖」之念頭，你立刻聽見故事中一座一座個人宇宙次第崩毀壞滅的巨響——整個夜晚恰形成一相吭相扣、顛倒迷幻之華麗隱喻。

本書書名挪借自杜斯妥也夫斯基之《附魔者》，實則書中諸人在狂愛之漩渦中扭曲、呻吟、恐懼之臉，反而讓我想到杜氏另一本小說《卡拉馬助夫兄弟們》的三種對應「父之罪」的愛（或失愛、無愛）、懲罰或救贖：米卡、伊凡、阿萊沙・謝意三兄弟。

如同他所有小說對「激情」的遲疑：

良心的折磨、悔恨、永遠被地獄之火灼燒。

在杜氏《卡拉馬助夫兄弟們》之中，弒父——殺掉那個卑鄙醜惡的父親——以伊凡（具有《罪與罰》以降，高等智力之「超人」，擁有無邊界之自由可以殺掉劣等人種的附魔者）引誘他的兄弟米卡（像戴奧尼索斯那樣的動物本能型男人）去執行殺父的行動。在杜氏典型的「附魔者」與「白癡」之錢幣兩面，時常纏祟著一個巨大、恐怖的提問：人可能把自己拉高到神的視域？僭越進入神的純粹時間？包括柏格曼《第七封印》裡和死神對弈的中世紀武士；包括《銀翼殺手》裡那個博士按自己智力之理想典型打造之複製人，在捏爆自己的創造者（對比意義之上帝、父親）前，說：「我將要做一件令人困惑的事。」不論「懲罰」或「負軛受苦」，其實皆是竄奪神之權柄，那樣的自我意志擴張，注定如宮崎駿《風之谷》那帝國打造之巨大戰鬥機器人，站起以恐怖力量口吐光燄暴風將遍野王蟲瞬刻燒成焦燼，但終因體骨身軀無法支撐那巨大能力之挪借，在下一瞬立刻融解垮掉。「上帝的裁判並不和人類的裁判一樣。」

在陳雪的《附魔者》中，「父之罪」在傷害啟始的神祕時刻，在那人間倫理慘不忍睹的光影濛昧暗室，她並不是將之放置在一精神分析式的辯證（這早在《惡魔的女兒》，乃至後來的《橋上的孩子》、《陳春天》，已經以不同的小說引渡「寬恕」過那個被自己所犯罪行永恆釘在核爆時刻的不幸父親了），而是進入一神祕主義的攝影：那個扮演了女性版阿萊沙（《卡拉馬助夫兄弟們》中，具備基督之愛的那個老么）的琇琇，以神性之哀憫包裹救贖無數時光返復的卑微、損毀、犯錯之父親，但這樣作為其他小說結尾的昇華與寬恕是可能的嗎？

於是在《附魔者》這個故事裡，裸身吞食了父之噩夢的童女神，反而啟動了「附魔」：因為在一純真無告的「處女機器」自我修補自我淨化的程式內鍵過程，在將父之罪的暗影翻印成「女兒之愛」的極限強光，像與真實世界漂離斷裂的一只「玻璃瓶中帆船模型」的精巧靈魂之內向小宇宙，使得琇琇在真實界與人間男子遭遇時，形成一種愛之形式無從建立、愛必須被拉高到不可能之強度才可能蓋過那惡魔父親包覆於溫暖子宮內的童女神的「純淨的性」。否則任何的愛慾行動皆重演強暴（奇異的是，阿鷹與阿豹掉進對琇琇之蘿麗塔狂魔迷戀，場景皆是在KTV小包廂——那父之罪密室的複製）。愛之神光降臨在阿鷹與阿豹身上時，變得痛苦、陰鬱、折磨、扭曲。於是一種奇異的腔腸式疊套魔術出現了：在陳雪的《附魔者》裡，琇琇既是那無比溫柔承受父之玷汙的神之子阿萊沙・謝意；卻同時是操控傀儡懸絲讓米卡（雄性動物本能的阿鷹與阿豹）去弒父的伊凡。她揭開、讓他們看見那極限光焰，一旦附魔無法重回人間義理秩序，無比妖豔無比純真，卻又在像駭客植入病毒軟體將他們原本運行無礙之男性程式完全炸毀、癱瘓之後，最後那張底牌上畫的卻是一個早將自己倒退回女嬰純潔時光（故而無能回贈同等激情、犧牲、世俗時間的「人之愛」）的「不存在的女兒」：永遠的逃跑者、失神者、離開現場者、遺棄者。

「阿鷹的愛太遼闊，阿豹的愛太纏綿，大家都瘋了。」

作為同世代小說創作對手，陳雪的這部小說讓我畏敬之處，並不完全在她以「萬花筒寫輪眼」般的亂針刺繡，展演了不同聲部諸人在這個恐怖劇場中，各自抓臉哀嚎的「聲音與憤怒」、「哭泣與耳語」；也不只在小說時間竟同步人世滄桑的懺情體幻術——故事的最後，所有人都「變平凡了」：

他曾以為那已是萬劫不復了⋯⋯但沒有毀滅⋯⋯他們都變平凡了⋯⋯我們在痛苦之中壯大、強大，擴大到無限大，以至於我們只看見了自己造成的毀壞，自己身上的痛苦，我們的眼睛、感官、情感都如此細緻能將任何情緒體驗到無窮⋯⋯但生命之中還有生命，生命之上還有其他，那垂危之際，有人伸出一條繩索垂向我們⋯⋯地獄在後頭追趕，我們終於轉身，伸出微弱的手抓住那條繩索。

讀至此我熱淚盈眶，猶如重回那個我們諸人目睹巨大神偶在媽祖神龕前踉蹌踩舞步的晚上，那第一次聽這個絕望故事的魔幻之夜。我佩服的是，陳雪進入小說時光將這個「所有人都瘋了」的艱難劇場一個章節一個章節翻寫上稿紙時，那彷彿瑜伽修鍊的嚴謹與穩定，並未被小說中的狂魔激情給吞噬。像波赫士小說〈環墟〉中在河岸火神廟於夢中造人的鍊金術士，沉靜的工作途中，手沒有抖過。沒有狂譫妄語，沒有掉進惡之華的狂歡引誘，沒有閃躲與虛無。那讓我在閱讀時刻再一次被提醒小說書寫以其抄寫僧之枯寂工作這件疲憊勞動，可以鎮魂之莊嚴。

哥德大教堂與曼陀羅

李渝在小說〈無岸之河〉的起章，以《紅樓夢》三十六回寶玉窺見賈薔、齡官之「放雀」情事，或沈從文小說〈三個男人和一個女人〉，提出一「多重渡引觀點」，那似乎是她小說中亭台樓閣、花園幽徑，層層迂迴的神祕起手勢，一個時光之夢的入口，一個震懾華麗交響樂的序曲。包括〈無岸之河〉，《溫州街的故事》裡的〈夜煦——一個愛情故事〉、〈她穿了一件水紅色的衣服〉、〈夜琴〉、〈菩提樹〉諸篇藝術性臻於不可思議完美的短篇，以及《金絲猿的故事》，甚至後來的《賢明時代》……，這是一個非常奇特的，關於敘事的「觀看——運鏡縱深」或「說故事——故事包裹故事乃至於說不完的故事」最後卻產生出傳奇效果的內在結構。她的小說總帶有一種時間之謎，讓人迷惘又悵然的霧夢世界，很奇怪的是，以文字的精準控制和近乎嚴厲的自覺，她（以《溫州街的故事》為標示）可說是不折不扣的現代主義者，但從「多重渡引觀點」後面所欲「渡引」而出的，卻又是一個什麼非如此無從召喚而出的——昨日之街？壓抑著祕密、傷害之謎的煙鎖重樓？失去線索的巨大文明？一段穿行過百感交集難以言喻的傾城之戀？一種說故事的意志，

李渝／〈待鶴〉《九重葛與美少年》二〇一三，印刻

那種懸逗和魔魅不僅在其印象派點描畫式的風格文字，而是這意志的相反兩面：作為讀者，李渝小說始終給我一個印象，那高度疏離，抑歛情感的視覺或空間歧路花園，似乎在延阻著我們過早抵達核心，將讀者之心智在詩化語言、繁複的文明場景、閃藏遮掩其後歷史公案或羅生門式謠言、耳語、新聞、傳說之多版本真相之暗示（如同整個「紅學」？）……這種種延異之意志中消耗殆盡；但後面卻有一不斷「渡引」故事，故事如被封印之妖獸在迷宮的最裡面蠢蠢欲動，妖幻發光的敘事熱情。

年輕時抄讀李渝的小說，那隱藏在雨滴般斷句、暗夜芙渠不斷打開感官的細節後面，其實有一極嚴謹的結構。那總讓我想到哥德式大教堂的尖拱、拱肋和飛扶壁（flying buttress），哥德式建築利用它那「大樹張開的樹枝」般的拱頂肋架，那像撐開的帆或吊起之罩篷，將磚牆結構的拱頂由稜筋與束柱連結成一種垂直向上，輕靈飛昇的幻覺；而牆面上愈開愈多，愈開愈大的彩色玻璃窗（那些薔薇花窗），讓映照進建築物裡的光線，產生一種層層疊映、神祕壯麗、盈滿垂灑的天堂臨場感，而為了達到這樣「垂直朝上」且「光陰流動」的效果，他們將原本支撐高聳建築物本身重力與側推力的難題（彩色玻璃窗的比例甚至超過牆磚部分），分散到建築物之外，像角架般的飛扶臂（輔臂）。

如同王德威先生在〈無岸之河的渡引者〉中，指出李渝的「渡引」，從沈從文「如何藉著黃昏的光影，對生命的得失投擲曖昧、包容的眼光」，〈三個男人和一個女人〉畫面最後那個在月光下吹喇叭的小兵；渡引至藝術（或藝術史？）的「無岸之河」：

面對熟悉的古人和圖畫，心中卻寧靜歡喜。而《江行初雪圖》裡的，《富春山居圖》裡的那條河仍舊流著；在世上所有的瑣碎，所有的紛擾，所有的成敗中，有比它更永恆的麼？」

——李渝〈江河流遠，《任伯年》補記〉

〈夜煦〉中那近乎《愛在瘟疫蔓延時》經歷半世紀被歷史荒謬蹂躪、剝奪、損毀的一對傳奇戀人，琴師和美麗女伶，如今已是兩個蹣跚疲憊的老人，但李渝寫到他們在舞台提弓鳴弦，老婦啟唇輕唱時整個「奇異、閃爍著光」的魔術，「從陰沉晦黯的焦土，進入繁花甜雨的世界」；〈踟躕之谷〉最終將軍（畫家）迷醉消失於自己的畫中悟境；或〈無岸之河〉最末由小女孩之眼將故事的時光惘然憮慨拉遠成展翼飛行的，雪白之鶴。

或如鄭穎在《鬱的容顏——李渝小說研究》中提及李渝以《賢明時代》為代表的三篇小說「從文字——物質性、時空——共時性、記憶——多異性、場景——再現邏輯、經驗——受創的主體」之現代主義式「多重渡引」世界，慢慢走進一個「審美意識」，一個烏托邦，「和平時光」：

小說的結尾總往上翻騰……一個更大的救贖，像入巴布爾花園，一處神的國度，或如面對端坐如斯的交腳菩薩，時間與事件於是在光的後面隱去。

那種朝上的、向陽的，一種對人類更高度文明的嚮往與飛昇，譬如〈傷癒的手，飛起來〉結尾引商禽詩〈鴿子〉：「無辜的手啊，現在，我將你們高舉，我是多麼想——如同放掉一對傷癒的鳥一樣──將你們從我雙臂釋放啊！」又如同在〈無岸之河〉層層故事多重渡引的尾聲，那個幾乎失去自我純潔少年原型的男子離開本來庸鬱的生活，寄回給家人的一張黑白照是一座建築：

沉厚的造型猜想源自心靈的宗教感，秩序和莊嚴的結構或者來自條理的尊敬。已被時間蝕化了的梁柱的頂端，有一種婉轉流暢靈活嫵媚的線條稍縱即逝，卻透露了遠古人類的綺麗心思。

那之後便寫了一小段似乎和小說前段情節並無極大關係的「鶴的意志」：一個小女孩在已成為工地、廢墟意象的城市，近乎不可能地看見一隻美麗的白鶴，於是李渝寫到宋徽宗的〈瑞鶴圖〉：

精緻的工筆，描繪出典麗的殿簷，浮現在低低的雲層中。二十隻白鶴中的兩隻，停歇在簷兩端的魚尾飾上，其餘愉快地翱旋著。雖然是簡單的黑白複印，我們仍能讀出上元節次夕，當晚空呈現銀灰藍色，一群白鶴飛來時，從來沒有一位皇帝一位畫家的心靈能比他更綺麗更憂鬱的徽宗的感動呢。

李渝〈待鶴〉的開頭，奇妙地又引了徽宗在十二世紀那個綺麗的黃昏，「剎那的一個時空，當神話和現實同時出現而無法辨分時，藝術家以真實明確的圖繪錄述感動」，似乎仍是以鶴的雪白羽翼翩翩飛行的視覺印象，作為一種飛昇、上旋、美學上的輕盈（卡爾維諾說的「輕」）渡引那人世的、歷史的、無法辨明的暴力和苦難。然而，這個〈瑞鶴圖〉飛昇的意象放在小說的開頭，〈無岸之河〉作為結尾的寧靜曠遠缺憾還諸天地的感受不見了，李渝「多重渡引」的魔術展開，我們發現那與「鶴的意志」逆反的，反而是層層累聚的，一個接一個賦格迴奏的「下墜」的故事。暗夜行路。一趟旅程（前往不丹看傳說中的鶴和窟藏繪畫），啟動了一段時間中的經歷，而又召喚了「我」記憶中幽微困惑，一個深沉黯黑不斷下墜的井。我第一遍閱讀這篇小說的驚動是：那座「垂光幻麗的哥德式大教堂」不見了，同樣的「多重渡引」，但已進入到一個凶險的、歧路花園的、昆德拉說卡夫卡的「一個曠野漫遊之終點」，那一堵一堵機關迷宮的牆，甚至那將內心視覺由平行拉成一垂直鳥瞰的唐卡・壇城，或文中提及的「曼陀羅」。

小說的起始，一個不丹男子墜崖的意外，驟臨的死亡，似乎替這翻展而出的故事籠上一難以除魅的陰鬱與不祥。

作為一個「觀看者」，不僅是那崇山峻嶺構圖裡人成為一如此渺小、脆弱、瞬即掉落消滅的存有之嗟嘆；更被一種歌德風「闖入者啟動了一個封閉世界原本靜止和諧之秩序的異變」，一個外侵者自覺的深層不安（我突然害怕起來，一陣恐懼湧上。這身邊圍著的一圈人，難道他們究竟要自己動手來處理事情了嗎？想必人們終究是明白，這批外來過客都是某種程度的剝削掠奪者，都是偽善的人，明白這批人才是真正的肇禍者，應該為此事負責任的）；「觀看者」在這裡像剝洋蔥打開了幾組不同的「觀看方式」（梅洛龐蒂）。我們被猝不及防的災難撲襲籠罩、恐懼與哀憫，但同時被作者多重渡引的故事層層包裹；像降靈會，像一種靈媒的儀式。「大難將臨，唇乾舌燥」：像班雅明在〈早點鋪〉中所寫：「灰色的夢境頑固地將根鬚留在靈魂的更深層……一半過渡到白晝這邊，另一半留在夢境的彼岸。」

接著小說進入到一幕接一幕極大扭力的身分（或身世）的間錯和它們各自背後那麼豐饒繁複的時光體悟。從沈從文〈丈夫〉的群山淡景視覺對那喪夫女子災難驟臨的同感：「現在屋裡的世界看來日常又平和，顯然當事人已經離開那一時間，好好地往前走了，我真為她高興，然而旁觀者的我，卻仍舊滯留在原時間，糾纏在原情況中。如同發生了放演故障的影片，記憶的畫面軋在機件的齒輪上無法移動，掙扎在幾個定格之間前前後後，不能往前走。」這已不再是沈從文了，而偷渡進卡夫卡那冰冷無援的精神治療空間，或超現實的大學機構；一種傅柯式的「瘋顛」的被描述，自我定義的被剝奪與奪回：「在《一千零一夜》裡莎赫札德說的其中一個故事就是講述自己為什麼要說這些故事，而我們都知道這是為了拖延逃避她的死期。」

小說寫到任教大學圖書館裡一個天井總有學生在此跳樓（「中庭天井滑石地面的幾何圖形，在構造上和色調上都引起叢山巃嶺，峰巒尖聳的聯想」；「從樓上往下看，這天井地面更會變成叢叢更迭的深淵，一整片陰險的迷陣，發出令人昏眩的誘惑力，好像招呼你跳下來一樣。」），校方在邊樓圍封上塑料玻璃板，不想還是有一醫預科學生，翻過高牆跳樓自死。「我」再度由旁觀者的視覺，越界進入自殺者被死亡引誘跳下，那「滯留的時間」：「在他佇立在這空隙前，尚未跳下之前，他一定像徘徊在地獄的斷崖邊一樣地辛苦」；「我」因這「同感」的恍神，反而讓自己掉進了一個「影像卡在放演機的齒輪間，固執地拒絕前移」，一個曼陀羅式的現代性機構場景：一個無比孤獨的荒原。「我」成為同事狐疑眼神、醫療系統與話語、無感性無同情理解能力的醫生、地下室的診所……層層包圍旋轉，在卡夫卡的迴廊建築惶惑迷走的，「瘋了的人」。

其實「被瘋狂（或比瘋狂更巨大、恐怖的人類集體的愚行）摧毀的女子」的畫像，在李渝之前的小說便可窺見，那形成一種沉鬱、失語、內向暴力的後台幽靈。譬如〈江行初雪〉、〈夜煦〉的女戲子，《金絲猿的故事》將軍的年輕妻子，那皆充滿一種讓人想尖叫的隱晦抑鬱的瘋狂，像孟克的〈吶喊〉，但李渝以其精煉內斂的文字，亂針刺繡其畫像外延環境的花木濃蔭、廊簷院落、巷弄街景、人聲浮動……

這樣的被靜默的暴力層層包裹住的「發瘋的女子」——總讓人想到《牡丹亭》裡青春抑鬱卻無路可出而進入一理想性自畫像的少女；或D. M Thomas《白色旅店》那大屠殺時刻無數個無名身體其中一個女子不為人知的內心世界竟是那無比妖異豐饒的「歇斯底里症的內心地貌」——從〈菩提樹〉、〈她穿了一件水紅色的衣服〉裡的阿玉，到〈賢明時代〉的永泰公主李仙蕙，這樣的青春、純真、代表救贖幻影的「少女神」，在《溫州街的故事》或《金絲猿的故事》時期，她們似乎在不同時光的落點，像浸泡顯影劑的底片，幅展著吳爾芙，不，普魯斯特式的洶湧的、在回憶折光裡所有感官放大顯微、所有的光影像蕨草細微葉脈同時呈現，她們純真、善美，卻又憂悒而無能表述自我，在焦灼的欲望、延擱的迷惘，或某種核爆過後怪異的寧靜……成為戰爭、白色恐怖、大逮捕年代、暴動、種種「亂世」的河流上粼粼之再現波光水影。套句老話，她們腦中的記憶體，她們的「瘋狂」，正如《AI人工智慧》裡那個經歷、目睹「人類這個會自我毀滅的低等文明，卻又創作出詩歌、戲劇、足球……讓另外更高等文明迷惑」某一時期的機器人小男孩，它腦殼中的記憶體，在人類完全在地球滅絕之後，成為一考古地層化石般的證據。

這樣的「少女神」——或等待果陀的女人、青春抑鬱的女人、臉上的線條被什麼畫面外的東西傷害損毀的女人、殉情的女人——與之對峙的常是那「迷宮中的將軍」，造成李渝小說中那哥德式建築隙光垂灑、流幻曖昧、禁錮時間並籠罩一切靜物的「真正的瘋者」：將軍、畫家、君王，或父親背後那看不見的、必須在自家飯桌壓低聲音談論的「老大哥」。這類型的人物，其複雜，恰正是閱讀李渝小說的那醚味、豐腴、《牡丹亭》式「良辰美景奈何天，賞心悅事誰家院」的哀愁、不安之惘惘威脅亂世預感的抵達之謎；像《往事並不如煙》裡，某一個歷史的擱淺停頓時刻中，一群彷佛契訶夫《櫻桃園》裡具有高度教養、審美趣味的沒落貴族、老派高官、老將軍、赫赫有名的五四人物……，他們在她那微物之神的攝影術素描下，像鬼魅被困在《溫州街的故事》、《金絲猿的故事》一張張舊昔劇場照片裡。

那閱讀時總讓人濃愁耿耿、難以言喻的（以小說後輩來說，難以模仿的）專屬李渝說故事的「體」（如黃錦樹說郭松棻的「病體即文體」），「味」與「魂」，核心有一謎面或即是「教養」：生活上的、美學上的、人情世故的貼近權力核心之吉凶徵兆判斷，對於人事飄萍或變故之靜斂，或〈踟躕之谷〉裡那個經歷過中國現代史上諸次大事件，「出於愛國憂國的原因，或陷獄或暗殺了一些人」的情治軍官，最後走進山水畫裡，成為一以繪畫重建一靜默宇宙的畫家……。那在歷史時空遞轉更迭而今是昨非的「欲辯已忘言」，李渝或因「因為理解，所以慈悲」，她在招魂「渡引」他們進入故事隧道時，常不止是沈從文黃昏河面上的悲傷與抒情；且奇異地進入一個無比孤獨，他們內心的瘋魔旅程、疾病的長廊。

而在〈待鶴〉中，曾經救贖、拔升、渡引、安慰寧靜這些附魔者內心的山水畫、琴樂、巴布爾花園；他們「進入結構、融入脈絡組織、動勢中的靜勢，繽紛中的簡純，喧囂中的安寧」（《金絲猿的故事》）……似乎被更迫近、更凶險、「更大的災難要來」的恐怖、瘋狂、虛無給「反包圍」，「我」作為創造者，竟也身陷那曼陀羅層瓣迴旋的、魔眾入侵的圍城，成為那個迷宮中的將軍。似乎這趟不丹之旅，遇見不同的人物，乖異近乎超現實的事件，於小說家（或她之前的小說）像一趟寶玉神遊太虛幻境般的自證：只是那前八十回皆已發生過了，或尤里西斯在漫長流浪來到費阿克斯人當中，他發現他們所傳頌多年的故事其實就是他本人的歷險。或像唐僧師徒終於歷經艱苦來到西天，渡河時搭無底船，望見自己的屍身從眼前順流漂下……

關於曼陀羅（梵文 Mandala 之音譯）一般意譯為「壇城」、「中圍」，象徵修行密法、觀想的地域，宇宙萬物居所的縮圖；「無限大宇宙」與「內在微觀之小宇宙」的層層包覆反錯。它可能是一種永劫回歸的時間簡史；或是一對人心劫壞滅墮經歷的抽象描述；或是有關「無限」的劇場式展現（它或即是波赫士描述的「阿萊夫」）。似乎是佛的宮殿，但又有「發生」、「聚集」之義，是「為了在修行密法的時候，防止魔眾入侵而建築的」。那些坐於曼陀羅壇城中心的主尊，常有不同自我的化身、變貌，或動畫分格畫片展演生命不同激情時刻（恐懼、歡愛、悲慟、憤怒）的鎮懾或覺悟。

且看李渝在〈待鶴〉中如何描述繪卷梵畫裡的「曼陀羅」：

「……把癡想和欲望全部畫出來，用熱情甚至於縱情的風格來追求性靈的寧靜空淨，從繁華到肅穆，喧囂到安靜、放肆到謙卑、執著到捨棄，從有到無，實到空，用入世的手法來達到淨世的目的，這荒瘠的洞穴豈不是變成了善惡決鬥的場地，在肅穆中進行的不都是一場接一場的喧騰的血戰了？」

「每筆每色底下都埋伏著色相和欲望，處處皆是誘惑和陷阱。古典中國畫家的課業執行在下筆前，修身養性寓情的功夫事先把墮落的因子一一去除，險局一一化解，落筆往往已是清明景象，這裡卻是把世界的建構元素全體都列出，戰鬥的時態是此刻、當下式的；如果文人畫爭取靜止的境界，這裡則是行動的疆域，唯一的武器是對自己的信任，對人性的肯定，而一個失誤，於中國藝術家莫非是退隱遁逸，這裡卻是失身墮入深淵，要粉身碎骨，萬劫不復的……」

這段文字，讀來讓人驚心動魄、迫近且如許真實地感受那曾經發生過的「戰鬥」：肉身的崩壞、存在的孤寂、瘋狂經歷的地獄之景，卡夫卡式的箍桶般的現代寓言世界……

那不再只是蟄伏於溫州街那個所有人困陷於一個時光果凍般的微物之神，靜置世界裡的「惘惘的威脅」；而是「只是當時已惘然」的「惘然記」。這似乎是一則創作者對已完成、封印於小說中的「極限光焰——神祕追尋」藝術家渡引之途畫軸的反轉、時光積木的重組、那個花木豐豔、鳥鳴宛轉、流泉潺潺的天堂「巴布爾花園」噩夢般地拆毀、離散、倒帶回驚悸恐怖、刀光劍影的戰場。一個如王德威所說「身體的潰散，因此幾乎帶有寓言色彩。什麼是主體的完成？什麼是形神的琢磨？面對這些（現代主義）問題，從芥川龍之介到阿陶[1]，卻紛紛以肉身的崩毀來反證理想的可望而不可即」的「現代主義」創作者最嚴酷、凶險、「時態是此刻」的反詰和更複雜況味的體悟。如何在神形散潰、「額頭被插上一柄斧頭」（太宰治語）、看清人是如何孤單渺小之境，還能召喚殘兵剩卒，如何調度？如何凝神？手捏彩沙，直線、圓弧、塊面、涓滴成形，一層一層複繪上那方圓相間，儼然世界縮影的「曼陀羅」構圖？

1 安托南・阿陶（Antonin Artaud, 1896-1948），法國詩人、戲劇家。

他從自己褲袋掏出那枚錢幣，放上

木心／《木心作品集》二〇一三，印刻

〈溫莎墓園日記〉這個短篇，一開頭就是一段美得讓人透不過氣來的墓園風景素描：

> 最初是陌生的無名墓園，每週一二次漫步其間，幾年過來，季節的換景就不再驚訝，也未曾遇見人，漸漸信賴這是個廢區，可占為孤獨者的采地，躑躅在環形的泥徑上，就都是蒼翠的樹，因為十四座墓碑全位於泥徑的外緣，其內細草鋪匯成偌大的圓坪，喬木和亞喬木分別聳立著，已經是一個不小的幽林，只有居中而偏西的那塊黑岩，巨象之背般伏在蒿萊叢中，容易引起如果憩息其上的意欲，並非有所困倦，都只宜於坐著臥著瀏覽高處紛紛的杈椏，其實是滿天明綠的繁葉，無不搖曳顫動蕭蕭作聲。
>
> 那年夏季常來大風，暴雨比風還大，墓園裡有樹折斷了，折倒了一棵，也位於西北角，過後鋸成許多段，曝在原地，日光照著肉黃的鮮明的橫段面，年輪可估百數，蛀空了的緣故，近地

面那截被什麼蟲長久營巢，倒下來的時候，似乎沒有連累別的樹，而因為是夏季，墓園的整部濃蔭，唯獨西北角就敞亮得異樣，可知這棵樹曾有多少多少葉子……

木心寫「不在場」，用一種「本來在、應該在、記憶惰性或視覺暫留的在」，但終於空缺了，永恆不在了。用墓園樹林枝椏的暈染和點描，突然全景構圖因一棵樹被塗掉了，被隱蔽，「不在了」，一種耽美（對於濃綠的林蔭）的失落和意外的敞亮的錯置情感。

這樣的「不在場」——「空山不見人，但聞人語響，返景入深林，復照青苔上」——或可視為木心這個短篇小說集裡，無論在抑懷感傷，或娓娓陳述，或道德謬境的「我」的位置。有點像德勒茲所說的「懷舊照片」的功能性。

〈溫莎墓園日記〉就情節而言分成兩部分進行：其一為「墓園」裡所發生靜謐卻暗潮洶湧的「情」與「形上」之對弈，作為主體的「我」始終和一個不在場的心智對手，透過荒棄無人的墓園之碑石上的一枚錢幣，一來一往，一正一反的翻面遊戲。其二為「日記」，既附寄於溫莎公爵與公爵夫人的傳奇愛情故事，似乎「我」與一位始終沒進入故事前景的女性知己之通信，既慨嘆抒懷昔人已逝，公爵夫人之珠寶在拍賣場引起天價搶標之「華麗卻蒼涼」反差。

這兩條線索，都是「不在場」。

「日記」的部分較古典，或較可理解為對一個已一去不復返，頹壞滅絕的古典時光（所包裹的教養、情愫、美德和端莊）的懷念、傷逝，譬如他寫：「這分明是最通俗的無情濫情的一百年，所以驀然追溯溫莎公爵和公爵夫人的粼粼往事，古典的幽香使現代眾生大感迷惑，宛如時光倒流，流得彼此眩然黯然，有人抑制不住驚嘆，難道愛情真是，真是可能的嗎？」

這個部分的「通信者」桑德拉，是個女性（從信中看出還有個念中學的女兒），影影綽綽的背景似乎是能近距在「溫莎夫人遺物蘇士比拍賣會」（最動人的無疑是那紅寶石項鍊），那些頂級富豪競爭者的核心密室，至少是一個有能力說出曾在那傳奇時光遺骸的現場，「看見了那極限光燄」是如何如何的轉敘者。而她又在木心的狡黠布置下，靠著一種說故事時刻的「不在場」（這些日記是否確曾作為信件寄出，直到小說最後我們才確知），一種像穿越過木心諸篇作品的這類「愛智女人」理想原型：機鋒、聰慧、老派教養、對鬱憤的「我」寬縱寵溺又輕微怨懟的母姊溫暖，最重要是她們常作為補充（或引答人），如伴奏樂器承托著代表木心觀點「我」的譏誚或哀傷的高音小提琴之盤旋拔高。

最讓人震服的，重讀幾遍皆心折、說不出的迷惘、嘆息，近乎「波赫士魔術」翻動那〈歧路花園〉（「留給許多個未來」、「許多個化為一個」）的「敘事惡魔機器」，其實就是「我」與始終不在場，然又「必然在」的另一人，在大雪墓碑上，透過翻轉一枚生丁（「我」將之翻為林肯側面像的一面，彼將之再翻為紀念堂圖像的一面）。

一開始，木心將這個銅幣正反面的信息，經過幾次「人力」的翻轉，進入了一種齊克果《誘惑者日記》式的，意義在時間流中持續加碼而形成的愛之重擔、被遺棄之恐怖，乃至存在之桎梏的超越或對無明、荒謬之洞見。

此沒忘懷
此願意持續
生丁正之反之的次數愈多，涵義的值就進入：
此至今猶存在
此怎能忘懷呢
此已無法中斷這個持續了
原本是最輕易的兩個手指合成一個動作，起始的信息，初極與終極天然相連，由於此彼各執一面的次數的增多，親手製造輪迴，落入輪迴中……

譬如木心在《愛默生家的惡客》最末收入一篇〈大宋母儀〉，從《二拍》卷十三正章轉寫，講到「〈大宋母儀〉的現代性，在於『同一種罪孽，接連兩次發生在一個家庭裡』，那麼審判和報應沒有懲戒和教訓的作用，這樣的象徵性就大到了整部人類文明史，代代眾生所犯的都是前輩已一再犯過的錯誤。惡在繼續，日光下無新事。」這或就是「薛西弗斯的神話」；貝克特的《等待果陀》；或如我還是最喜歡的，昆德拉在《生命中不能承受之輕》第一章所說的，尼采的「永劫回歸」：

「永劫回歸的幻念以否定的方式肯定了一件事：一但消逝便不再回頭的生命，就如影子一般，沒有重量，預先死亡了，無論生命是否殘酷，是否美麗，是否燦爛，這殘酷、這美麗、這燦爛都沒有任何意義。……如果法國大革命必須永無休止地重複，法國的史書就不會因為羅伯斯庇爾而感到如此自豪了。……血腥的年代於是變成一些字詞、一些理論、一些研討，變得比鴻毛還輕……」

「如果生命的每一秒鐘都得重複無數次，我們就會像耶穌基督釘在十字架上，被釘在永恆之上……在永劫回歸的世界裡，每一個動作都附和著讓人不能承受的重責大任，這正是為什麼尼采會說：永劫回歸是最沉重的負擔。……最沉重的負擔壓垮我們，讓我們屈服，把我們壓倒在地。……」

這種「已經不全的自己」（年輕美麗的那個「我」；曾被歷史瘋狂刑虐的那個「我」；已經不在了）之自覺，常在不同體例、時空幻覺的故事廢墟劇場，招魂、凝望、唏噓那「不在場的」、影影綽綽的「更美好的文明盛景」：當時人們是怎樣說話、怎樣愛美、怎樣揖讓而升知情守義、怎樣的溫潤含蓄……那形成一種「此在」鬼火磷磷，而彼時滿室光輝的寂寥哀嘆之感，這或是木心這些短篇小說常輕描淡寫卻與人繁複豐纍之印象。譬如〈月亮出來了〉這一篇，「我」和一位聰慧女伴，一位馬車夫，在恍若仲夏夜之夢的一趟月夜夜巡中，一路的哲學機鋒與高級調情，「你的吳爾芙夫人總是有理，舉莎士比亞、托爾斯泰為例，男人女人都是半人，只有少數是全人」，讀者像在讀《紅樓夢》時的驚嘆：這些十三、四歲的少男少女們竟能在遊戲間寫出意境如此超凡之詩。木心的這遮掩偶一露示的，如郭松棻所說的「彼岸性」，「……在木心的冥想沉思中，他求得很遠，他遠遠地達到了『彼岸』；但是他在落筆的時候，卻又不給我們帶來太多的彼岸消息，而調弄的卻

是『此岸』零零星星瑣瑣碎碎的題材，但就在其中，隱藏著那個『彼岸性』。」（一九八六年紐約《中報》〈木心的散文〉討論會）

縮限在《溫莎墓園日記》這本集子裡的諸短篇小說，也各自遮藏隱蔽、欲語還休，只給見樹卻如霧中風景讓讀者存在「背後有一整片森林」之印象，即是這種「彼岸性」：曾經如此繁麗的文明全景；曾經如此和諧的人文宇宙；曾經如此嚴守風格風骨的文人丰儀；曾經如此守諾重情的義理秩序；燦若繁星的歐洲詩人哲人引句；或如《世說新語》人物品藻，幾筆素描即栩栩如在眼前的，「全人」該是如何言行、自由、瀟灑、高遠。譬如〈SOS〉的將沉之輪船裡一位醫生面臨救臨盆孕婦還是自己逃命，然即使幫忙接生完全了嬰孩誕生之神聖一刻，他們（醫生、產婦、嬰孩）旋即一同隨沉船滅頂。譬如〈七日之糧〉中，圍城者司馬子反與被圍者華元之間的君子誠信（「你們好好堅守城池吧，我們也只有七日之糧了，吃光，就回去。」），連為君者（楚莊王）面對這種君子之德，亦不敢逆之折之；譬如〈五更轉曲〉寫崇禎末年江陰縣典史閻應元率全城軍民，慘烈守城乃至城破被俘被戮之悲壯圍城史；乃至〈壽衣〉這篇，近乎向魯迅〈祝福〉裡的祥林嫂致敬的，同樣「南方的憂鬱」的江南小鎮的場景、氛圍、群眾演員、敘事者視覺被這底層苦難者絕望無言翻不了身（一是階級，二是禮教傳統）的哀憤同情，那種左翼作家暗影濃厚的版畫風格。這幾篇小說，我們聞到一種古典的芬芳，或對某種古老道德價值之孺慕。似乎那個沉鬱冷誚、那個議論起培根、華格納、愛默生、蒙田、托爾斯泰……像隔鄰老友，那個「結結實實的懷疑論者」的木心，不見了，或是不像了。

木心在《魚麗之宴》裡的幾篇應答編輯或學者提問，有許多段落至今讀了仍令人心驚，譬如：

……「文學」，酸腐迂闊要不得，便佞油滑也要不得，太活絡亢奮了，那個「品性的貧困」也到底不是「行路」、「讀書」就可解決。時下能看到的，是年輕人的「生命力」，以生命力代替才華，大致這樣……

譬如被問起「在什麼地方（環境）您寫得最順意？」答曰：「繁華不堪的大都會的純然僻靜處，窗戶全開，爽朗的微風相繼吹來，市聲隱隱沸動，猶如深山松濤……電話響了，是陌生人撥錯號碼，斷而後續的思緒，反而若有所悟。」

譬如在〈仲夏開軒——答美國加州大學童明教授問〉（這篇訪談或是關於木心研究的經典資料），當被問及「西方文化究竟是如何影響您？」他的回答：

「人們已經不知道本世紀二〇、三〇年代末，中國南方的富貴之家幾乎全盤西化過，原因有三：一、大都會的殖民地性質輻射到小城市而波及鄉鎮。二、西方教會傳道的同時帶來了歐洲文明是系統的博洽的。三、成年人對域外物質文明的追求，便利了少年人對異國情調的嚮往。……」

當被問及「如何對待中國文化精粹？」他回答的讓人抓耳搔腮：

「中國曾經是個詩國，皇帝的詔令、臣子的奏章、喜慶賀詞、哀喪輓聯，都引用詩體，法官的判斷、醫師的處方、巫覡的神諭，無不出之以詩句，名妓個個是女詩人，武將酒酣興起即席口占，驛站廟宇的白堊牆上題滿了行役和遊客的詩。北宋時期的風景畫（山水）的成就，可與西方的交響樂作類比，而元、明、清一代代大師各占各的頂峰，實在是世界繪畫史上的奇觀。西方人善舞蹈，中國人精書法，中國人的『書法』之道，是所有的藝術表現中，最彰顯天才和功力的一種靈智行為……」他還說到中國古代的雕刻、陶、青銅、瓷、古典文學、古哲學……但又說：「中國文化發源於西北，物換星移地往東南流，流到江浙就停滯了，我的童年少年是在中國古文化的沉澱物中苦苦折騰過來的……」

在〈戰後嘉年華〉這篇，木心少見的不是一片廢墟墓園而是回憶的夢裡的長幅「清明上河圖」，那個熠熠發光如在夢動的「兒時江南」：「我曾見的生命，都只是行過，無所謂完成。」

> 日本侵占中國江南，始時國民紛紛逃難，到了全部淪陷，人們又各回故鄉，謹慎苟且度日，忙於對付各種苛捐雜稅，臉色凝重，道路以目。大小城市百業蕭條委頓，偶有偽飾的繁華，所謂「共榮圈」的騙局把戲，顯得力不從心。被侵略者與侵略者都漸漸知道局面既長而不會維持太長，你的好夢就是我的噩夢，那麼你的噩夢便是我的好夢，一種駸駸八年變得又僵硬又軟靡的等待心情，瀰漫整個江南。亂世必有的普遍的虛幻感，始「時值非常，一切從簡」成為那年月最流行的禮節性的托辭。自然景象雖則四季如儀，而清明節掃墓，同時祭奠為國捐軀的陣亡將士，中秋節賞月，家破人亡能有幾處稱得上團圓，山川森林都一色憊頓恍惚，是人的心情的投影吧。

這個「南方」，「古鎮」，像浸泡在西方文明羊水中面目尚模糊的胚胎，不及長全，即因戰火、逃難、革命，歪斜癟塌地只好硬被穿戴上古代衰老夢境的戲服，我們在張愛玲的《小團圓》、

《雷峰塔》，魯迅的《朝花夕拾》讀過這些恍惚如夢，扭曲變不了臉，或新舊華洋文化衝擊而易碎、輕蔑自嘲的笑、困惑迷惘的「無所謂完成」的人們的臉。

木心在《溫莎墓園日記》一書之序中，像《紅樓夢》的錦織幻繡那樣寫到兒時在故鄉烏鎮看戲的經驗，「如夢而難醒」：

「……要候『班子』開碼頭開來了，才貼出紅綠油光紙的海報，一時全鎮騷然，先湧到埠口的幫岸上，看那幾條裝滿巨大箱籠的船，戲子呢，就是爬動在船首船艄的男男女女，穿著與常人無異，或者更見襤褸些，灰頭土臉沒有半點楊貴妃趙子龍的影子，奇怪的是戲子們在船上栗栗六六，都不向岸上看，無論岸上多少人，不看，逕自燒飯，餵奶，坐在舷邊洗腳，同夥間也少說笑，默默地吃飯了。岸上的人沒有誰敢與船上招呼……

「混綠得泛白的小運河慢慢流，氽過瓜皮爛草野狗的屍體，水面飄來一股土腥氣，鎮梢的鐵匠錘聲丁丁……散戲，眾人嗡嗡然推背接踵而出寺門，年紀輕的跨圮牆跳斷垣格外便捷，霎時滿街身影笑語像是還有什麼事情好做，像是一個方向走的，卻越走越岔漸漸寥落，寒風撲面，石板的礫咯聲在夜靜中顯得很響，電筒的光束忽前忽後，上橋了，豆腐作坊的高煙囪頂著一彎新月，下面黑得像深潭，沿岸民房接瓦檐偶有二三明窗，等候看戲者的歸返——跟前的一切怎能與戲中的一切相比，本來也未必看出眼前的人沒意識，見過戲中的人了，就嫌眼前的人實在太沒意趣，而『眼前的人』，尤其就是指自己，被『戲』拋棄，絕望於成為戲中人。」

這段文字，真是美，完全不輸布魯諾・舒茲的短篇名作〈肉桂色鋪子〉。夢外之悲。夢裡不知身是客。戲中悲歡離合鮮衣怒冠。戲外是仆跌摔進二十世紀「現代」那光天化日下的古代遺跡、精神性、人世愿懣、髒汙小運河旁甩頭甩腦走動的「冥晦之境的同族之群體」。既憎惡又傷懷。既尖誚卻又厚道。木心說：「某西班牙畫家說，他望著雅典的帕德嫩神廟，感到世界上一切文明文化都是從這八根石柱中出來的。」但他經歷過謎一般的「十年浩劫」、譬如遠親沈雁冰這一輩的三〇年代中國現代創作靈魂們，從身體和可能展開的文學成年期整個摧毀、斬斷，他卻出走紐約、文字的呼吸仍那麼清新激烈，但他大口呼息的「歐羅巴精神」，同一座時鐘其實亦正是二戰那恐怖屠殺、文明徹底崩毀、種族滅絕、噩夢般的荒原。形成一個永遠側身在一切場景之外的異鄉人，或遊魂的自我形貌。他說：「我恨這個既屬於我亦屬於它的二十世紀，多麼不光彩的喪盡自尊的一百年，無奈終究是我藉以度過青春的長段血色斑斕的時光，我，還是，在愛它。」

當童明教授問起他「尼采所說上帝之死，與那個主宰道德世界的上帝相輔相成的人文主義隨上帝俱亡，尼采呼嘯的『悲劇精神』是什麼呢」，「這似乎又是二律背反」？木心典型的回答方式是：「問題愈談愈大，也愈黑，我向來只是劇場中的後排觀眾，你要我突然坐到前排靠近舞台，又何苦呢。」但當童明再問，他則懇切作了一段非常嚴肅的回答（此處不再摘引，請參看原書），提到：「中國的成語『哀莫大於心死』，就是指這種地步和狀態，還有兩個成語，叫做『絕處逢生』，叫做『置之死地而後生』又是很可愛的逆論。」

或當被問起「作家的被理解」，他則誚諷：「《聊齋誌異》裡面有許多女的男的，俊俏伶俐，非常之需要讚美，非常之不求理解，一但眼看要被理解了，便逃之夭夭。」

年輕時我讀木心常似懂非懂，不解其意（他那些警句又似禪宗偈語裡繁若星辰的大哲人、大藝術家、大文學家，我大部分沒讀過），感覺抒情的啟動或終極辯證的機鋒後頭，總有兩隻手指在扳動翻轉著一枚銀幣之正反兩面，檢測、棒喝、遁逃，卻又癡情想展示一幅已滅絕了的，像光燄熄滅前一瞬輝煌殘影，像《紅樓夢》、像《陶庵夢憶》那樣一個文明場景。那枚錢幣，既翻轉著古代與現代、東方與西方、朝聖與返俗、拋棄與拾遺、死蔭之境與呵護祝福、犬儒與激切……。如果未必是他散文與詩創作的理想讀者，僅獨立拿著這本《溫莎墓園日記》的諸篇小說閱讀，你也會感覺到各篇之後總有一個哈姆雷特，沉吟、固執、一種道德情境無從選擇的惘然或遺憾、一種「將要被翻轉到錢幣另一面」的懸念或暫時擱淺。

譬如〈兩個小人在打架〉，一個似乎從魯迅「未莊」長出來，作為錢幣另一面，群眾愚騃、嚼舌、流言、假道學真施暴無助弱者的暗影對照的「光」，一個「新時代美德」的中學作文老師，這趙老師痛批學生：

怎麼搞的，學生作文，都是腦子裡兩個小人在打架，也談不上兩種世界觀的矛盾，不過是白臉紅臉好人壞人糾纏不清。是誰教出來的。積重難返嗎，我倒是不相信，我非趕走這兩個小人不可！

然則，這樣一個「英銳之氣」的落單個體，落在那不止學生作文簿中，而是這整個中國舊文化暮氣沉沉、關係錯綜、所有人委曲求全於密織般的群體裡，也終於像摔落泥河中被食人魚群圍噬的斑馬，掙扎、滅頂。父親，女人，孩子，父親要再娶寡婦，女人給他戴綠帽，父親與媳婦惡鬥，兩方都在要錢，主要是他要面子，不敢將此事鬧開，環環鎖死，荒謬喜劇地自己也陷入「兩個在打架」。

又譬如〈芳芳NO・4〉，開篇乍看似乎是木心極短篇浮光掠影常見的年輕女子素描輕喜劇，一個像《理性與感性》，像張愛玲的白流蘇那樣的，民國新女性（如木心所說：「江南小鎮的西化比一般人想像的徹底」）在新與舊社會秩序、經濟關係、性別意識的崩解與混亂重建中，一種無法找到合宜戲服、新舊華洋（話本小說與西方羅曼史雜混）的女孩自我扮演的尷尬與無所適從。「我」的朋友傾心於女孩，但芳芳讓自己「意象捉摸不定，搖曳生姿」，後來成了芳芳對「我」的一往情深，然則對自我的抒情（或調情勾引之教養）的建立，是透過和真實自我不相符的「情書」：「如果不識其人，但看其信，以為她是個能說會道的佳人。如果這些俏皮話不是這樣的筆跡來寫，一定不會如此輕盈。什麼時候練的字？與其人不相稱，她舉止頗多僵澀，談吐亦普普通通，偏在信上妙語連珠。我回信時，應和她的風調，不古不今，一味遊戲。」若我們將木心筆下這個「芳芳」，聯想至最初時讀到二十多歲時張愛玲筆下的那些精算、易感、卻又深諳上海白相公子哥兒半洋半華的交際圈子之遊戲規則；至半世紀後讀到《小團圓》、《雷峰塔》，才知那在一急劇塌毀、變形的時代切面中，琥珀般紀錄的，這樣從老師陰影走進學穿時髦西服的年輕同伴裡，快速變換的外在世界和永遠僵止的衰敗老宅裡的窒息空氣，那之間的無所適從，像激流漩渦，讓這些女孩們除了小說，無學習模仿的典範。那樣的焦灼痛苦於自己該如何選擇表情，自覺得側臉剪影，或下一句回話的「所描構出的那個我」——一個〈蝴蝶君〉那樣的女人，站在兩面鏡子互照形成鏡廊或無數鏡像——一扇是西化的，一扇是傳統中國女性的——譬如張愛玲的母親。木心筆下的〈芳芳〉，一如那諸多其他篇（包括他半嘲半哀矜回憶的藝專年輕畫家們）的人物群像，其實是一場像從「歐羅巴文明」時差引進當時中國的浪漫主義的（年輕人內心的）化裝舞會，他（她）像隕石群衝擊進這「惘惘威脅」、「來日大難」，不知「後四十回」的動盪、戰禍、個人自主性的被折磨、消滅、損壞，或是離散、逃亡……終於只是一齣「當時已惘然」的煙火秀。

這個短篇到中段急轉直下，（啊還是讓人悲愴想到張愛玲）女孩夜奔獻身，卻又像《法國中尉的女人》那樣讓自己消失，小說背後木心那翻轉錢幣兩面的手指啪啪響著，像是在寫一激切寂寞的懺情錄裡被狂愛燃燒的女人，其實輕描淡寫的背景、時代：「大禍臨頭往往是事前一無所知。十年浩劫的初始兩年，我不忍看也得看音樂同行接二連三地倒下去，但還沒有明確的自危感——突然來了，什麼來了？不必多說，反正是活也不是死也不是的長段艱難歲月。」浩劫餘生，十年生死兩茫茫，這一男一女，曾經在那演錯了劇本，在中國江南小鎮學著歐羅巴文藝空氣，像蝴蝶精緻抖翅顧影自憐、喬張做致的年輕人，在重逢時已是頭髮斑白稀薄，講話嘮叨村氣的老太太和將要出亡成為異國遊魂的老人了。他們終於魂魄落定成為「自己本來該是的模樣」，然說起這一切「痛史」，似保持最基本尊嚴，裝出「與己無關」的感慨。在所有人都瘋狂的噩夢中，芳芳是否曾經心中慶幸「幸虧我當時走了，不然我一定要受株連，即使不死，也不堪設想——好險！」

溫莎墓園墓碑上那枚硬幣，在此又翻轉再翻轉。

這樣的「赫拉克利特河床」（昆德拉語）的記憶詮釋歧義與作為個體祕密感受宇宙整個翻轉的

詭戲，在〈靜靜下午茶〉這篇傑作中，木心亦將之演繹至極致：十年如一日重複如鐘面的老夫婦之間的疑問：「那天，我記得是十月二十六日，空襲警報是下午一點開始的，三點，解除了，你是七點鐘到家的，路上一小時，還有三個小時，你在哪裡……」

如果我們把木心在他創作中吝於顯露的那個「追憶似水年華」的教養底牌，那漂著瓜皮、狗屍的小河渠和篷船上狼狽卻又華麗的戲子們，那江南古鎮，視同舒茲的〈鱷魚街〉、〈肉桂色鋪子〉那穿越過櫛比鱗次，像化石岩層的老人老教養老工匠或老掌櫃的少年啟蒙，那像是渡過一條夜夢與白日真實的邊界冥河，不同於張愛玲、沈從文、魯迅，也不同於中國大陸八〇年代崛起的「尋根派文學」，木心的龐大作品群似乎總在精神上離開、漂遠那個宛然若真、似戲若夢的原鄉。而木心的烏鎮，也並不是農村，而是所謂「中國文化物換星移地往東流，流到江浙就停滯了，我的童年少年是在中國古文化的沉澱物中苦苦折騰過來的」，那個「二、三〇年代，幾乎全盤西化過的，中國南方的富貴之家」這個「文明小史」，保存的當時新型態工商人、小布爾喬亞、新舊混處的老師，或夫人姨太太、或環繞著的老工匠或新小生意人……這樣一個江南小鎮繁錯多層次的男女、經濟、死生關係網絡（黃仁宇言）。則〈夏明珠〉與〈第一個美國朋友〉這兩篇小說，是極珍貴難得，像木心挾帶著一個較全景、較暗影摺藏、層層纍聚的「身世」，因之在抒情或道德之硬幣翻轉選擇也更艱難，陷困於小說編織之人物群命運與品器的「文明沉澱物」。恰巧木心在這兩個小說中使用的「我」，那個「我曾見的生命，都只是行過，無所謂完成」的「我」；在〈此岸的克利斯朵夫〉中對青年席德進像偈語又像預言所說的「我這個自己還不像自己，何必談它」的「我」；「談事說物不宜插入一個『我』」的「我」；在這兩篇小說裡，是以孩童的視角發聲的。

〈夏明珠〉裡，「我」這個小男孩，和姊姊，像柏格曼《芬妮與亞歷山大》的「從孩童之眼看著大人世界的種種糾葛」，因為是小孩，所以無能作決定，只能觀看。夏明珠是父親（作為烏鎮出身到上海衝事業的工商實業家）在上海的「姨太太」，「父親一人在大都市中與工商同行周旋競爭，也確是需要有個生活上社交上的得力內助。」這於是在小孩的世界，形成母親（傳統小鎮的大老婆）與「那個女人」（代表上海這十里洋場所有新奇夢幻，華麗炫目的排場與教養）隔空對陣。然也因此當小孩暑假赴上海遊住時，形成一周旋於父親、母親、夏女士之間的「空騰出來的」，大人關係間的曖昧地帶，「媽媽一定會問的，哪些該講，哪些就不講」（讓人想起少女張愛玲被問起「比較愛姑姑還是比較愛媽媽」的焦慮、世故、困擾），同時也因此在敘事上展開了「奇異的冒險」。

這一切當然從父親喪亡後，夏女士如折翼之鳥回到古鎮而巨大翻轉。夏女士幾次託人向母親懇求，希望歸順進他們家（上海的洋場交際被拗折回傳統中國古鎮的大老婆與妾之間的「宗姓」舊秩序鬥爭），她為父親生下一女，至少希望這孩子姓父親的姓。母親則守著傳統大婦之懿德，但被激怒時亦說出這樣狠話：「她要上我家的門，前腳進來打斷她的前腳，後腳進來打斷她的後腳。」

這幾乎是可以從《紅樓夢》、《海上花》援引片段即不斷繁衍、萬花筒化的中國女性鬥爭戲。然木心又將墓碑上的錢幣喀啷翻轉，太平洋戰爭爆發，古鎮淪於日本法西斯軍人與「維持會」之手，「我」與母親、姊姊躲在樓上，不敢與人知，時局艱險，連管家、僕人皆人心惶惶。輾轉才知夏明珠女士被日本憲兵抓去，因為一口流利英語，被認定為英美間諜，且因堅拒不願被姦汙、剛烈斥罵，慘遭支解。母親這時大慟，冒險請管家收屍，且將之葬在祖墳地上；並託人尋找那個小女孩，然回覆是：已被賣掉，下落不明。

〈第一個美國朋友〉亦是由這樣一個童年、敏感、體弱，且生於江南有錢人家的「我」——甚至更貼近於魯迅、張愛玲、周作人他們的童年大宅——這樣打開故事，講述這個早慧抑鬱的男孩，和他的美國醫生之間，一種雜糅著啟蒙（同時代表大人、較文明的西方，以及掌握專業技術及知識的醫生）、信任、關於對話的教養的成長小說。但與另一篇同樣帶有童年回憶氣味的〈壽衣〉（近乎魯迅筆下的祥林嫂，或張愛玲〈雷峰塔〉裡的「何干」、「秦干」這些鄉下嬤嬤，她們和這孩童主人翁的家庭之間的舊社會經濟依存關係，與主僕倫理，所展開的悲慘身世）相較〈第一個美國朋友〉，環繞這男孩身邊的，是一個和陳媽、男僕、陳媽的無賴老公、私塾老師、帳房先生、舅父舅母這些中國人際所布展的，暗影、耳語、奸險或忠實人際經驗不同的，這個美國醫生（以及周圍的護士們）帶給了這個男孩是一個西化的、敞亮（小教堂裡速寫來的漫畫像、建築積木、電動玩具）、雖然病中無以名狀的憂鬱，但那些洋人（包括院長太太、羅莎麗小姐、僕役）給與這男孩的，全是一種更高度（因此更自由、更新奇、更具想像力）文明對一個孱弱孩童（同時因生病而壞脾氣）的寵溺和勸導。這是否有某種對發生在三〇年代中國南方的「西方文明進入」姿態的素描？然確實這在這個烏鎮孩童的回憶之廊，是和〈壽衣〉的陳媽、和夏明珠，是並存在同一時期，同樣的故事世界。

如果我們把《溫莎墓園日記》裡的諸短篇視為一，像木心這樣的，代表二十世紀初到三〇年代，穿過共和國現代小說——余華、蘇童甚至王安憶、葉兆言、格非——同時帶我們運鏡進入，卻有部分「不在場」的南方中國，南方小資產階級、文人、藝術家、知識分子的「荒棄的墓園」，不在場的「我」，過度年老的中國文明與世故，卻又在承受西方文明衝擊（啟蒙）時，像個病弱敏感的孩童。則〈此岸的克利斯朵夫〉，更可看出那枚墓碑上的錢幣，木心翻轉它時，顫抖手指後面，對於中國現代文學藝術與哲學，在時光快轉、拿來主義、常只是像穿脫戲袍的顧盼與裝腔，那注定是「蛹」、孱弱病童、高蹈青年，不及成熟穩健卻被捲進「浩劫」，出亡，轉眼便是一老叟的難以言喻之「多重視焦」了。那個病童承受的西方文明，青年如戲扮串的遲來的歐洲藝術，或流產的浪漫主義，在後來終於洪流般將一切淹沒的劫難，它們只是殘餘視網膜流光印象的滅盡的煙花。

〈此岸的克利斯朵夫〉寫的是「我」在杭州藝專，和席德進的一段同學之緣，以及幾年後意外在台灣嘉義短暫重逢的，兩個「青年藝術家畫像」。羅曼・羅蘭的《約翰・克利斯朵夫》是那個年代年輕藝術家的理想典範，在貝多芬、米開朗基羅、托爾斯泰這三個藝術巨人之間，找到一個虛構的藝術家苦難與思辨的一生，藝術作為一種朝聖或啟蒙之途，那近乎求道或殉教。如同郭松棻所說：「木心曾到達彼岸，而又回來了。」

這篇懷故人之作，木心極難得地讓「真實我」（即便是那彆扭的青年時光）浮現在這光影撩亂的畫布上。關於那個年代中國年輕藝術家們，在一華洋雜混、新舊傾軋、戰火烽煙的年代，他們對新藝術的憧憬和知識素養背景（主要是歐洲）。

「席德進一開始就唯美主義，鄧肯自傳，王爾德獄中記，陶林格萊的畫像，約翰・克利斯朵夫……藝術家如蛾撲火地愛美，必須受折磨受苦，百般奮鬥，不是沒有卑下的情欲而是不被卑下的情欲制伏，幾次三番地死而復活，終於成功，成功就不會失敗了。」

「當時上海美專和杭州藝專在素描上的共性是，以義大利文藝復興期的繪畫為源泉，歧異則在於私淑宗師，美專傾向米開朗基羅、達文西，藝專傾向波提切利、拉斐爾。而印象主義呢，美專尊塞尚，藝專尊梵谷。再下來，則美專偏愛畢卡索，藝專偏愛馬蒂斯——我想，似乎是兩座城市的地域特性的關係，似乎是兩位校長的脾氣關係，似乎是兩方教授的癖好關係……我既然感到了滑稽，就要脫出這樣群體潛意識……」

關於這個「青年藝術家畫像」，在戰時杭州所目睹的「兩個小人在打架」，或可對照讀《魚麗之宴》一書最後一章〈戰後嘉年華〉，可以看到木心（或青年席德進，或其他當時南方中國的「克利斯朵夫」們）如同同時在心中光霧朦朧建構一個「歐羅巴文明」，或浪漫主義過晚衝浪進這個古老頹塌且飽受戰亂凌夷的國度，他們如何「惘惘的威脅」、進退失據、承受內在暴力的文化錯位失語症之苦。有原來看這年輕後生臨山水花卉、隸真行草，而後滿屋油彩氣味、棄長衫布鞋取西裝革履，而批評「華而不實」的老夫子；有完全意識不到歐羅巴（世界性藝術）的存在和發展，卻懂得趕時髦，西方物質文明種種新鮮玩意兒捷手先得的紈褲公子哥；有「美術工作者協會」，畫農民、小販、碼頭工人、鄉村集市……個個模仿豐子愷的「革命者」；美專裡的教務主任只要他交出五擔米折學費，絕對錄取；或執政黨的「專業學生」……

年輕，真像是一個理由，一個實際上毫無用處的理由，而且當時也惘然不知用這個理由去年輕個夠，我只懂得獨自利用圖書館的桌椅和燈光。在校外是匆匆的吞食，在圖書館才開始靜靜地反芻，再則電燈壞了的琴室中燃燭而彈奏的夜晚，杜美路藍頂教堂邊電影院連看七遍《羅密歐與茱麗葉》的夜晚，風雨交加竄進「亞洲」西餐館羅宋湯加牛排及沙拉的夜晚……好像我是憑夜晚而長大的。大白天，社會、人性、哲學，鍛鍊周旋，消耗甚巨，所以只能在夜晚成人長大。

〈彼岸的克利斯朵夫〉可以視為中國二十世紀上半葉，「失敗的浪漫主義」悼懷之作。

「如就當時所知的已經成型的人物而言，其中最卓犖者，也不過是浪漫主義在中國的遺腹子，『五四』後，這裡遲到的西方思潮很快就分趨兩派：極權的、社會的。民主的、個人的。論爭既起，形成兩大陣營，而現實的繁複動盪，人性的幽邃多變，總是使任何一種信仰終於顯得是少數主有者的剛愎自用。中國沒有順序的『人的覺醒』、『啟蒙運動』，缺了前提的『浪漫主義』必然是浮面的騷亂……」

「……二次大戰後，《約翰•克利斯朵夫》在法國已無讀者，而四〇年代的美專藝專學生，奉此小說為聖經。『打開窗戶吧，讓我們呼吸英雄的氣息！』『窗戶』在亞洲，『氣息』在歐洲，時差是一百年四百年，這種本是裨人清醒的『英雄的氣息』，反而弄得我們喝醉了酒似的，將藝術的人物傾在生活中，而把現實所遇者納入藝術裡。我們的青春年華是這樣結結巴巴耗完的。」

讓我們回到《溫莎墓園日記》裡，這個「我」對於不在場時刻，那枚墓碑上之生丁被對弈兩人重複翻轉的另一可能：

又害怕有第三者介入，偶然發現生丁，取來，信手拋擲，那就，信息亂了，涵義轉為：

終止

這是荒謬

這是荒謬的消除

故而，若生丁不在，先應解釋為有第三者介入，就得再放一個色澤相仿的生丁在那裡，作林肯像的正面。

且深信，倘彼來不見生丁，彼思，彼也將以另一生丁置於原位，作紀念堂的反面。

這樣，豈非已經與愛的誓約具有同一性。

這個生丁的變動，倘是出於神意，出於魔意，就可不予理睬，任憑神魔進而捉弄，總能與之頡頏周旋，而今是人，人意，不明性別年齡儀態品直，時日愈久，愈無意覷悉其品質儀態年齡性別，只以精純的人的一念耿耿在懷，這又豈非正符合那生丁背面的拉丁文銘言：把許多個化為一個。

關於永恆的幻念，波赫士在他的〈永恆史〉中提到三種「永恆」：唯名論的永恆、伊里奈烏斯的永恆、柏拉圖的永恆。他提到了永恆否定過去、現在、未來，所謂「柏拉圖原型可怕的靜止博物館」，波赫士近乎諧謔地提出這種靜止博物館裡收藏的清單（正義、數字、美德、行為、運動、音樂、所有幾何形狀……而沒有病理學、農業、財政、戰略、修辭學……因為不需要），他說：「永恆比世界還可憐。」他提到伊里奈烏斯所提到的基督教三位一體，「永恆成了上帝無限思維的屬性」。一個無法確定的上帝。然後他又提到「永恆」作為人類願望兩種「連續又對立的夢想」：

一、是現實主義的，即以一種奇怪的熱情渴望造物的靜止原型（這讓我們想到《紅樓夢》）。

二、是唯名論的，他否認原型的事實，希望在一秒鐘之內將宇宙上所有細微之物都聚集起來（這讓我們想到波赫士自己的小說）。

波赫士指出這些「永恆狂熱者」的困境：「以祕密地按某種方式滯留時間的流程。生活及浪費時間：除非在永恆的形式下，否則我們不能恢復或保存任何東西」；這種恐怖、迷亂、想直接召喚（其實是由記憶源生的想像）那絕美、至福的光燄，「足以與之相提並論的只有盧克萊修有關交媾謊言的可怕段落了」：

> 彷彿一個夢中想喝水，而喝多少水都不能解渴的人，彷彿一個身在河中卻被乾渴焦灼至死的人：維納斯如此以幻象矇騙那些情人，可對身體的視覺不足以令他們滿足，儘管游離不定的相互交織的手撫遍全身，卻不能將任何東西分離或保留。……情人們熱烈地摟抱在一起，情愛的牙齒頂著牙齒，但他們不能在另一方銷魂，也不能成為一個自我。

這讓我們想起木心的「我曾見的生命，都只是行過，無所謂完成」，他在〈溫莎墓園日記〉中特別提到福婁拜《情感教育》裡，阿爾魯夫人的珠寶家具被拍賣的場面，「實在寫得好，殘酷，噢，文學是，必得寫到一敗塗地，才算成功」。

廢圮的墓園。被拍賣的公爵的愛情傳奇裡的紅寶石項鍊。無情的世紀。穿行過那文明大壞毀，人們全瘋了的「浩劫十年」。他深情款款回望的十九世紀。或歐羅巴文明。或中國古代。他憎惡卻又痛愛的二十世紀。回憶中的戰時烏鎮。青年藝術家那羽翼不全卻兩眼發光，那些傳遞延俄，或資訊不全的「約翰‧克里斯朵夫」的殉於美。那個遮藏隱蔽的，如河面倒映之戲中戲的，童年教養。所有行過的一切都如夢中場景，銷毀融解；如深海沉船遺骸，無從打撈。這樣讀木心的《溫莎墓園日記》諸篇小說，我們感到一種奇異的、巨大的「已不在」的文明空洞戰慄，但諸篇似乎時空漫散，並不統一的記憶殘骸、燈光一滅戲即結束的舊園、古鎮、異國街道、古代、青年藝術家之前的純愛……「我」總是像哈姆雷特的父親，一個遊離在舞台之外的鬼魂，惶然、感傷、苦笑、遺憾……。這些跨度極大的短篇小說摺縮的文明布置，因為這種「已不在了」、「讓我回憶看看」、「無可語之者」的「我」始終帶著敘事者的彆扭、劫後餘生的「沮喪」、一種對情操美感的挑剔、孤僻，於是逐篇讀下來形成一種殘骸層層擠壓、難辨難重建其原貌的、「流浪者的痛史」。對於小說，木心的野心或遠不如他之於繪畫、散文，以及詩。但反而是透過這些小說（他總將之自嘲為「演戲」），或這些小說其實比他跨度同一年代、時間的中國現代小說，那翻轉人類道德困境、錢幣之手指，更多幾重的猶豫和參數，我們在這些小說看到木心那孤絕、剛烈、冷誚印象之外的，厚道、柔慈和溫暖。我們或可說他文學靈魂的近親，其實是曹雪芹，或張岱。

靈魂深處祖母的敘述

大江健三郎／《個人的體驗》二〇一五，新雨

台譯本《小說的方法》（二〇〇六，麥田）最末，有一篇小小的後記〈怎樣寫？寫什麼？〉。大江健三郎提到他在一九七七年末至一九七八年初，在一較短的時間裡集中完成了《個人的體驗》。他也提到後來創作的《M／T和森林裡奇異的故事》的後記：

我一直想把自己出生和成長的四國叢林中的村莊裡的神話與傳說中獨特的宇宙觀、生死觀寫到小說裡去。……為了重新明確和認識從祖母那裡聽來的記憶深刻的神話和傳說，創作小說的時候，我參考了巴赫汀與山口昌男的理論。對於有關傳說中的祖母沒有講清楚的部分——對她來說，是那些意義不明、沉沒於過去的黑影之中的細節——我從沖繩和韓國的民俗書志中尋找答案來重新認識，這樣就把祖母漏掉的環節連接起來……

……於是，我專心致志地把迴盪在耳邊記憶和靈魂深處的祖母的敘述語氣作為新的小說的敘述方法再現出來。

對我這一代的小說創作者（台灣的；亞洲的；經歷二戰結束世界秩序重整十年、二十年之後才出生的）或是作為大江的讀者，那（套句余華的話）是「一段溫暖而百感交集的旅程」。一座或是無數座屬於大江的，「四國叢林中的村莊裡的神話與傳說」，「祖母敘述的回聲」：從《聽「雨樹」的女人們》那夜闇中心滴落音樂的巨大雨樹，那精神病院中螺旋而上，一種「上升」的「位置」的樓梯，或那位似乎是麥爾坎・勞瑞《在火山下》的倒轉過來的高安康寶；《萬延元年的足球》那山谷森林裡，安保挫敗青年的恐怖自殺場景；《遲到的青年》那遁進森林之前，恐怖的殺狗人屠殺狗隻的畫面、瘟神石像、群體的痛狂；《空翻》，那由羞恥的積木模型破處的少女和青年，或嚮導與教主，形成一個奧義的暴脹宇宙、對「新人類」的想望……一直到《換取的孩子》，那「從不斷累積的陰影向下望」，回到古義人父親當年戰後農民起義的，歪曲的、自我暴力化的，牲祭儀式般那個「被換成冰雕嬰孩的時刻」，少年們在森林深處「做了不好的事」，模糊色誘了那位美軍青年；或是「把死去的吾良重新生回來」；到《憂容童子》，那個「雙生子」概念，在四國森林廚房後陽台，雙臂朝上升，要飛翔而去，進入那個山谷（同樣是螺旋上升）裡會遇見「未來的我」的樹；一場浩大的唐吉訶德式的演劇、愚人遊行、穿越森林，或那被重新「扭曲變形了的複雜結構」；《再見，我的書》裡的《卡拉馬助夫兄弟們》和納博可夫，那恐怖分子的爆炸行動……

像是許多座森林，被不可思議，在這樣一條漫長的、小說河流，一次一次覆蓋、迴旋、重新啟動、「這夜闇的大半其實只就是給那麼一棵巨樹遮埋著，雖說是微弱的，它映照著僅可辨識的那麼一點光，地面上是重疊盤踞的老樹根」（〈頭腦好的雨樹〉），那核爆末日火燄意象；那一座座完全不同的精神病院；絕望的，自殺或是沒自殺的青年；層層樹葉、枝椏、閃爍光影後面隱藏的屈辱歷史，或挫敗者們的荒唐失動；或是，一個承受負軛了這宇宙噩夢怪胎嬰兒的形象。

那對我來說，是進入他的「神話森林」的第一座森林：窒息，夜闇的東京大樓峽谷或酒精氣味，醫院裡被遺棄的悲慘的妻子和那怪物般的嬰孩，因為受到靈魂最深處的創傷，像戰後派那些小說家無法鑽進已被核爆規模融燒變形的女人陰道，於是更悲慘的徘徊打轉，那密林叢葉的「壞毀」的詩意長句。然後是另一個被世界玷辱、創傷的女人火見子，在那絕望輻射密林裡，扮演救贖者（護士）的女性角色。

《個人的體驗》這本小說，似乎是大江的神話曼陀羅森林開啟那「小說的方法」的第一個介面，第一次將讀者（或亞洲讀者）帶進那個，有卡繆、卡夫卡、沙特、班雅明、納博可夫、杜斯妥也夫斯基……的「現代」，那座有自殺者、附魔者、意識到現代性戰爭或核子機構之異化（不論是語言，或失去「個人」的自我感），那樣的第一座小說森林。

一開始，那關於主角「鳥」在書店中，偷窺非洲地圖的不可思議豐饒之意象：

鳥抖著身子，凝目看地圖的細節，環繞非洲的海像冬天黎明的晴朗天空，用動人的藍色印刷。經緯度不是用三角板畫的機械式線條，是用可以讓人想起畫家內在不安與餘裕的粗線條來表現。那是象牙黑。非洲大陸有如俯首男子的頭蓋骨。這大頭男子正憂鬱地垂下雙眼觀看袋鼠、鴨嘴獸和無尾熊的棲居之地——澳大利亞。地圖下角顯示人口分布的小非洲很像開始腐蝕的死人頭；顯示交通關係的小非洲則是剝除了頭皮，血管完全呈露的受傷頭部，這些都鮮活地喚起暴力致死的映像。

精神病院的完足、封閉宇宙、環場建築成一個「當代的我們正活在其中」：哲學辯論，美學高度、一個或許對班雅明、波特萊爾、卡波提、普魯斯特的「歐洲」的欣羨、栩栩如生重現眼前，譬如〈頭腦好的雨樹〉，或者療養院意象，譬如〈別人的腳〉。在其內，是像《蒼蠅王》，或符傲思《魔術師》、湯瑪斯・曼《魔山》那樣一個「瘋狂的古堡、高塔內正發生的事」的翻譯、觀看的鏡頭自內朝外轉播。可能是一場少年法西斯的集體霸凌、醞釀而終於胎死腹中的暴動、權力關係的流動、換串。這可以是二十世紀諸多小說中關於「瘋人院」，非獵奇、以怪誕風格滿足「另一邊的哥德風」驚異，一種悔罪感，遙迢時光久遠過去的某個恥辱，不為人知的祕密，黑盒子。「到底當時是誰在哪個環節動了手腳，使後來的我們像耳半規管被剪斷的鴿子，一直打圈，撲翅卻摔跌，歪斜狼狽。」大江的小說似乎一直持續處於某種「敘事後面惘惘不安的黑盒子」中。那且引動了裡頭不同角色對「當時究竟發生了什麼事」的記憶版本之篡奪、重寫、覆蓋。

從《聽「雨樹」的女人們》裡的高安康寶；到晚期風格的《換取的孩子》，少年的古義人和吾良在被遮蔽、馬賽克掉的昔時，在場目睹一個祕教（蒼蠅王）式的人性墮落、返祖的虐殺那同志美軍。這個恐怖回憶在《憂容童子》又被重新翻轉、剝開、審視，成為人類黑暗行為的各種博物館裝置，乃至那段「時光證物」，在後來的《憂容童子》、《別了，我的書》，又一再被不同記憶覆蓋並塗改。

他的小說後面有一隱藏的「位置的難堪」，像泅泳自那班雅明《單向街》回望的，充滿藝術靈光、十九世紀教養、尚未被空襲炸彈炸成廢墟的文明建築的，光燄夢境中溶出，爬上這泳池之畔，卻凝視著那宇宙爆炸之初的神話學倒影。而哀傷的是，他終又要退回那舉燭明亮的瘋人院現景，眼睛卻帶著直視闇黑深處的殘影。這樣的「人類文明被『雨樹』或精神病院，暫存、暫時收納」的奇異換日線位置，遠比符傲思、波拉尼奧、麥爾坎・勞瑞，或《跳房子》的瘋人院（或逃離瘋人院之出走），都要複雜難解。

核爆的意象。腦疝畸嬰的意象。格爾尼卡的末日畫面。這些似乎皆不足以解釋大江「將二十世紀人類奇怪的噩夢、恐怖、痛苦全攬上身，進入小說家全部作品不連續的潛意識中」。而是徘徊、困走、眼瞳被小說家造句的瘋狂細節不斷重塑真實——一如《聽「雨樹」的女人們》中，那「壞掉的老友」高安康寶作為贗品的《在火山下》的麥爾坎・勞瑞；或《2666》的波拉尼奧——大江在二十世紀小說中蓋了一座波赫士圖書館式的精神病院。

怎麼說呢？

一如《聽「雨樹」的女人們》開章，那贊助這座「精神病院」（畫面外的我們猶不知覺），如一個熠熠發出文明（歐洲）光燄的最聰明菁英腦袋的沙龍論壇，那個德裔女人奧雨嘉帶著「我」，走出酒會人群，穿過長廊：

我凝目看那暗夜的夜空。夜空裡有種水灣的氣息。我終於看出來，這夜間的大半其實只就是給那麼一棵白樹遮埋著，而在這夜闇的邊際，雖說是微弱的，它映照著僅可辨識的那麼一點光，地面上是重疊盤踞的老樹根呈放射狀伸延，直到眼前。等到我的視覺逐漸習慣於這夜闇，我終於也看出它那黑色木板圍牆般的四周圍還微微地透出一種灰藍色的光澤。樹根發達得蠻可觀，樹齡好幾百年，這樣的一株樹，就那麼豎立著，把天空和遙遠在斜坡之下的海，摒遮在它那夜闇之外。

這樣的夜闇好像就會把看著它的人連人帶魂都吸了去似的。

那些指腹大小的小樹葉如此繁密，會把眼前夜驟雨的水滴貯存，第二天白日仍滴落不停，像持續下著小雨噢。

這樣的一個位置——從燈光如晝的酒宴走出，在明亮與闇黑的邊界，一個巨大的宇宙樹影留存著「已發生過，已不存在」的曾經——一如精神病院。

《個人的體驗》則似乎是那主人公鳥，將憂鬱脆弱、剛分娩的妻子，和那造成他「吞食世界全部毀罪」的初生腦疝嬰孩，丟棄在醫院裡；自己卻像卡夫卡的主人公，在醫院之外的夜闇城市裡徘徊竄走，形成他和火見子那「戶外的」、「開放的」精神病院意象。

隔了半世紀，回頭再看《個人的體驗》，其小說的藝術性、美感的痙攣和刺激仍是那麼新，它充滿了對於一個龐大的世界苦難的隱喻，以及與之對抗、被毆擊仆倒，甚至比醫療體系、醫學話題判定的「怪物嬰孩」更恐怖的什麼……

在台灣，或說在華文世界，已經有一本大江先生口述、尾崎真理子採訪整理的《大江健三郎作家自語》這樣一本書，大江說自己是「屬於二十世紀的作家」，在提到葛拉斯自傳《剝洋蔥》於德國受到的批判時，大江說了這樣動人的一段話：「即使身為發表社會性言論的知識分子，葛拉斯也沒必要對極為錯綜複雜的過去保持沉默並生活過來而感到恥辱。」並且表示「尤其在二十世紀後半期，作家遭到了各種各樣的傷害，是作家帶著這種傷害生活並工作的時代，因為我深切地感覺到，我也是這其中的一人。」這樣的話讓人落淚。薩伊德《論晚期風格：反常合道的音樂與文學》的思考筆記中也受大江作品中的「悲嘆」（grief）情感所觸動。薩伊德對《致令人懷念的歲月的信》裡那位名叫義兄的人物產生了共鳴。在小說中，這「義兄」寫的一封信裡提到：「上了年歲後便意識到，那種東西卻變成了非常安靜的悲嘆……今後隨著年歲的進一步增長，這種感情該不會益發深沉吧？」像是波赫士的一個短篇〈另一次的死亡〉。大江亦提及長子大江光出生的一九六三年：「我試圖透過創作這部小說（《個人的體驗》）來確認一個事實——與智育發育緩慢並患有智障的孩子共同生活下去，就是自己今後的人生！……在現實裡，我和光的共同生活還在繼續。光誕生之後的那一年，或許是自己這七十一年生涯中最特別的一年。」

我想對於大江的讀者來說，有一個非常像尤薩的《敘事者》那樣，在祕魯高山中像揹著許多部落故事之包袱，行走，傳遞故事的「說故事的人」：大江彷彿從二十世紀那與薩伊德、尤薩、葛拉斯、蘇珊・桑塔格……這許多「揹著二十世紀後半期傷害」的全景幻燈世界，走過時間邊界而來的人；像《別了，我的書！》中所謂「老人的愚行」，「悲嘆」、神祕、艾略特的詩〈小老頭〉（Gerontion）……隨後並穿過了死薩之境，寫出《換取的孩子》、《憂容童子》、《別了，我的書！》的大江，這樣從「那個神祕之境」，這樣穿梭、偷渡了世絕的夢境闇影，將那無比巨大、繁複、多維度宇宙的「大江的森林意象宇宙」，在《大江健三郎作家自語》這樣一本書裡面，給予一種「另一次的喚起」：濃度與重力比卡爾維諾在其諾頓講座第五講〈繁〉（Multiplicity）中所描述的，更蔓延、拉長的龐大圖書館意象的「時間簡史」；或者如小說，大江一生以小說實踐與這世界搏鬥，「那些死去的同代人發給您的信」，且仍舊不被悲觀、虛無、冰雕的假嬰孩、粗暴的情感群體……所擊倒。那對我們這些羞愧於竟也自詡「小說創作者」的後悲，是如此神祕而奢侈的贈禮。

又如《小說的方法》中，大江談到唐吉訶德時，引述作者摘用於小說《項狄傳》扉頁的伊比德提斯的話：「推動人類的不是行為，而是關於行為的意見。」大江提到，唐吉訶德不久人世時，似乎突然思緒清明了，他向桑丘道歉，桑丘卻說：「啊呀，我的主人，您別死呀！您聽我的話……您別懶，快起床，照咱們商量好的那樣，扮成牧羊人到田裡去吧。堂娜杜兒西內婭大概已經擺脫魔纏，沒那樣兒漂亮；咱們經過一叢灌木，就和她劈面相逢了……」大江寫道：「桑丘認識到日常生活的自己與其他農民一樣精神正常、碌碌無為，通過充滿活力的自我解放，他看到了另一個世界。這是一個想像力活躍的世界。」

如果，我將這個場景，偷改成沒有穿行過大江那一座座各自獨立、又似乎以夢境的神祕音樂盒齒輪連結的那些「小說森林」，那奇異的雙人組合，那穿行過納博可夫、卡夫卡（或川端、三島）他們的雙眼不曾目睹的「後來的」這個世界（二十世紀後半，或二十一世紀這最初十年）的小說唐吉訶德冒險的發動；還有那被大江賦予了神話繁複祕徑的四國森林……則我們這些後來的小說學徒，小說桑丘們，便根本不知那在已知小說之外，還有「另一個世界」。

莫言／《蛙》、《生死疲勞》、《檀香刑》二〇一四，麥田

從不斷累聚的陰影朝下望

我努力回想幾次和莫言先生相見，似乎皆在前輩們同時列桌的餐宴。一次是十年前在台北，同桌還有阿城先生、天文、天心、唐諾、大春老師、初安民先生。那於我確是恍惚如夢在一場「諸神的晚宴」。我簡直是大汗淋漓，坐都坐不穩。記憶中阿城先生咬著菸斗，其餘諸男大小說家們亦皆一根紙菸一根紙菸燃著吞雲吐霧。幾位百科全書派小說大腦袋，個個能侃，像虛空中即興一架隨搭即拆的妖魔牌樓。但印象極深是說到莊稼、騾馬的知識，如何從牲口的臼齒來分辨年紀，或說起北方的狼……這些話題時，就剩下阿城先生與莫言先生，既專注又淡然，相說著自家屋院裡再尋常不過的親近瑣碎之事，充滿感情，哀矜勿喜，但確是他們在每一小細節皆布置、飽滿了節氣、物種、人的勞作、吃口好的喝口好的……那種像爐窯燒過的，深知人情世事的，火光斂收鈍渾低眉的臉，只有在說起這些時，眼睛才充滿光彩地睜大。

另外幾次，類似這樣，同個世代的換另一批台灣作家的邀宴，似乎座間總有人拿諾貝爾獎開莫

言的玩笑（那已是十年前了），像鄉下人開城裡某個彩券樂透的玩笑，莫言似乎也習慣這類調逗戲鬧，也會順著哏將那笑謔「巴洛克化」，編藤攀梯，讓人笑不可抑。

而莫言先生確實是個溫厚的前輩。我記得他來台北那陣，恰好我因為一本小說，引起一些關於「私小說」的爭議（如果回想，那其實是一如果在一更美好的文學年代，可以更拉高、延展書寫的哲學層次的論證——譬如我的好友黃錦樹君提出時的高度。但可惜在台北的小文學圈子裡，似乎變成八卦、影射的書寫恩怨），當時我才三十多歲（如我每次說的「缺乏經驗與教養」），完全不知臨頭這一切與書寫之初完全無關的，淹漫至小說邊界之外的「層層累聚的陰影」該如何辯解。只覺得憂疑驚怒，欲辯無言（無能力、無知識準備以辯說）。但其實這只是一個充滿創造激情、敘事爆炸的華文小說實驗河流裡，非常小的一枚泡沫。年紀漸長我才懂得感激，且理解其實若能參與、被裹脅漩捲、反思、再提筆……這個小說書寫得如大江《再見，我的書》那小說唐吉訶德大冒險、探勘回望那些大名字，與重繪地貌，那是何其幸福之事。

但當時難免懷憂喪志。記得在那餐桌上，台灣這邊的前輩當笑話說了此事，我覺得非常羞愧，自己還只是個拿不出啥作品的小輩，卻好像給年輕時尊敬的大小說家們「這年輕人是個寫八卦的小說創作者」之第一印象。但那餐桌湯鍋冒著白煙，前輩們呵呵笑著的情景，又非常像北方農家裡親友圍爐囫圇挾菜扒飯。根本不是件事兒嘛。

幾天後，在台北藝術村，莫言先生的一場演講，會後有聽眾問起「私小說的道德邊界」（天啊，我真想死）。莫言先生當時的回答，許多年後我回想起來仍心頭發暖。事實上他根本不清楚此事（也無需）的前因後果，但他不是四兩撥千斤，反而誠摯的回答，「小說的真實和所謂的真實是兩回事」，他甚至說他也曾因為小說挪借的某真實人物的影子，而得罪過人……。那當然只是莫言像燒燎煙花、魔幻迷麗的講演故事夜晚，一段非常無足輕重、小小的插曲，但對我這遠方的、完全在不同小說時鐘、不同小說語境的後輩而言，真的是銘感其溫暖厚道及「哀矜而勿喜」。

另一次與莫言先生近距離相處，是二〇〇六年香港書展，有一個晚上，馬家輝大哥找幾位港台作家（我記得還有黎紫書？）到灣仔一間都是老外的酒館喝兩杯。馬大哥充滿感情說這一帶是他少年時晃蕩的街區，越戰時這一帶全是美國水兵以及阻街應召的華人女孩或菲律賓女孩。甚至有非常多的人妖。後來我們走出酒館，馬大哥要我們自己去繞一圈看看，不要驚動那些暗影中像羽毛鮮豔之禽鳥的女孩。我記得同行女作家們不願意。而我又好奇又膽怯。但一旁的莫言大哥說：「怕什麼，以軍，走。」於是我們倆並行著，繞著那國境之南，華洋雜處——應該對莫言（我想像的啦，那個北方的、高密東北鄉的，高粱地裡英雄和悍婦的這位大小說家）頗陌生的南國迷麗之景——那個街區繞了一圈，做為觀察者（或許那些流鶯眼中是兩個大叔嫖客？）、業餘偵探、城市的漫遊者。但印象中那晚好像沒什麼女孩兒出來站崗。於是我跟在這位尊敬的大小說家身旁，聽到我和他皮鞋底刷唧刷唧的聲響，他的腳步像一個執行偵察任務的士兵的行軍。我們一路無話，我多想在這獨處時刻，向他提出一些關於寫小說的神祕核心的後輩的請益，但我什麼也不敢說。印象中我們穿過那些拉下鐵門的小店鋪，防火巷裡的餿水桶，路旁堆的紙箱壓扁的黑影，這個繁華的資本主義鏡廊之城，入夜後其實也一片荒涼。有一刻我覺得，其實莫言先生，他也很緊張哪。

他只跟我說了一句話：「你看，什麼也沒有嘛。」

《蛙》這部小說裡，小鎮裡的這群共和國孩子皆以「身體部位和人體器官命名」：陳鼻、趙眼、吳大腸、孫肩，有一對雙胞胎叫王肝和王膽……那在魯迅「救救孩子」之後近一百年的中國農村，似乎小說家嘻嘩謔笑的「孩子們的孩子」，更淹漫進一更陰鬱荒誕的超現實夢魘：滿地器官亂跑，魯迅「周莊」的那麻木、愚騃、原始、一種數千年縛綁但又無道德價值無審美情操無悲憫羞惡之心的群體性（吃人的禮教），在「共和國的惡童說部」裡，是一個更分崩離析、部落法則、人的個體性更蕩然無存的世界。

莫言的小說那「從不斷累聚的陰影朝下望」，一種讓道德派讀者困惑不安，找不到他們意圖刻舟求劍之「批判」即在於他和他同代的這批中國最好的小說家們其實面對一幅比魯迅所定錨、嚴厲批判、憤鬱版畫的「小鎮群體之惡」更紊亂、難以下手、維度複雜的「傷痕的農村」。這裡頭有幾股暴力的竄流、扭動——如同莫言在此書自序最後八個字：「他人有罪，我亦有罪」——一是如威廉・高汀《蒼蠅王》裡那些反祖，褪去文明衣裝而墜入野蠻生存法則的「被大人遺棄的孩子們」。所謂「惡童」：譬如匈牙利小說家雅歌塔・克里斯多夫的《惡童日記》，那一對無感性、無同情心，以死灰冷澈之眼「練習作文」形式，最粗糙紀實記錄他們目睹的二戰時期的大人世界的瘋狂、屠殺、人失去人之最基本存在尊嚴的地獄之景。或如葛拉斯經典《鐵皮鼓》，那個侏儒症小男孩奧斯卡口中描述的二戰德國人集體「失去文明」的癲狂、癡傻，如一場竟然是「停止成孩童時間的催眠」，一場哆嗦的夢魘。或如魯西迪《摩爾人的最後嘆息》中那個早衰症孩童直面印度階級，暴富、扭曲，相反的印度現代國族史「調快時鐘」的扭曲、超英趕美。認同混亂，將三、四代人的生命史全擠塞進這個倒楣孩子記憶檔的狂歡暴亂。莫言從最早的《紅高粱家族》，到後來的《生死疲勞》、《蛙》，這個佯瘋癡傻的「惡童」敘事聲音便一直揮之不去。但愈到晚期，這個說故事孩子便愈像被他愈深進入的這個世界，玷汙、損壞、灌滿核廢料、愈桀桀怪笑，愈急著說出那如動物肉臟髒汙又華麗的「莫言之事」。〈紅高粱〉裡那個中國傳統演義裡的「英雄好漢王八蛋」的元氣飽滿、悲劇英雄在故事幅員上，透過土地、生產（紅高粱酒出現的神話）、生殖（我爺爺在高粱地搶占我奶奶的愛情故事）、對抗異族侵略的游擊詩篇（當然讓我們想到馬奎斯的「邦迪亞上校」）、與騾馬牲口的眷愛……這一切天真、盪氣迴腸的「英雄史詩」氣氛漸漸被偷換掉了。這或許是莫言的「共和國版本」的《換取的孩子》。魯迅「救救孩子」的那些孩子，接管了那個土地、農村，但幾番「生死疲勞」的輪迴後，我們眼前的「高密東北鄉」，變成一片更冷酷、更灰色的荒原？是在那個夢境的轉場被動了手腳？被摘除掉最珍貴的東西？一個原本「民間自為的世界」（阿城語）被剝奪、簡化？問題出在哪？

第二股暴力正是這書作為主角貫穿共和國史的典型人物——「姑姑」。像布雷希特的《勇氣母親》，她活過的年代一如走馬燈，或快速換替舞台布景（時代背景眼花撩亂的更迭，無法如寫實主義劇場的「第四個牆」的絕對擬真、細節一絲不苟，反而借京劇舞台的「觀眾與表演者之默契」，一種符號化的道具在虛空中想像其展列存在的景深，因此可以演繹一種較快轉的時間篇幅），所謂「史詩劇場」。這位姑姑本身亦是共和國史「今夕何夕」幾番運動、形塑國民性、沒有個體獨立思辨，只能是群體、群眾的單一意志的動員（通常是最上層的「毛主席」的一個異想天開或神諭），他本身即是這種「共和國勇氣母親」的時光展廊。這位姑姑，像是《紅高粱家族》裡那位「我奶奶」，被放進了共和國的離心旋轉機裡，原本那英雄好漢胳膊上跑馬的女中豪傑秉性，在「計畫生育」之前，是個和高密東北鄉這片受日本人侵踏蹂躪的土地一樣，傷痕累累但不失尊嚴。她像是「大母神」那樣的掌握了農村婦女生殖的技藝神話，從傳統產婆到西醫婦科醫生，從一九五三年到二〇〇一年左右，號稱接生過一萬個小孩。然而這樣一個將女人的產道、土地勞動對生殖愚昧又神聖的崇敬、重男輕女、乃至舊時代種種醫、巫不分的反智、落後，渡引到一個「新中國」的國民性鑄造，姑姑似乎是站在「人類未來／大我／黨和國家」的理想性的這一邊，接生嬰孩的手成為那大搜捕、冷酷侵入民間嚎哭尖叫抵死搏鬥的最私密、最脆弱的密室——她成為一個一胎化計畫生產強制農村婦女人工流產偷懷上超生嬰孩的那雙冷酷恐怖的手。這個神聖化、純潔化的意志，成為《蛙》這本小說極恐怖的景觀，那像是昆德拉在《玩笑》中處理的，「在一場噩夢般的眾體瘋狂，個人的被摧毀、傷害、羞辱、事實上是無法如希臘悲劇中的道德教訓：血債血償，而只能是個人執念的荒謬和暴亂」；一種「媚俗」（昆德拉說：「忌屎」。將某種道德無限上綱，將雜駁不符合這種道德或意識形態的他者，悉數驅趕、滅殺、妖魔化）。我們曾在阿城的短篇、王小波的《黃金時代》、閻連科的《四書》，看到這種「大雪一片白茫茫真乾淨」、「遍地是聖人」的「民間雜語大清洗」。姑姑怎麼從「勇氣母親」變臉成了「恐怖母親」，正就是這種「共和國神聖話語」和「巴赫汀式的民間雜語、農民親屬人情網絡、反祖至最古老道德的直觀善惡」在莫言的敘事曠野上的慘烈戰爭大追捕、大逃亡、光怪陸離的場面，最後是姑姑逮到那些不惜以死相拚的小母親們，把那些未成形的嬰孩從她們鮮血淋漓的子宮，鉤刮流掉、魯迅「救救孩子」哀號的大半多個世紀後，這片土地卻奇幻且認真地上演著「殺嬰孩」。

第三個暴力，當然是這「姑姑的恐怖狂歡喜劇」，轉場到「改革開放」後的「唐吉訶德」：如小說中半謔半哀地有一部似乎是莫言寫給大江健三郎的私人信件和一齣全書最初同名為《蛙》的劇本：回到《灰闌記》或布雷希特另一部經典《四川好女人》的「當今共和國之顛倒、錯亂之鏡像」、生殖、生產、女人的身體、子宮、嬰孩……這一切進入到莫言曾在《酒國》中幻造的誇富瘋狂食嬰宴，遠超過魯迅那時所能想像的資本主義物種崇拜、財富以天文數字累積於少數人於是進入到超現實場景、不可能不進入卡夫卡的城堡、童虐怪誕、變形與「自我存在感之消滅」而抵達的「人吃人」劇場。關於這一塊，非常難討論。因為在小說哲學上，他已進入布希亞、羅蘭巴特、卡爾維諾或德勒茲的維度世界了。莫言在早年有一短篇〈倒立〉，其實已試圖在他的「高密東北鄉」的祕境地圖，偷渡了這樣一角現在誇富宴的眾生相素描。然又不論是莫言、余華、劉震雲、閻連科，他們在調度動員「城鄉結合部」（一個鄉土與城市的換日線邊境），失去土地但挾帶著農民的「生死—男女—經濟」關係、情感、想像力的移民們、捱受暴力的反抗（或妥協）模式，常還是圍繞著《中國農民調查》的荒誕古怪層級機構，各式各樣倒賣、偽詐、賣身、僵直語言經過民間流氓機詐的變貌，像汩汩冒出鮮豔油湯的人體榨碎機，讓人瞠目結舌的巨大愚人船場景。剝奪者和被剝奪者同樣在一種人格倒錯、語言失去其信任默契，常只是更多層次的詐術之心領神會，一種《六個尋找作者的劇中人》的茫然、流浪、狂歡與瘋傻。這或正是眼下莫言們正在經驗的共和國，以我這樣「在之外的」，台灣的讀者，很難掌握其語言與觀看方式，在小說實踐上的奧祕或難度掌握。

然而，關於這個類似大江健三郎《換取的孩子》的哀慟反思：我們是在什麼關鍵時刻，被偷動了手腳，原本可愛的孩子，被妖怪偷換成一具冰雕的贗品？這些土地上吃煤、充滿朝氣、胡鬧、歷史傷害的娃兒們，其實是在什麼祕密時刻，讓那異化、冷酷、殘忍的噩夢侵入所有人的腦額葉裡？變成裝神弄鬼的捏泥人的一具具陶胚？或是滿地無感性無個體差異無古典同情哀憫羞惡之心的呱噠噠的一大群青蛙？莫言在他「晚期風格」這三部明顯歷史時空幅員擴大、人物進入一種集體恐怖、陰鬱、層層累聚深淵的大長篇《檀香刑》、《生死疲勞》、《蛙》，有一個重要的小說機械鐘的內膛（齒輪、機括、彈槌）的表演主義展露，一個關鍵字，一個小說的抵達之謎：中國式現代化的錯誤想像。一種「中國獨特經驗的現代性」（？），奇觀妄想、不可思議。本文因篇幅與時間所限，無法再談再這樣壓縮、快轉，乃進入農民情感意識底層之不同牲口們幾世輪迴的《生死疲勞》但此處略談遺下這個「返回」、「倒退」（至一九〇〇年），「從什麼時候，文明的頭被砍了？」「是在怎麼樣的布置、時空、處境、對抗或自我戲劇化，我們在那時便萬劫不復，被插入一根施虐、展示、羞辱但又亢奮激情的木樁？」「在哪一處時鐘刻度上，我們被偷換了，變成現在這樣的怪物？」

……於是師傅就發明了一種貓胡，有了貓胡之後，貓腔就站住了腳。咱家的貓胡與其他的胡琴相比，第一是大，第二是四根弦子兩道弓子，拉起來雙聲雙調，格外的好聽。他們的胡琴筒子都是用蛇皮蒙的，咱們的貓胡是用熟過了的小貓皮蒙的。他們的胡琴只能拉一般調子，咱家的貓胡能模仿出貓叫狗叫驢鳴馬嘶小孩子啼哭大閨女嬉笑公雞打鳴母雞下蛋——天下沒有咱家的貓胡學不出來的聲音。貓胡一成，咱們的貓腔立即就聲名遠播，高密東北鄉再也沒有外來野戲的地盤了。

師傅繼發明了貓胡後，又發明了貓鼓——用貓皮蒙面的小鼓，師傅還畫出了十幾種貓臉譜，有喜貓、怒貓、奸貓、忠貓、情貓、怨貓、恨貓、醜貓……是不是可以說：沒有俺孫丙，就沒有今天的貓腔？

——《檀香刑》第十六章〈孫丙說戲〉

某部分這似乎可作為《檀香刑》那閱讀時繁花簇放的感官印象的紊錯路徑：多聲部敘事演義催眠進入一種如癡如狂，擠眉弄眼的故事狂歡；一個壯烈荒誕悲慘的「一九〇〇年——中國的現代性遭遇時刻」，莫言在此書後記提到「聲音」：「第一種聲音鏗鏗鏘鏘、充滿力量、鋼鐵般重量與冰涼溫度的火車聲音」，「第二種聲音就是流傳在高密一帶的地方小戲貓腔」（哭聲千迴百轉，無論大小孩子，都可以說是通過遺傳而不是通過學習讓一輩輩的高密東北鄉握的）這個如此飲滿著文明與時光衝突的強大輾過、蹂躪、一種機械主義最極致的神物（怪物）：火車及鐵道，在那不可逆的，班雅明悲傷回望那個萬事萬物猶充滿情意與靈光的，沒入手工、老店鋪、老工匠藝人、充滿臭味、巫術、流浪漢、對古老教養與無實用性耽美傷逝的那條「單向街」——這一切還是在莫言擅長的廣闊敘事曠野遭遇、決戰。可想而知是那些前現代的、巴赫汀式的民間嘉年華狂歡的、義和團式的胡鬧身體們、被輾碎、屍骸亂飛、表情詫異且怪誕滑稽、向各式塑膠小鴨玩具發出唧唧聒聒的怪聲而被「現代」的巨大渦輪攪碎。「身體」作為一種現代性規訓與懲罰、瘋癲與文明、暴力化地由他者（當然是「現代」的發明者——西方文明）描製地圖、嵌入時鐘刻度、生產消費邏輯……布置二十世紀的現代史，通常是最濃縮隱喻、怪物化、變態化的極限劇場。毋須再贅述魯迅那行刑殺頭眾人圍觀的身體施虐。或我們想到譬如朱西甯的〈鐵漿〉——同樣的膠東抗鐵道，最終以將那滾燙鐵漿灌入自己腔肚的狂歡施虐；或是黃錦樹〈刻背〉那不可思議在南洋華工悲慘背脊上刺青的「一個瘋狂的中文《尤里西斯》的大小說書寫計畫」；當然我們無法不想到魯西迪《魔鬼詩篇》首章，主人公那從幾萬呎高空飛機爆炸，睪丸被大天使加百列死抓而高歌的經典「墜落」——一則印度現代快轉瘋狂腦中的根植民族暗影在現代變形記後的怪物化、在這墜落的孤獨演出時空，形成長篇小說的展卷；更別提拉美那群爆炸魔幻大名字作家讓人眼花撩亂的雙生子、父的鬼魂附身而重啟的多重歷史觀、亂倫與雜交、夢幻超現實的大屠殺，記憶力驚人而進入感官爆炸的傅涅斯……

卡夫卡的《變形記》、《流刑地》乃至《城堡》。身體如何被圍觀、展覽、承受屈辱，驅趕出「正常」體系運轉的群體之外，變成忽大忽小愛麗絲夢遊仙境的驚嚇的、錯誤的、「自我怪物化」。

站在這個「身體」（前文所引的莫言所說的「貓皮蒙面小鼓」的各式貓臉譜：喜貓、怒貓、奸貓、忠貓、情貓、怨貓、恨貓、醜貓……這些被砍頭、被凌遲、被侮辱與損壞、變成碎片殘骸卻仍桀桀怪笑、各種鬼臉、陰慘歡鬧的巴赫汀式身體）對立面的，不，或說是站在其下俯視著的，是莫言曾說過的「魯迅先生寫過受刑者（革命者）和觀刑者（看客），只沒有剖析過『施刑者』。施刑者究竟是何種心態？那個割開張志新喉管的人，是一種什麼心態？那個往林昭嘴巴裡塞上膨脹球以防止她呼喊的人，那個把子彈射向她的身體還向她的母親索取子彈費的人，是一種什麼心態？假設當時讓我去幹這件事，並且告訴我這一切都是出於組織的信任、革命的需要、從此革命大家庭將對我永遠敞開懷抱，否則我將永遠被打入另冊，我會不會去幹？十有八九會的。每個人心裡都隱藏著一個趙甲。他的殘忍，是出於奴性，也是出於恐懼。他是專制社會的必然產物。」[1]

這裡，說到「檀香刑」，這部小說的黑暗之心，同時又是極限光燄的爆炸之核。是那麼古怪、殘虐、病態地將一根檀木橛子插進那貓腔班主（技藝、精神、自我神話的全部繼承者）的屁眼，穿透腔體，並且整個這樣對這個「體」的施虐、凌遲，公眾展示的最重要關鍵，在於「絕不能讓他太快死去」，這於是在小說展廊上讓我們瞠目結舌看到了一種「中國的」，古老技藝的讓人瘋魔的講究、神乎其技、華麗細節。這門技藝如旋梯而上，最高境界竟就在「延緩」：讓死者慢速感受自己的死亡。莫言在此寫到了一種行刑者、受刑者、圍觀者都被裹脅於一種琥珀般、求生不得求死不能、暈迷爛醉，既痛苦又甜蜜，既殘虐又狂歡的奇幻催眠狀態。這種「技藝的瘋狂癡迷」，有另一部關於傳技藝本身之極限妄念，不惜以人類肉身為其浮屠寶塔階梯、剝奪、抽離、異化、「去人類化」的魔鬼工匠技藝之典律，即徐四金《香水》。以剝取極品美少女之頭皮、冷萃法或油布吸取氣味之祕技，各種氣味之繁華簇放、感官爆炸、微物之神的炫技特寫，亂針刺繡了一幅中世紀巴黎的香水製造工匠史或拱廊街展廊。重點是這位不惜以「剝人皮萃取那讓人瘋狂之芬芳」的香水師傅葛奴乙的形象，在小說的換日線祕境，讓我們同時進入那絕頂技藝逐級攀升的激爽、欣羨、讚嘆；同時陰鬱恐怖地驚覺那後面極抽象的、惡華的代價：曾有評論者論及《香水》一書是暗寫二戰德國的納粹與屠猶，一種由笛卡爾、伽利略開啟，乃至牛頓、達爾文、佛洛伊德……這些名字所引領進入的「現代」，世界成為一個可控制的客物，透過科層建制、分門別類的專家話語和技術革命，一種遠超過古典時期人類想像力之外的超現實場面真實的發生。包括被屠殺的人數、執行並參與這規模驚人的運輸、集體監禁、分類、管理，乃至殺戮，每一環節所參與之公務員人數，皆以百萬計。當這場如同所有人從被神遺棄的噩夢中醒來的戰爭結束後，人們面對的是對整個文明之信仰皆壞毀、一片焦夷、瓦礫的荒原廢墟，甚至是一個恐怖的黑窟窿。

「檀香刑」這根如夢似幻，透過這位「姥姥」——禁閉封印了這個古老帝國所有工匠技藝、美學講究、儀典排場、對形而上象徵秩序的崇敬與教養——劊子手趙甲，這位在莫言筆下栩栩如生、陰鷙深沉的大藝術家，似乎這個文明將它最高形式的創作力、想像力、班雅明所說的那「藝術的靈光一現」，全灌注在「刑」，如何將施虐罪犯的身體，將死亡變成一個華麗的景觀展廊。當這個施虐，脫離了、陌生且疏離了那最直面的、「被殺、被暴力侵奪、被羞辱破壞」的人體的形貌，變成一種像官窯瓷器、京劇崑曲、像刺繡或烹飪的鬼斧神工、繁文縟節、層層講究，作為讀者的我們，一面為其繁花翻湧的駭麗細節所迷惑、目眩神搖；一面又從體腔內顫抖其殘虐、恐怖、非人化。包括〈傑作〉這一章，莫言用那我想帕慕克、徐四金都甘拜下風的緩慢運鏡，一個步驟一個步驟精準寫著凌遲——「魚鱗割」——的連續五百刀，這個「刑虐之技藝」如何在那疲憊、漫長的時光沼澤裡，將一位革命志士的身體，變成碎片和孤立的器官。

而作為這部小說，這個「檀香刑」——濃縮隱喻了這古老帝國對工匠技藝的乖異內向的「美學極限之光燄」——所要戳入、傷害、慢速凌遲以展示統治權力神聖性的，那個「受難者」孫丙，卻又是「貓腔」：這一「師傅為了偷藝，曾混到十幾個外地的戲班子裡去跑過龍套。師傅為了學戲，下江南，出山西，過長江，進兩廣。天下的戲沒有師傅不會唱的，天下的行當沒有師傅不能扮

1 李靜《捕風記》，二〇一二，浙江大學。頁四三：〈不馴的疆土〉。

的……」這像是赫拉巴爾《過於喧囂的孤獨》那城市地底的將所書本、歷史知識、文明、群體記憶……全打包成一骯髒壓縮大塊的夢境。那是赫拉巴爾的民間話語，裡頭的戲文和角色之附體及離散，盡是像說岳、西遊、水滸這些民間戲曲的集體記憶。在「火車與貓腔」這兩種聲音遭遇的現代性時刻，後者自然被輾裂，如散扔遍野的屍骸和瓦礫。我讀此書，感覺到說故事後面的那個莫言，是被這文明漫漫長夜，那絕望又執拗的一些磷火，驚嚇且悲不能抑的。像班雅明提到克利的那幅「一臉悲傷的大天使」，眼前是一片破碎的屍塊和文明的廢墟，祂揮著翅膀，面對過去，想去將它們拾掇拼起，但時代的暴風將祂吹向未來，祂只能倒退著，眼睜睜看著那一片塌倒、無望的荒原。或如阿城曾感嘆的，原本有一個民間自為的宇宙，或許鬆散、雜駁，但錯綜複雜、有其呼吸、世故、有其詭祕或空疏地錯落著。那個充滿民間狐神貓怪、男女歡樂瘋鬧於貪吃或生殖、搖曳生姿、煥然發光的「高密東北鄉」，曾在《紅高粱家族》或像〈神婤〉、〈貓事薈萃〉這樣天才自成的短篇中豐饒的竄長。然在《檀香刑》、《生死疲勞》、《蛙》這三部「晚期風格」的長篇裡，從聲腔與華麗技藝的多聲部賦格；時間與階級鬥爭的永劫回歸；生殖與殺嬰的共和國「恐怖母親」；我們看到莫言如何清醒、嚴肅、在「小說的真實」那疲憊的文字苦刑書寫實踐中，將那麼充滿生趣、鬼臉、表情豐富的、他愛眷同情的民間話語、英雄好漢又王八蛋，嘻嘩胡鬧卻又悲壯真摯的人物們，帶進那個「冷酷異境」，那個共和國，或二十世紀中國人，曾走過的「格爾尼卡」、「2666」、「抵達之謎」，那個噩夢般、看不到天際線的受創的曠野。

在時間的影子裡玩耍閑坐，喝茶

楊澤／《新詩十九首》二〇一六，印刻

楊澤老師帶著我和名慶，從青田街走進潮州街，然後走到「昭和町文物市集」，那是一個赫拉巴爾，班雅明，或褚威茨的世界：破爛的昔日之街，收納、摺縮了這城市太多繁花之瓣的時光重力；文明夢的辰光；一個古典時刻人們想望的美麗世界；他們曾經讓自己的身軀和心靈，在這些或往更古年代（小玻璃櫥櫃裡的遼或金或北宋的耀州窯、龍泉窯雕花青瓷瓶，佛頭，或台灣工藝的佛像，礦彩木雕菩薩；老書桌老藥櫃老菜櫥老官帽椅孔雀椅；漆金雕花老牌匾；字畫），或某個嚮往現代時髦的憨稚殖民情懷（各種日文的餅乾桶，灰舊的大型公仔，玻璃燈罩，深咖啡皮四腳沙發，可能五六十年歷史的台語片電影海報，林青霞的海報，各種破爛雜誌和老黑膠唱片），此地很像我青少年記憶的老光華商場，牯嶺街，那些真偽難辨的古董店，以及楊凱麟那本《祖父的六抽小櫃》裡寫的，收滿台灣老靈魂老工藝的收老家具的老人的倉庫……，像這一切混在一起的多頭麒麟。

這不正是我超喜歡的波蘭小說家布魯諾•舒茲那篇神奇之作〈肉桂色鋪子〉裡的場景？其實和

我這些年，在台大那段的溫州街，青田街，永康街，金華街，和老師不期而遇，或隨意在某間二手書店（青康藏書房、明目書社）門口，或哪間咖啡屋（兔子聽音樂、路貓、YABOO、魯米耶），周邊是青春美眉，文青底迪，我這輩較習慣的時光旋轉門如此迥異。我們二十多歲時在陽明山，山中宿舍不知道什麼系的仙女學姊，神祕如武功祕笈的手抄整本楊澤的《薔薇學派的誕生》，羅智成的《光之書》，當時他剛從美國回來，和那些詩的青春陰柔，我們想像的波特萊爾、韓波，那種透明光燄，浪漫激進不同，反而有一種射手座的剛性、霸氣。我記得念北藝大戲劇所時，有一次老師在系館中庭的草坪遇到我（當時我其實頗怕他，見到他都溜），跟我說了很長一段訓勉，大意是（那時我才二十七八）對我當時的小說的「另一種可能的打開」，他跟我說了魯迅的瘋狂，張愛玲的瘋狂，我當時當然像篩子聽懂兩成漏了八成，但那個「像巨大渦輪機暗影的現代性瘋狂」，很像他在我後來的創作，下了一道（就算年輕的我不服氣）生死符。

二十多年過去，很奇妙的，又和老師在青田街這一帶撞見了，當年的其實還極年輕的射手和牡羊，這張力卸去了，變成老射手和老牡羊。我從陽明山宅男宿舍的「地下室手記」變成一個「現代主義」小說的老信徒，其實我這一輩一路在不同時期小說的肉搏，到這年紀，好像終於知道不是筋肉人，體內沒有九尾妖狐，和一個想像的現代性巨獸借貸的瘋狂，終於反噬成一種百病叢生，肉身崩壞的狀況。同代的邱妙津、哲生、國峻，像航海者的魔鬼角，同輩倖存者，可能書寫是一種擋住瘋浪和暴風的方式。之後相遇，全如折桅破艙之船。再遇到老師，老師竟好像我記憶想像的波特萊爾，穿過他自己的《陶庵夢憶》，變成曹雪芹或《金瓶梅》的著者，像老和尚對練七傷拳的武癡，分說逆行經脈之惡果。他勸我戒去喝咖啡，或濫用成藥之惡習；勸我喝台灣老茶；跟我分享丹田內小周天上升至喉頭的呼息方式；教我每天沖冷水，並泡熱水，或下蹲一百次，「和身體對話」。我當然還是像篩子，聽進兩分，漏了八分。但這樣的對話，其實張開一個對古典，或說，對遠望的時光走廊的謙畏。很怪，那些在這個時刻的路邊，他說起某某，會說「他是台南人」，某某，「他是嘉義人」，我和名慶，「安徽人」，某某，「老江蘇人」，很像我們所在的這城，是一個各色人等流浪停泊或落腳的繁華碼頭，像筆記小說似的各種人的顏色氣味腔調，像不同茶罐裡不同的烘乾茶葉茶梗，那泡進滾水裡會旋浮暈散出他們的流浪者之歌。他是帶著溫暖在說這些人的形容，譬如說起安徽人，便說吳敬梓得罪了袁枚那段，那其實是一種對文明、繁華的欣羡，太窮太苦了，但又愛重儒生傳統，那就是搞不懂南京袁枚他們狎妓甚至男色這種風雅。他說起哪個美女，會說她是大稻埕那種世紳家的女兒，家裡有七仙女，那個懂事得體……；他會講出哪些人，外省的教養，上海人的教養，日本教育家庭的教養，南部人的爽氣，台南人的尊貴，那真像雨後森林茂盛竄長的各色菇蕈，生鮮活色，一個個人的故事像上了各式戲台，那麼光彩迷離，翻滾跳躍。

那天，在這昭和町市集，老師拉我們到一位簡先生的小店，那些老木櫃裡放著鈞窯、佛頭、整疊台灣老盤子，但主要是簡先生收了台灣老茶二三十年了。簡先生長得就像廟裡的壽星南極仙翁的模樣，煮水泡老茶招待我們。那個店面實在太小了，我坐在一張好像古早辰光的牙醫椅上，幾杯老茶入喉，好像齒頰生津，一種溫潤的老木芳香沁入臟腑。後來又來了一個王小姐，也是附近的住戶，看得出年輕時是個美女。大家擠在這兩坪左右的小店裡，握著手中的杯，品嘗那老茶如君子之交，樸拙淡泊的氣味。每個人都有他生命的創痛故事，但人們在此偎坐著，沖茶熱煙後頭模糊的笑意，好像在憑嗅覺，找到一種古早年代的人情義理。那個空間（或是充滿其間的老茶香氣）和我這輩和城市人們建立出「坐在默片中」的咖啡屋空間，如此不同，這些隱於市的高人、怪人，一個框格一個框格，想把那麼難以言喻，漫長的文明祕戲，藏納在自己的小宇宙的戀眷靈光嬝嬝手工舊昔的台北班雅明們，老師和他們的友誼，老交情，是花了無數個下午，這樣散坐著閒聊，摩挲手中的老佛像、小瓷杯，交換著這些不同時光化石層舊物的知識與故事。這裡既不是北野天滿宮的古物市集，也不是《陶庵夢憶》裡秦淮河畔的書畫扇紙鋪，也不是阿城記憶裡的北京琉璃廠，甚至和再往青田街走過去一些的古物店都不一樣；那可能在年輕人眼中，說不出的翳影，昏舊的結界裡，其實，曾經的《薔薇學派的誕生》、《人生不值得活的》，或我這輩也跟著懵懂走過的煙花迷離，衝撞與憤怒的九〇年代，或他曾在不同的街景、咖啡屋、校園、愛爾蘭酒吧，跟不同年紀的我和身邊的美麗女孩兒，說魯迅、張愛玲的瘋狂，說《紅樓夢》，說晚明，說《金瓶梅》，說他上一輩的詩人，小說家，那些人都像他的親人、摯友、戀人。他熱愛青春、美的事物，但又看穿文明走廊必須拉開他的遮雨棚，讓行過的各路行人，抱著他們的故事之缽，縮起翅翼暫避雨。這像老和尚一樣無所嗔念執著，卻又像少年郎一樣好奇爛漫，像我年輕時從他身上想像的波特萊爾，你以為他在那些雷奈電影般的光街影巷裡疾疾行走，其實他可能坐在這老茶小鋪，和老闆泡茶、閑聊，那同時是，「過度盛大，耽美，無從裝瓶的青春」，「像巨大齒輪轉動現代於是直視瘋狂的成人時光」，「寶愛，理解眼前一切時間街景的老年」。同時坐在這個詩人隨手抓來的椅子上。

借引楊澤老師新作〈新詩十九首〉中的其中一首，以記那個下午的「昭和町市集」之緣。

〈現在〉

現在
我回想起來
一切並非
一無徵兆
打從一開始
我便是

在你的影子裡出生
在你覆蓋一切的
影子裡玩耍
逐年長大，茁壯
及變老
有朝一日
也終將在
你那無所而
不在的影子裡
告別，離開

現在
我回想
沒有多餘的感傷
多餘的懷舊
或糾葛

每一個
在黑夜中誕生
用青銅打造
拿蟬翼錘薄
又以琴弦鍛之，鍊之

每一個
固定，準時
被太陽的早餐推車
送到眾人面前的
不平凡日子

現在
此刻
我坐在這裡
太陽阿爸
時間老爹：
我乃是你們
最最虛無
不真實的影子
我坐在這裡
長歌當哭

哭你們
曾一度
慷慨餽贈給我的
每一個，大江東去
逝水呀悠悠的日子……

一種少年同伴的時光冒險邀請

楊凱麟／《祖父的六抽小櫃》二〇一一，麥田

——那是一趟從巴黎飛回香港的十幾小時航程，當時是半夜兩三點，那天恰是中秋吧。整架飛機四五百人全在一個一萬呎高空被包裹起來的靜止之夢裡勻靜地熟睡著。從他身旁的舷窗下眺，恰可看到這架飛機左翼延展出去，兩只巨大噴射渦輪的金屬翅膀。雖然透過隔音艙隱約仍可聽見引擎的背景聲。但那像是森林之夜裡，風吹奏著群樹。一切如此安靜。

從某一個夢中醒來，他被舷窗外的光輝場景所驚嚇：飛機機翼，像浸在某種薄荷調酒中的薄冰，一整片暈染著一種如夢似幻的青色，邊沿則鑲著一條非常耀眼的銀色。在他們下方，是一整片雲海，並沒有平日自飛機上所見雲層上的世界那些城堡狀，或魚鱗狀的參差……而像寧靜的大海，整片延伸到沒有盡頭的遠方，重點是那一整片無邊無際的雲之海，也全籠罩在一種青色的冷光裡。時間像靜止了。他們的飛機，似乎不動的懸浮在這一片非人間景象的積雲層上方一點點。

他那時想到宮崎駿的《紅豬》。

「我是不是死了？這是不是死後的世界？」

那時他們的飛機應是在莫斯科以東幾百公里的高空上。在雲層下面的小鎮、人家、農村，所有的人正都在熟睡中吧？

他把臉頰貼在冰冷的窗玻璃上，想找出這一片夢境般的光世界的光源。然後他看到從飛機的後側，媽啊好大一枚月亮，不，不，該說是月球，大得像科幻電影中從土星地表仰望它巨大的泰坦衛星。或者是，真的像村上寫的，此刻有兩枚月亮也不足為奇了。你覺得月球那麼貼近要挨上（奇怪他腦海浮現是像磁浮列車靠站那樣微晃的「輕觸」兩個字）地球了。這麼大，這麼近，應該可以看見月表的火山丘、峽谷、隕石或沙漠……但那只是一輪大到不可思議，輝煌的銀烙餅。

真美，我說。

不，更美的在後面。

他說，後來不知過了多久，飛機飛離那片影青瓷顏色的雲海。但月光仍何其皎潔，你可以看見下方地表上蓊蓊鬱鬱，像苔蘚或浮潛時看見的款款湧動海葵。奇怪望去是一片黑影，卻被那月光映照得像中國山水畫墨色分明，充滿著視覺細節的變化。某一刻，他突然感到眼皮下，閃過一瞬光爆。嚓。幾乎百分之一秒，非常亮但非常短的一道閃電。

他原想是否是下方的城市在放煙火？但這個時間（深夜兩三點）不可能。或是公路彎道恰好朝上方照射的車子遠光燈。但也不可能。這樣的高度，一萬多呎的遠距，不可能還有那樣的亮度。過了十幾秒，那個一瞬閃光又一亮即滅。那到底是什麼？他把額頭貼緊舷窗，非常認真往下界看。

（也許是幽浮？）

你猜我看到什麼？

他說，原來是一條蜿蜒的河流，穿過森林時被樹影遮蔽了，偶爾一個小彎恰和飛機的航向平行時，輝煌銀白的月光被十分之一秒的河面反射上來，像美女的晚禮服肩帶在無人知曉的神祕一瞬，滑落又被抓回，那閃爆即黯滅的（一截粉臂？或一抹酥胸？）的光華偏偏被你瞄見了。

之後，那夢的時刻出現了。下方的地表突然出現一片森林植被光禿的空曠地，而河道在此散成一小股一小股網狀渠道，像搓開的麻花，這時天啊，那月光的銀輝在下面，像積體電路板上的電流傳導，數十條銀蛇在迷宮竄走，又像顛倒過來的世界，彷彿地面是夜空，驟然一陣樹枝狀的駭麗閃電。

還來不及反應過來，他便看到那團網狀渠道匯聚成的一個湖泊，一枚銀色的月亮亦妖亦仙地浸在裡頭。不可能！隔得那麼遠。他發現自己臉頰流下冰涼的一道淚。

我看到了神的視覺才能看到的美麗景觀。

其實，那時飛機內一些人陸續醒來，各自頭上的小閱讀燈一盞盞間錯點亮，像溪畔草叢裡的螢火蟲。開始有人跟空姐要泡麵。你知道在那封密空間裡，泡麵熱騰騰的煙氣最帶有一種暴力的感染。馬上四面八方都是那窸窸窣窣吸食軟麵條的聲音，那肉燥包油渣在滾水中泡開的濃郁香味。許多人排隊在那小摺疊鋁門廁所外的暗影，裡面人打開門時還聽見真空抽吸馬桶咽喉那呼喇一聲巨響，將糞便或衛生紙攫吞而去。他說，我真是不敢相信：在我們的下方，周遭，是一片美如夢境的月光海；但在這個一萬呎高空的漂浮金屬艙內，卻像是一個泄殖腔充滿了人類吞嚥咀嚼和排泄的聲音和氣味。

以上這段文字（或畫面，或一難以言喻在裡在外在上在下的妖仙幻境），是某一次我在凱麟那堆滿古代之物的時間之屋裡，像被魔法師用它那萬花筒寫輪眼盯住的凡庸之人，聽他描述那極限光焰一閃即滅的絕美。事實上，我回家之後，只要努力回想，盡量一字不漏記錄下他說的每一細節，出來後就是一段我小說裡最乖異、淒清、豔絕的段落。他家族祖父輩的故事；他曾撞見一大自然的異景；年輕時某一個美麗女孩那光霧模糊的宿舍；憂鬱症時光那像深水下閉氣泅泳的經驗……

凱麟是個不斷把「觀看」這件事，在虛空抽象界翻剝再翻剝，「所有的」現象與物自身的另一維度漂浮、釋放、纏舞，這樣一個說故事者。某些時刻，我覺得他在透過描述一個逝去之物（或景、或人），傳授我「如何看」的技藝。

> 多格櫃是祖父的，小時候我常在他房間裡輪番打開每格抽屜，希望能有驚喜。當然，抽屜裡的東西從不曾改變，是老人棄置遺忘的陳年藥包，年代久遠不知為什麼被收起來的各式紙條，早已停擺廢棄卻捨不得丟掉的旅行用鬧鐘，一大把不知年代的日本鎳幣，放大鏡與老花眼鏡等等被世界遺忘的雜什。

凱麟的這些收藏物的照片和充滿靈光的文字，很難不讓人想起張岱的《陶庵夢憶》；班雅明的《拱廊街計畫》；艾可的《羅安娜女王的神祕火焰》。一種失落之物的搜尋掏回，推疊成另一個神靈的、鬼魂的世界。

班雅明講到卡夫卡的世界，「音樂和歌聲是逃遁的一種表達，或至少是一種『抵押』。希望的這種抵押，我們得之於那個既未成形又瑣碎，既給人慰藉又幼稚可笑的中間世界，而助手們在這個世界裡如魚得水。」當然此處我難免附會凱麟這本書中，那作為「抵押」的昔時之物，或透過不在場的這些「物在人亡」的某種古老靈魂（或台灣老一輩人囈語的無意義凋萎審美教養之花瓣）的表達，一些卡夫卡式從「中間世界」穿透過來作為信使的「助手」們，是這些他筆下深情款款的收骨董販仔老人：興仔、春仔、徐仔、小馬、謝桑、阿海……

恰好班雅明在論及卡夫卡的這一段落後，提到「有一張卡夫卡小時候的照片」：

「那雙無比憂傷的眼睛看著眼前擺好的風景，一隻支楞著的大耳朵聆聽著這風景。」

他提到卡夫卡「託付別人銷毀自己的遺作」，「卡夫卡活著的天天都得面對難解的行為方式和含混不清的宣告，他可能想在臨終時，以牙還牙地至少報復他的同時代人。」

這還是讓我想到凱麟那一屋子堆滿遮蔽通道，鬼影的古代之物：古代屠戶之吊鉤、幾十尊睜眼或閉目之石佛頭、扛廟基座的「憨番」、劍獅、在深夜讓我這樣訪客起雞皮疙瘩的機械鐘從死蔭之境傳來噹噹自響、廁所裡漂著浮萍的磨石豬槽……

我好幾個夜晚在他的這個各自禁錮了不只是消逝之古代工藝，且消逝了那紊亂時鐘的孤立之物，它們原本栩栩如生展開的一幅「東京夢華錄」、「陶庵夢憶」、「清明上河圖」……但那是一個被卡夫卡式的助手們變裝的販仔們，從台灣各近乎超現實的「惡土」、荒原礫地頹毀老屋被掏挖出來的「消失的、又不存在的場所」。

祖父六抽小櫃的那只早已停掉的古怪自走鐘，他將那鐘交給一位專調骨董錶的老鐘錶師傅，修好了它。

回家後我旋緊鬧鐘發條，仔細地將鐘面外圍包覆的銅圈擦上油，放在桌上時便能聽到鐘殼裡傳來強勁響亮的機械滴答聲，好不吵人。幾個小時後，我接到媽媽的電話，祖父去世了，享年九十七歲。

那原本停掉了幾十年的一只祖父（不在場的活著時光）的鬧鐘，在他手中（經過那老鐘錶師傅）又像一顆心臟，「好不吵人」的強勁響亮的卜卜跳動。但同一時刻，祖父去世了。很難想像凱麟如何「不展開」地、孤自靜謐地進行這些「無法擁有其過往時光再現」但搜尋它們，而後觀看它們，在描述中讓它們浮現其乍看淡定不擾換日線兩端之「詞與物」，看一段凱麟在論傅柯之「越界」（書寫幾乎就等同犯禁）、一種「文學的布置」之文字：

……然而另一方面，書寫卻弔詭地等同於一種內在性褶曲，文學在此較不是字詞或句法的暴力踰越，較不是語言平面上製造的噪音或喧囂，而是對文本狡獪無比的層迭操弄，一再致使既有作品翻覆、轉向與增生質變。其中，福婁拜與波赫士是這種褶曲書寫的佼佼者，而十七世紀的賽萬提斯則為其先驅。這些被傅柯所一再援引並分析的作者並不只是透過書寫來表達某種博學或見識……因為他們所曾從事的事業進一步展現了一種僅誕生於知識空間的致命誘惑，且究極而言，「書便是誘惑的場所」……

事實上，我幾年前與凱麟相識，有緣結為少數同齡人能將內心極幽微隱蔽之「褶曲」、「暗影」、「難以被定型的『前於書寫』的尚未受精著床之故事糊團」，可以長夜漫談之知交，進而內心視他為師（另一位我視為師之良友為黃錦樹），如此說或令凱麟尷尬，顯得作態，事實上十多年來，我一直視他們為師（不論是嚴肅的知識地貌或某種戲劇化如「福爾摩斯和華生」；《玫瑰的名字》裡那博學的懷疑論導師和那年輕修士；甚至《雅各和他的主人》一種嬉耍、漫聊，但同時啟蒙的冒險途中），然而我始終沒做好知識與教養的準備。但我回想：那許多個夜晚，其實他是在展開一個「誘惑的場所」——多年前一個密室裡光影朦曖的一個女孩所有牽動無限光影撩亂的印象派表情；一個黃昏他獨自坐在比薩斜塔上（管理員已在趕遊客）突然哀慟懷念他九十歲的哲學啟蒙老師，與自己悒悶的掉入「第二義」的人生；某一場家族葬禮後的合照，其中一位表姊夫那完全和這張照片飄離開來不在其中的臉；高鐵上某一個鄰座熟睡女孩那像川端《睡美人》不可思議如妖幻蕈菇暴漲而出的翻湧多層次芬芳將他整個包裹、痛擊；少年時長期困於憂鬱症，某次被叔叔騎機車載於後座，經過夜間城隍廟那投影燈燭下門神凶惡之臉，他覺得自己在一個恍惚之夢中死去，後來的這個是另一個他……

我總在他那些膨脹著時光幽靈之「繁」與「重」、長期猙獰、但一眨眼只是木頭暗色、礦彩、金漆的層層堆疊的骨董櫥櫃、佛像、灶椅……的「物之陣」中，被他那些故事迷惑得不知如何是好，慢慢才理解那或如他說傅柯的「即使文學（語言）已因越界練習而徹底空無。……重點是被褶曲之物則是其經過的痕跡。」那些故事、觸覺、味覺、光影、醜怪而難堪的暴力密室所有人愕然被琥珀凝固的姿態樣貌，美好的感傷的一個之後即使 google 也搜尋不到另一她的名字，自人間蒸發的女孩……關於性的一條記憶走廊，那些老人無言的談判交易著那些隨他們一些進入「死時光」的舊壞之物，那些診所長椅、柑仔店玻璃櫥……對我這樣一個外省孩子，一個胡人（蠻族）而言，那樣的中年哀樂噓唏說聽故事，其實是一個被他的「褶曲」無限的打開、暫時又不那麼空無（因為有那些骨董「物自身」的時光尊嚴）的語言折返，形成一種贈予我的「台灣」（或不應用這個雜駁考古地層的地誌名詞，而應說，他那神隱的祖父）的啟蒙。一種少年同伴的時光冒險邀請。他像個孤兒，打開他自己亦弄亂了整疊迷宮地圖的他的「單向街」、「拱廊街」，無法將那些殘骸、碎塊拼綴回一幅文明街景的「千重台」、「根莖」、「多重鏡像」與「異托邦」。

凱麟的這一系列文字，特別讓我想起我愛的波蘭小說家布魯諾・舒茲的一個短篇（可能是他的小說中我最喜歡的一篇）〈肉桂色鋪子〉：故事大約是在一個冬夜，這個少年跟著他的父親（無精打采、神情恍惚、心不在焉）去一座劇院，原本該是展開一場巨幅幕布虛幻輝煌的演出，這時這個父親卻發現自己把裝著錢和極端重要文件的提包落在家裡了。

於是非常奇怪的，父親派這小男孩獨自跑回家拿那只提包。問題是，舒茲這樣寫著：

在這樣的夜晚打發一個小男孩執行一件緊迫而重要的差事真是太欠考慮了，因為在這種若明若暗的光亮中，街道似乎在成倍的繁殖，縱橫交錯，很容易讓人迷失。

小男孩穿過一片城裡邊緣的「肉桂色鋪子」：

這些其實挺氣派的鋪子晚上都開得很遲，從來都是我最心儀的目標。光線很晦暗，陰沉而肅穆的店堂裡瀰漫著油漆和香火的氣息……你可以見識到孟加拉燈、魔盒、早被遺忘的那些國家的郵票、中國剪紙、靛青顏料、來自馬拉巴爾的假珠寶、異國的昆蟲、鸚鵡、石嘴鳥的蛋、活的蠑螈和蜥蜴、曼德拉草根、從紐倫堡過來的機械玩具、雙筒望遠鏡……特別是，還有各種奇奇怪怪稀罕少見的書籍，以及有著讓人驚訝的版畫和奇妙故事的對開本老冊子。

小男孩且以他的視角，回憶「那些態度矜持、老態龍鍾的老闆在服侍顧客的樣子。他們眼睛低垂、態度肅默」……。這篇小說最奇怪之處，在於這小男孩穿過那「肉桂色鋪子」後，似乎迷路（但歡欣好奇）在一片夜間的夢遊世界，「天空上布滿了銀色的鱗片」，他穿過小學校園「有種難以言傳魅力的夜間繪畫課」，他騎上了一匹受傷的馬，穿過包括父親、老人們皆不在場的「同一個名字但另一次元的那座城市」，最後那匹馬變得愈來愈小，變成一個木製的玩具。

小說的結尾，這小男孩竟說：「我完全不把父親的提包放在心上。父親經常沉迷在自己的各種怪癖中，此刻大概已經忘掉了那個丟失的提包，至於母親，我不必太在乎。」

班雅明在描述到杜米埃的石版畫中那一長串的藝術愛好者、商人、繪畫欣賞者及雕塑鑑賞者，提到「這些人物，都是高高的、瘦瘦的、目光像火舌一般灼人……。這些人就是古代大師作品裡的淘金者、巫師和吝嗇鬼的後代。……正如煉金師將他的『低級』願望——煉出金子——與對化學藥物的鑽研結合在一起……在這些藥物中，星星和元素相融會，表現為精神性的人的畫面，收藏家在滿足『占有』這一『低級』願望的同時，從事著對一種藝術的鑽研……在這種藝術的創造中，生產力和大眾相融會，表現了歷史性的人的畫面。」

我想這是凱麟這本書裡，那些檜木多格櫃、醫生椅、機械鐘、菸酒櫥、紅眠床、鏡台……那私密、瘋魔卻又抑斂的收藏者的「艾蜜莉的異想世界」，他穿梭、重建、以小男孩的形貌，迷路在那一條「昨日之街」、「單向街」的時光布置道具，可以建構成一格一格不存在的柑仔店、老醫生的診所、古厝、廟宇……那些光陰的層層疊影和細縫。

他在細細描訴那些菜櫥、菸酒櫥、柑仔店櫥的抓耳撓腮、喜不自勝。真是讓我這外行人亦被那如普魯斯特寫馬德蓮糕而召喚之時光彷彿可撫觸之細粉、歷歷如繪之流動運鏡觀看所魅惑。那種不斷累聚，不斷在那些櫥櫃的漆色、抽屜、凸簷、骨架嵌以之幾何紋路……一種詞與物的「繁」，而至審美或靈視的腦中突觸被不斷電擊、顛倒夢幻，乃至明明看去彷彿沖淡節制的文字，各篇讀完卻有一種過度（美感或物件史對照記的繁複心靈活動）激爽之虛疲與悵惘。

一種物之哀。「櫥猶如此，人亦何堪？」一種群鬼憩息、挨擠在我們身邊聽漫漫長夜之聊。那像是那個小男孩，原來要去尋回父親遺忘的「身分」（或懵懂可以證明其無法言說其面孔模糊所經歷的時代）之文件，但卻在「肉桂色鋪子」那暗影、神祕、暗金細緻、沉積了時光的醇度的審美的「細節的細節」之暈眩中迷路，那種時光孤兒的悲哀後面，另有一種難以言喻的自由和歡樂的反差。

張怡微／《哀眠》二〇一五，印刻

那麼大的離散；那麼小的團圓

「可就連這些事，卻過去三十年了。三十年真長。」——〈小團圓〉

這樣的句子，若是出現在張愛玲的《小團圓》裡，你恐怕覺得驚心動魄，被那時光殘酷、水磨砂紙將所有怨恨、懷念、感傷、對人事裡啼笑皆非、交代不清其糾纏債務，而遠鏡頭再跳遠鏡頭的這樣一句唏噓給重擊。但出現在年紀尚不滿三十歲的，張怡微的〈小團圓〉裡，你可能要在閱讀時，抓著那些小說中人物的線索，捋出其纏繞在一塊兒的，「故事」的針法；是的，小說作為一回憶的藝術，這樣一個年輕小說家，為何選擇這樣一組組人，這樣展開的時間括弧，像剪紙窗花，影影綽綽、疏眉淡影，像是回到甚至張愛玲之前的《海上花》，那樣似乎「螞蟻爬小腿肚、絲襪裂了一條縫」，在這些人物群在流年如一座挑高大廳裡捉對成雙、兩兩旋轉，跳著尋常百姓生活瑣事，各自掩映、花影扶疏的華爾茲。一個將人物劇場調焦、調整轉速，在那「欲言又止」、因為對人情世故的承襲，而像圍棋棋盤，眼中做眼，留好幾手空出的「對方可能怎麼吃掉我的子」，耗費極大的精力（這種隱密龐大的運算、「察言觀色」，曾讓少女張愛玲因無法作出瞬間正確的判斷而崩潰）。

在畫外音、舞台後的戲外戲，對一種發展極成熟的人情義理網眼的掙扎、輕顫、叛逆……成為一個即使看似「沒事兒發生」，也千百劫發生過了的，像高速飛行穿越一座密密叢林的蜻蜓——那個穿梭、不斷創造繁複、眼花撩亂的縫隙出入、話中有話、虛虛實實、殘忍後面有哀憫、嘲弄同時感激或僥倖——這種上下四方裡外的神經質，便成為這種小說的劇場意識。

每一種對話都多一層意思要琢磨，每一張表情都像皮影戲的燭光多了一層搖晃的翳影。

天才少女張愛玲跨過半世紀，成為異國孤獨老婦，之後被出土的《小團圓》，讓我們感傷：原本那尖誚、X光眼穿透一廳一屋裡人物錯繁洗牌打牌的男女死生經濟關係，那個對人情世故的撬開無限著迷，對任何金粉迷離後面必然的寒傖庸俗，原來並不是因為她「深諳世情」，而相反的，因為那過於敏感的神經，即使到老，那小孩不斷復返、回憶、重建場景，竟是每一次困在「世情之選擇」萬千路徑前的癱瘓，無從選擇，舉步維艱。

那些大量繁殖於主人公背後的、「不斷累聚的陰影向下望」，不斷湧出的煤渣般暗影、愛的殘骸碎屑空洞的、這個文明對各種關係的失義、悖情、尷尬、負欠、一言難盡、羞恥、踩空……種種可能的危機、張力，都已發展出各種可以兜轉、潤滑、反諷或自嘲的龐大話語庫。話語的過剩——像年節鋪天蓋地的疊在春聯攤上的各種灑金紅紙上的黑墨字——這些「話語」使得單一的個人，在其中連挪個身都攜家帶眷、珠珮瓔珞嘩啦啦交響，或像蛛網上掙扎翅翼的蝴蝶。仔細想：張愛玲那些我們熟悉名字的女人們，白流蘇、曹七巧、曼禎、敦鳳、薇龍……最後你記得她們的個人意志與命運的發動，所成戲劇性與存在處境的展示，所謂「傳奇」的（張愛玲）視窗發明，最後印象，皆是在那遠大於個體動能、無限延伸的蛛網，在那掙搏中愈轉愈密。

張怡微的〈小團圓〉中，有一段，在繼母芬芳姆媽在生命盡頭作戲，說些討巧占便宜的賢良話時，心萍的內心OS是：「真慘。她真作孽。」這個同書名短篇，展演的層層環扣之技，就是硬把本來不該湊在一家的各路人馬，用各種怪異的人世荒唐執念，硬兜拴在一塊。那怪異處就從上一代、父親、繼母、繼母、繼母的弟弟，埋在一起——

原來不是一家人最後在幕塚中「小團圓」——這老太女主角心萍內心不以為然，又像被催眠般的「家族遊戲」意志開始。這是張怡微從張愛玲那，或她喜歡的蔣曉雲（但是「後來」又出現的那個蔣曉雲）那嫡傳承繼的刻薄和喜劇性。後面是張愛玲在《易經》自述說：「殷商的祖先，教導他們的後代，在別人的國度，一生如履薄冰、貼背而行。」那種永遠像舞台上的鬼魂，讓自己不引人注意的不在場、不屬於，但更艱難是劇情再爛再庸俗，也得淡眉淡眼配合著，讓那些粗豪或爛梗心計的戲，像光碟錄像跑完。環繞著《雷峰塔》、《易經》那少女張愛玲周圍的，是父不父、母不母、夫不夫、妻不妻、上輩老人舊屋裡講著禮教排序其實交換情報八卦幾老爺納小妾或姪兒和姑母跨代亂倫；充滿荷爾蒙的母親心不在焉教女兒如何在男人前作戲以讓自己在生殖市場更有籌碼；謹言慎行的僕傭世界另有一方他們的運行小宇宙；吸鴉片煙和繼母成日上演著狎膩頹廢，被他的家族身世壓在前朝夢魘的舊時代廢物父親，同時卻又是加諸這女兒身體暴力與禁錮的普洛斯彼羅。

所以這樣的少女敘述者始終帶著一種受創版「愛麗絲夢遊記」的詫異、不由自主、既承受著那將她挾持的怪異撲克牌皇后跳棋皇后們的瘋狂、凌虐，同時也形成一持續的鏡頭引導者，透過她受驚的眼睛，將這只有在夢中才可能出現的怪誕、變形、愚人宴狂歡，轉播給讀者。

張怡微深得其中三昧，將這種「受創少女愛麗絲」的漫遊運鏡，帶進了櫛比鱗次、小戶人家疊床搭座的「後《長恨歌》上海」；哦不，那運鏡更進入到這些拼裝組合、違建湊合的「家族遊戲」的內裡，一種顯微鏡裡奇形怪狀的蜉蝣生物，他們漂流著、在市井艱難的現實考量下，即興地混搭、敷衍，但求最微弱悲涼的相濡偎靠，一種全新品種的父不父母不母夫不夫妻不妻。支撐著這樣脆弱如紙牌屋的，貧窮、難堪、暗淡、卻又不忘時來一下上海人嘴上計較的「扮家家酒」上下兩代或三代間的，既憎惡卻又不得不挨擠在一塊兒的，已不是人情義理的崩毀或逆倫，而是一種極廉價，近乎攤販討價還價的經濟考量，和隱而不說的契約關係。

張怡微筆下的人們，或更近「貧窮的城市小市民」，但他們是那麼遠近調焦皆栩栩如生的「上海人」。城市在共和國終於拉長的時光展幅裡，第二次重生，他們是蕈菇般重新冒出，收集足夠個人史（雖然也皆只是偌大上海夢境中的一瞬碎屑）的一批。像是張愛玲戲台女主角旁邊的那些群眾演員們的故事。沒有張腔，但帶著與生俱來的、密密縫錯的人際網絡意識。所以他們似乎都擠眉弄眼的、話少但內心獨白多、買死去鄰居的爛房、應付想謀產的親人，或莫名其妙、派女兒去前夫葬禮刺探情報，作為窮鬼還要把打工錢借給那些好命已婚的公主病友人……這些小說裡的人物常讓人深感一種哀鳴：「我已一無所有，儂怎還能想出方式再剝奪、榨擠、侮辱那個一無所有？」轟轟烈烈不見了，它成為一種緊傍挨擠，無法大動干戈的俗常瑣事，鄰里間的陳年芝麻爛帳，連立足之地都沒有（似乎沒有個化妝間讓這些深諳笑吟吟、藏刀的女人們，喘口氣換張臉譜），不僅在張愛玲世界裡「婚姻」成為女人窮盡精力、機謀、最大戰場的大樂透誘因都不見了；因張怡微的前輩們，第一批的「張派」作家（譬如蘇偉貞、袁瓊瓊、鍾曉陽、蔣曉雲，或極年輕時的朱天文、黃碧雲），那稍餘裕一些的情愛巷戰，類乎本格小說的女性「失樂園」：不同階級的禁忌、愛的瘋魔、擋拆、咬牙切齒、謊言、悖德偷情……，那些箱裡造景的詠春拳近距膝踢肘擊的戲劇性空間都被取消。但她們又不像台灣的譬如胡淑雯《哀豔是童年》，或陳雪《附魔者》，一種底層人家女兒在無系錯傳奇身世可循跡，瓦礫荒原之上的自我性啟蒙或傷害如玻璃屑早埋藏的女性身體尤里西斯。（換句話說，與張愛玲這一支完全無文學血緣關係。）

這種被負欠、被騙、記恨，到最後累積成一層灰濛翳影的「不信」表情，不再有張愛玲〈留情〉裡楊太太和敦鳳、米先生燈光寒磣下一桌靜坐的過手戲；更沒有曹七巧笑吟吟突然變臉把酸梅湯瓷杯摔向三爺的激烈猙獰；但那個精刮計算，困苦於物資的情感兌價換算的臉，是「上海人的臉」。連「不信」、比別城之人更篤信「當不得真」的小心翼翼，而又再失足；或妯娌街坊的說嘴八卦；……都成為第二代第三代第四代的經驗纍擠地質學岩脈了；成為張怡微筆下那背景的市聲，計算流年的機械鐘滴答聲；每個人物要展開他的故事，必然浸泡其中，飽吸的培養皿懸浮液……

他們似乎都是孤獨的個體，被棄置、擱淺在上海這樣一座大城市如電影片場拆掉再換片重搭的時光運轉之外。從《春申舊聞》的民初各路政客黑幫商場聞人名媛戲子到紅牌妓女；到張愛玲的上海傳奇；到王安憶的《長恨歌》；再有木心的〈上海賦〉——所有我們閱讀的上海，總像巨大遊樂場（對任何年代的中國，她都是未來的櫥窗；但在小說的追憶似水年華裡，她卻永遠有一種夢華錄的懷舊咒術，人物總像從劇場戲台的「曾經」衣香鬢影、紙醉金迷中飄浮走出的幽魂，畫報廣告、洋片、留聲機、租界的公共遊樂空間、製片場的剪影——但張怡微的上海人，不論是悽悽惶惶已在上海落戶幾代，奇異的拼湊無血緣者們家族遊戲的老太（〈小團圓〉）；或是上上輩一位返鄉養老的「假爺爺」而啟動疲乏、厭煩的家族樹，甚且因之懵懂迷糊跑來台灣留學的八〇後年輕人（〈而吃菠菜是無用的了〉）；或初老而離婚、再婚、被女兒疏遠、老姆媽說她「苦酒妳已經喝過一次，現在妳又要喝，妳啊是賤」的胖婦人（〈春麗的夏〉）……都像蛇蛻皮般無有驚怪的，離婚（或父母離婚而換上新的填空角色）、親人死去、認旁枝的長輩為父母、找到新的丈夫、新的家人，在一種像卷紙走分叉出不同命運的童拙遊戲中，昏瞶敷衍的實現著，這大城市角落小格小戶裡，最末端底層的單元關係。好像整個二十世紀初期，那些張愛玲筆下因「雷峰塔塌了」而出亡、沸跳、失去儒教傳統框架而進入一種情欲扮戲、乾煎悶蒸的錯亂白玫瑰紅玫瑰們；或王安憶《富萍》那共和國屋頂的「奶奶」，作為一生寄附在上海人家的老女傭（異鄉人、同時側錄了弄堂時光史、同時抽空了她個人的女性身體情欲與不在場的故鄉，失落的家族故事）……這終於疲倦了，挨家認戶了，個體不再作為大歷史巨浪沖碎的祭品、隱喻，成為礁岩凹窪積水生存的蜉蝣聚落了。

城市的知識考古學還是細細索索在他們身上顯現。譬如〈哀眠〉那無法進入婚姻市場（已不再有白流蘇那樣的傳奇片廠了）的醜女孩，回憶的網路、QQ、MSN、微信滄桑史；譬如〈春麗的夏〉那花了整段篇幅講述這初老婦人「不再買水晶絲襪，改穿年輕人喜歡的短口襪」；或「五十五歲以後，春麗不再相信油膩膩的防曬霜，也不再願意為減肥茶花上一毛錢。她四十五歲時還買過高端時家什蒸臉，四十歲時跟小姊妹一起去縫過青黑色據說一勞永逸，一生都去不掉的眼線，三十五歲的被新村車棚裡笑盈盈織絨線的笑梅阿姨叫去學『沈昌功』辟穀，三十歲時把外國帶回來的有氧健身操錄像帶天天推進松下錄像機裡播送跳操……」;〈小團圓〉裡,留給子女的戒指上紅寶石,早被亡父拿到銀樓挖出賣了,換成紅玻璃;一個「組合之家」成員搬走、留下的舊沙發;當然還有她最愛寫的,「小照相館」,那些和死去老客人夾纏不清的舊帳……

這出現一個非常奇異的,不同演化路徑的相遇。張怡微是王安憶小說課的學生(她的基本功之扎實可見王所持的寫實主義小說信念);而對台灣小說家前輩卻又獨鍾蔣曉雲。但當這批短篇如「漫天紛飛的銀杏葉」鋪展,其著迷於翳影、難堪、瑣碎的「人情之鈍」,讓人想到蘇偉貞;而其越寫越「物在人亡」,竟讓人想到當時寫〈世紀末的華麗〉也就張怡微這年紀大不了幾歲的朱天文。

這種家族內成員的可隨意替代、假借、化裝舞會般,進去那些「辦家家酒」的角色約定,不止在寫實主義小說語境上,素描著這些人物在「演好這個角色」當下的不穩定慌張(惘惘的威脅?);以形式上,整本書中其中幾篇的人物,也像穿梭即興戲舞台上的不同故事框格,同一個人名在另一篇小說又再出現,原本是旁枝角色的,在另一篇裡以主角的敘事觀點運鏡。譬如在〈小團圓〉裡,那環繞著「心萍」形成的組合屋之家,那場怪誕年夜飯中完全沒有血親的一家。「雪雁」是「心萍」的乾女兒,她的二婚丈夫叫「何明」(小她五歲),有個女兒「星星」(已二十七歲)是這群暮色中困在一屋、各自身世翳影、謹言慎行老人們裡唯一的無憂年輕人。但在〈你心裡有花開〉,「雪雁」作為一底層失婚後二婚婦人,在醫院照顧、陪伴那似乎有較高社經地位、教養,忘年之交且當年有恩於她(在她當年獨自生下女兒時,幫她洗穢衣),那個癌末臨終的忘年交老婦,名字變成了「尤薙」,而原本在上一篇小說「心萍」的兒子「齊齊」,在這裡變成「尤薙」的兒子

「峻峰」。如果〈你心裡有花開〉是一篇寫上海不同代、不同階級女人之間、共感各自不同苦難相濡以沫的女性情誼。那這個在〈小團圓〉中眉眼模糊、一晃而逝，「雪雁」的二婚丈夫「何明」，到了〈奧客〉這篇裡，卻又成了〈春麗的夏〉那個「春麗」的二道丈夫，一間快倒小照相館的老闆，因為傳統相館被數位相機淘汰，變成幫一些老客人沖洗遺照。這篇反在寫荒蠻塵世中，這沉默男人「何明」和一位老客人老頭，男人和男人的忘年交時光情誼。小說結尾，老頭（他老婆春麗口中的奧客）死後，留下一本相冊，他這一生不同時光，所有不同時期彼此或錯開、不識的親人全在這本相冊中湊聚團圓了，遺照照相本成為「家外之家」。而這個故事中的「春麗」，在〈春麗的夏〉裡，身旁同樣是「二道丈夫」，同樣開著快倒的小照相館的，名字變成「金葉」。這篇由「相片」的二次元扁平性（卻似乎一種存有或記憶的確定），對「家」這個張怡微全部的小說幻術，全在碎裂、瓦解，證其為夢幻泡影、如戲中戲的「放映機之外的憧憬」，則是二樓死去、那老有紛爭、刻薄碎嘴的鄰居老婦，讓人詫笑卻又不寒而慄的象徵，則是春麗想買下那死者留下的空屋（雖然破爛、漏水）。

這些出現在不同篇小說中，名字相同、情境恍惚近似，身邊人卻是另一個名字的伴侶，而且敷衍著不同的小說切割術露出的那截人生處境。那是「同一個故事材料換一個敘事方式的複寫」嗎？我不知道。但因之更加強了張怡微對「家」是變動、隨興湊合的、「家族遊戲」的荒誕戲自覺。我們想在那波影牽動後就消失的故事找人物關係圖，卻發覺它們只是這場戲的情意或心機像熄滅前閃跳一下的燭焰。而那燭焰的投影，是被乳酪般巢洞給阻斷，他們隱密的可以相通，瞥見另一個故事裡的自己。即使那一跳閃，也讓這作者鋪陳的貧乏、荒涼人世，有一種無比珍惜的暖意。

〈嗜痂記〉這篇可能年代較早，但已可看出這位年輕小說家對這條路「玩真的」的可怕意志，幾乎看不出這年紀女孩的「照花前後鏡」，忍不住才氣翩翩露兩手鋒芒。像習劍的人使鈍重之兵，處處可見布局、隱線埋針，側讓出「不言而喻」的縱深，全然的寫實主義基本功的埋樁架馬。因為是在小鎮（所以空間尚未如後來這些「寫進城」的短篇之逼仄和靈蛇寫意亂吐），難免讓人想到王安憶最早的〈小鮑莊〉或格非、余華、蘇童，甚至阿乙，這些南方小村（馬康多？）：遠景、簡單的十字小街、沿河爛磚房、各種較原始樸素的男女（黃梅濕濘的情欲、母親或阿姨不同的悖德情節、小村莊空間的強姦）、經濟（包括對女孩形成恐懼噩夢的鵝群；到城裡賣身的阿姨；或戀慕對象的斬鵝）、死生關係，承襲魯迅「未莊」的流長蜚短投影幻燈片感，各組人物可以形成的波瀾浪圈；當然最重要的檢測——「世情」——孟若、雷蒙・卡佛，到金宇澄、儒林外史……一花一宇宙，針尖上排天使，我覺得都是難中之難，小說創作者一生摩挲、刺繡掐花的時光活兒……這一個故事空間的布陣，用一種工具理性的態度，逐條逐項、節制且畏敬地面對一幅（像藏僧的大佛唐卡畫氈）她要抖灑開的「小說」。像我這樣一個讀者讀來，忍不住如冬奧花式滑冰的評審，在分割不同層次、不同項目難度的門檻，噹噹噹驚異的全舉起最高分牌。但因此你會出現一種模糊而顛倒的困惑：小說確實是一要調度動員人類心智如此繁複浩大，因此成熟期遠比詩後延的極限運動；但一如評者所言：「她並沒超越。」（隱藏的大名字：王安憶。）

我倒是從這本書其他篇，看到張怡微從〈嗜痂記〉的「故事之痂」，怎麼移形換渡，將小說之意識在「夢裡不知身是什麼」，「世界並不如小時候以為的那樣」、「自己還沒有那麼屌絲時的樣子」而到現今（屌絲樣？），粒子態在「所有人看起來差不多」但剝除去足以產生故事之街、之小城、之馬康多的準穩框格，如何像顯影劑追蹤那城市微血管裡的、細微難言的「所不是，或所不在其本來彷彿該在」，一段「進城」——超過個體所能承受的現代性感覺：碎裂、離散、傀偶化、送入實驗室玻璃管般異化、找尋殘存的道德或情感殘骸作為依托、失去時空確定座標——大寓言即是卡夫卡的《變形記》，這樣的小說探索之途。

上個世紀末，台灣小說讀者在閱讀王安憶時，似乎是將她筆下的上海，和朱天文、朱天心筆下的台北，和黃碧雲筆下的香港，作一番城市身世在祖師奶奶張愛玲（王德威語）不在場的「其後」，各自簇放出怎樣的植株。後來當然發現在小說演化論的複雜脈絡和她們各自的影響，這樣的「城市——大小說家」的寓言暗示過簡了，包括王安憶小說信仰的寫實主義，乃至她的「富萍」離開十里洋場，往蘇州河的蟹民、最邊緣的邊緣而去（甚至出了城）；和朱天文、朱天心各自的現代主義走到極限，記憶的燎燒成煙，而廢墟後如何可能的語言再現，小說的啟動不再是一幅或一萬幅的「說故事人」甚至人類學式的遺跡大工程，那成為「巫言」，收納隱喻全幅夢景的啟動原始碼（很奇妙的，想想她們的小說血液裡，有共和國小說地表並未著床的波赫士、卡爾維諾）。那之間的小說星系時空遠距已完全是不同的物理學；非展開「共和國與民國遷台」小說演化史全景，所有曾經的小說實驗計畫細說從頭，無從比對討論了。

二十年後，張怡微的出現，更魔幻的是她是在台灣念博生，且橫掃近幾年台灣各大小說獎。她對台灣文學生態的第一手了解，可能遠超過她的任何前輩；作為王安憶的學生（包括她的觀看視野、對細節的寫實主義功夫、起手式的廣角鏡頭俯瞰、對個人風格文字的壓抑），她明確的讓我們嗅到那好久不見的海派味兒。那種心情百感交集，像是你以為早已消失的物種，啊怎麼又那麼齊整在他處遇見。與她同代的台灣小說家，已是黃崇凱、楊富閔、陳柏青、林佑軒、葉佳怡、連明偉、更年輕的陳又津這樣的「後童偉格」、「後甘耀明」的三十上下作者了。此際閱讀張怡微，那真像拿到一枚繁複線路的記憶體晶片，上頭蝕刻著太多小說演化史的訊息和線索，或對未來的小說形貌之想像。他們的移動、歷史意識、知識來源、個體與想像群體的聯結、拆解，乃至小說語言的胃納或「已活在網絡世界」的生滅時間意識，更艱難的發表空間，或各自青年世代面對政治社會的憤怒與憂鬱，或這二十年來台灣與大陸文學出版關係的劇烈變化；青年世代在各自國度小說創作者的現實身分更像打零工的窮人——這樣的動態、伏流，似乎不再是現有兩造文學史整捆包裹，足以描繪——那挑戰竟像張怡微小說中，那些被扔棄活著，但得拼湊維生的舅舅不疼、姥姥換陌生人，多元成家境遇。包括我作為讀者，也置身在這不辨前後、紊亂迷途，來不及翻讀張怡微們他們的「小說林中路」之迷惘。我很好奇，二十年後的讀者，用怎樣的維度解析，來討論這樣難以描述之時光琥珀裡，碎裂、重組、像在更小的玻璃瓶裡用小鑷子作極繁複大帆船模型的，「另一種活著的人們」，「另一座上海」，「另一種後設的所謂世情」的，張怡微。

佇立地獄入口的文字神靈

徐譽誠／《紫花》二〇〇八，印刻

這些年來，在不同文學獎複審難免會暗自有屬意為拔尖發光之作；卻在數月後揭曉的名單不見其蹤。因我始終相信這條路（尤其在現今的文學環境），其所要對自己誓諾、認清，近乎唐僧取經漫漫長征，所要捱忍之寂寞、不遇之憂鬱，完全不對等之時間心力投資與回饋，那鍛鍊故事、文字之野心，感受人心黑暗，造成妖魔侵蝕、神靈裂潰之苦，一紙文學獎之加持護庇，幾乎送出京城一里路程皆不到，所以總也如看 Discovery 那些美麗神物（北極熊、獅子、擱淺海岸岩礁之鯨、國王企鵝、非洲象）在超出牠們所能理解之環境惡化下，眼神茫然找不到出路的滅絕哀歌。

總有這些、那些，不同風格，其編織針法、祭起幻術之手印，或靈魂水瓶裡巧奪天工的微型多桅帆船，或古怪的迷宮路徑……讓我閱讀時心生歡喜豔羨嘆息，卻不知名的美麗作品。最終無緣地漂流錯身而過。

（某部分來說，那麼有才情的人，最終沒走上這條酷瘠之路，或也是福不是禍吧？）

真像幾米的《向左轉，向右轉》這類的「錯過—時光印咒—惘然記」之故事，這樣的敘事開頭：「有一天……」有一天，我手上拿到這份徐譽誠的短篇結集稿，一種如夢境濃縮隱喻，如不同時刻惦記遺落在不同街角的寶石驟然串起，一種繁華影片快轉強迫烙印的刺目強光，轟然巨集如雷電劈下。「啊，這篇，還有這篇，另外這篇……不是那時……」風雨故人來，同時來了不同時光不同扮相的鮮衣怒冠美人兒，（《六個尋找作者的劇中人》？）原來是同一個捏陶匠、傀儡師傅，同一個魔術師的作品。

於是回到靜默。世界已沉睡，再不適合驚擾。將鑰匙握在手心，你回過身，眼前成片更衣鏡，映照深深海洋之底：整座沉落的老舊櫥櫃，在混沌暗影泥沙中，囚困方格裡原先屬於你的時光。你凝視海底遺跡前的自己，猶如因誤闖邊界而困惑不已的精瘦魚隻，一雙微光目珠，驚恐神情盯視外來訪客。

——〈游泳池〉

這樣的文字，真讓不覺已在書寫池沼打滾二十年的我險險驚叫出聲。混沌如夢的裹脅所置身當代一切影像、話語、符號、流行語、媒體腔、城市印象……種種種種吞食進書寫的垃圾雜物，敘事身軀一如宮崎駿《神隱少女》那個胖大蹣跚的腐爛神，突然眼前光華照眼，文字神靈降臨；一整代遺失的文字之清麗颯爽，鑽石切面之光輝與冰冷，直如當年在陽明山初次展讀朱天文之《荒人手記》的「顏色周期表」。如伊斯蘭細緻畫中的噴泉花園諸神歡宴，每一莖植物、每一位神靈的臉部細節衣帶綴褶，每一枚字本身皆清晰、晶瑩，如水族長廊裡每一隻鱗光照眼的游魚。像《佛說阿彌陀經》中以字摶極域之夢的遍地琉璃、珠玉、瑪瑙、放光蓮花、諸寶行樹、妙音仙鳥……

那樣的字神降臨，幾乎使三千粉黛無顏色的華麗文字儀仗，真真讓我忍不住又嫉又羨想追問，這位作者的文字修鍊養成是走過怎樣的一條路徑？那條與神靈溝通的發光梯階不是早已傾圮壞毀？

那種失聰者眼見的光照尖銳之廊，失明者聽見的繁花簇放世界，一種在奇異的妖靜中將知覺的照片打開再打開（即不斷更新更高畫素的軟體，或禽鳥在高速俯衝時快速調焦的虹膜）。

靈魂已被蟲蛆蛀蝕刨空，身軀每一骨關節皆因過度荒淫操作而早衰洩油鬆脫，畫面中的人兒臉龐皆俊美如視覺系，心卻冰冷或如核反應廢料之濾渣，「用藥」確是一極限經驗（無論耽美、神祕、強光、寧靜）的加速器，所以藉藥物為敘事魅影（或可稱「藥物系忍術」？）的「惡」，本身即是一「加速」後的奇士勞斯基版《十誡》；一種關於貪歡激爽，掏空欲望，瀆褻人類文明「延緩」之祕密以交換巨大神啟的懲罰：枯灰死敗的廢墟如海礁上藤壺蔓延繁殖於你的眼睛耳朵感性與群體相處的偽扮時刻……那或是面對一整座繁華之城的現代天人五衰。

家暴、街頭暴力、肉身被拋擲毆擊時的物理性折彎裂潰，對黯黑卻豔麗（柏油路面的貓屍、女人腥臭的下體、嘔吐物、糞便）腐臭翻轉芬芳的《惡之華》之迷戀，這是波特萊爾系的都會吸血鬼現代招魂，城市的臉孔慘白、骷髏遊魂（那是《惡魔的新娘》、村上龍、《美麗失敗者》、《偉大的猩猩》的世界）。

〈極地〉是這其中最暴力內噬的一篇。燠熱的夜，納西瑟斯那樣的水仙美男，卻像宮崎駿《魔法公主》裡那遭憤怒豬神魔咒附身的少年戰士，欲望如饕餮紋如葡萄藤鬚在大腿內側擴蔓；站在癆病鬼般人渣形體佇立的地獄入口（似乎是萬年大樓沿破敗電扶梯而上，塞滿俗麗廉價玩具的典型第三世界造夢失敗的倒塌物神峽谷）。自憐自傷，既憎惡自己又蔑視那些在性儀式中無從選擇，自己的同族之人。

這樣的「孽子」、「荒人」、「鼠人」，從曼妙天人在腥臭濕熱城市天井般肉體結界中，變貌，腔體內骨骼遭天譴抽換、哆嗦並疼痛的踟躕、漫步，走進香草、毒品與男胴的朝聖之境，自九〇年代以降，其實累積了相當質與量的小說地景：林俊頴、紀大偉、陳建志……或早些年一閃即逝，某一時期的林燿德、陳裕盛之日本暴力漫畫照相寫實風。

但〈極地〉顯然另闢蹊徑。在新一代「銀翼殺手複製人」的自我進化過程，這個作者似乎從更大量電影、翻譯小說找到一挪借自類似犯罪類型（CSI？）的懸疑、冷調、窺祕運鏡，城市業餘偵探翻揀垃圾箱以拼湊「不在場之人」（在犯罪電影裡是死者，此處是這欲火煎燒主角躲在暗處意淫的對象）。那當然讓我們想起奇士勞斯基的《愛情影片》；或這位作者幽默地嘲諷許多年前一位女作家潛伏張愛玲賃租公寓翻揀垃圾的「瀆神」公案……

那使我相信這位作者是個披了波特萊爾華麗戲袍的契訶夫：所有的妖嬈、靡麗、頹美、汁液、節慶的繁華與淒涼……若如金箔剝落，在祭出這近乎強迫症患者在「自己的房間」裡的胡搞亂弄：像《黑色追緝令》那間槍枝店的各式武器展示，假陽具、冰箱裡的根莖類植物、隔壁的交歡淫叫、網路連結的色情圖片，以及孤獨主角如拾荒人收集一整抽屜的，那偷窺意淫對象的各式貼身之物（蛇蛻之物；其實是垃圾穢物）……既孤寂又滑稽，既眼花撩亂又虛無疲憊。但在這一切孤獨馬戲團的「密室個人秀」之後，在這個悵然的耶誕夜尾聲，這位一路追求極限祕境的色情達人，業餘偵探，城市獵人，卻捧著一盒盛裝在蝴蝶結蛋糕盒裡的，那位不知情戀人最貼身信物（一坨大便）作

INK PUBLISHING 讀者服務卡

您買的書是：____________________

生日：　　年　　月　　日

學歷：□國中　□高中　□大專　□研究所（含以上）

職業：□學生　□軍警公教　□服務業

□工　□商　□大衆傳播

□SOHO族　□學生　□其他 ____________

購書方式：□門市______書店　□網路書店　□親友贈送　□其他______

購書原因：□題材吸引　□價格實在　□力挺作者　□設計新穎

□就愛印刻　□其他 ____________（可複選）

購買日期：______年______月______日

你從哪裡得知本書：□書店　□報紙　□雜誌　□網路　□親友介紹

□DM傳單　□廣播　□電視　□其他

你對本書的評價：（請填代號　1.非常滿意　2.滿意　3.普通　4.不滿意）

書名______內容______封面設計______版面設計______

讀完本書後您覺得：

1.□非常喜歡　2.□喜歡　3.□普通　4.□不喜歡　5.□非常不喜歡

您對於本書建議：

感謝您的惠顧，為了提供更好的服務，請填妥各欄資料，將讀者服務卡直接寄回或傳真本社，我們將隨時提供最新的出版、活動等相關訊息。

讀者服務專線：（02）2228-1626　讀者傳真專線：（02）2228-1598

為耶誕禮物。這樣的騾轉突梯，欲哭無淚的狼狽苦笑，詼諧又悲傷，讀畢我心中忍不住大喊：「這是天才！這是個天才吧?!」

且看〈極地〉結尾，這位被自己窺淫儀式、無限聖物化色欲對象無意間留下的「天啟」（天上掉下來的禮物？）雷電擊中的主角，神魂甫定之餘所說的：

> 所以，該怎麼做？全身赤裸的你，凝視眼前未拆封禮盒，動也不動，姿勢像尊廢棄公園乏人問津蒼白石雕。時間一分一秒過去……你很清楚明白，這整件事和他一點關係都沒有；有天若他死了，你也不會流下任何眼淚。這一切，都只與你一人相關。

這本短篇集或因種種此間年輕文學創作者之艱難出版環境，使得書中諸篇之面貌呈現出一種不同時期小說家本人的化石地層之差異感。譬如〈我們〉、〈黑暗風景〉、〈回憶工程〉、〈視差〉即猶如同一世代集團，將敘事重兵集結於一家庭遊戲的、時光凍結的傷害劇場（其中當然〈視差〉一篇特別展示出這作者對品特式《重回故里》，控制與被控制者之意志對峙的暴力詩意與高度控制力）：遠距的家族相片時光走廊。或另一組如〈午茶時光〉、〈極地〉，在身分重組時撒豆成兵或偃旗息鼓復跌回塵埃陰影的零碎物件；戀物，或以微物之神為時光招魂術之布陣機關。

這一點，殘酷一點說，觔斗雲十萬八千里，前者翻不出王文興《家變》；後者難免撞上朱天文〈世紀末的華麗〉、〈肉身菩薩〉，朱天心〈匈牙利之水〉、〈去年在馬倫巴〉，城市拱廊街的幻影邊牆。但徐譽誠另有一「再進入」的（而非人類學式）城市「場所」結界，建構即興劇場能力，將困在已被前行代小說家探勘踏查之祕境裡的漏油機器人，夢境已被榨乾瀝乾之角色，或《蒼蠅王》的失真孩子們，重新結構、修補、招魂鍍上只屬於他的黑暗冷調之烤漆。

在一團被宣告難以創造傳奇的城市垃圾廢棄場裡，硬生生地讓敘事重現。我讀他的小說，總有一種《侏羅紀公園》的瘋狂科學家，在感熱式監視攝影機螢幕，看到應已滅絕的迅猛龍灰影在無人的廢墟頹垣晃閃現身時，那種熱淚盈眶的心情。

〈紫花〉一篇，似向朱天文之《荒人手記》致敬，然閱讀時被其駭麗感官風暴撲襲的震撼感，真的是大汗淋漓內心暗嘆：「字神再現！」舞人，藥人，魔音中大腦被打開如MTV台片頭廣告一幅一幅鮮豔彩色動畫以透視法則固執朝一剎開層層花瓣之蕊心進去進去再進去……彷彿字之神靈不再為了描述寫實主義運鏡下眼前正常運動的生死、男女、經濟行為、人際關係、街道場景……；字成為其自身障蔽欺瞞其後如夏娃之果禁閉的神祕經驗。字被一層一層咒術打開其黃金封印，被一道一道巫術解祕，世故多疑的我們（德希達、拉崗之後？）恍惚明知那華麗幻術翻湧其後是一整片空無與死灰，卻仍淚如泉湧，被這文字巫人的喃喃意志啟蒙原來控制眼球之肌肉有如此繁多，可以如此翻轉、弧彎、罥折、撐鼓或塌陷……那樣一個「非毒物即養生商品」的後現代仙佛世界，那一個光名稱和「使用效果報告」即讓人眼花撩亂的毒品百科迷幻藥之流動長廊，真的像那個本應絕後，在「航向色情烏托邦」碼頭踟躕於傅柯、人類學黃金律的荒人，竟分裂出一個銅幣反面的自我（或字的DNA印製中意外歧岔而出的後代），沒入那瀝青黏稠、城市肉身骷髏之海遊歷一趟回來的所證所見。

（「這場景曾經在夢中出現過！」）

我以為〈紫花〉一篇，宣告著徐譽誠已從同輩兵強馬壯、旌旗蔽日的文學獎項尖群中突圍而出，預言著他下一部作品已徽印其自我書寫之風格（如同童偉格、伊格言、甘耀明，對我而言，已不是NBA選秀會上指三說四的戰力分析，而是，這樣的作者，已是進入創作成熟期的可敬對手了）。

真空管裡的獨角獸

蔡俊傑／《世界早被靜悄悄換掉了》二〇一六，印刻

我年輕時迷戀的《微物之神》，後來也在某些小說書寫實踐，似乎再對某幅流動的街景；某個遺憾的神祕時刻；某個記憶裡像用火柴棒點燃，那短暫照亮屋內擺設的幢影，很快便熄滅的火焰；某張臉在說某些話的，那個細微變化的表情……在對這些較難標定、圖繪、打撈的，曾經像細微電流竄過眼球下方，從另一個玻璃球弧形映照的蜉蝣光點。我發覺那樣的「微勘」、「顯微」，是進入到另一個關於時間、空間的重塑，另外一個重力的世界。連觀測時原本不當回事的「光子」，在量子等級的微觀宇宙，都是造成被觀測對象被碰撞、移位的重大因子，乃造成海森堡的「不確定原理」。

事實上，在那樣「微物探勘之顯微鏡」下，一點點的光源，一些些的移位，皆造成無比劇烈的海底火山式的晃搖、景觀滅了再重生，或是像水母運動那麼美（卻不在正常世界出現）的痙攣、幽靈般的在此消失在彼出現，或電流的竄閃。

在俊傑的文字中，我驚嘆的發現這樣的「微物之神」，非技藝的（眼球或光學儀器的透析度無

限放大），而是他腦海，或靈魂性的特質，那是一幅一幅其實應該被宣告為「靜物」——時間在其中被取消了——乍看是靜止不動的畫面，可是在他的敘述中，那是一個流變，劇烈到像宇宙飛船穿過小行星帶，熠熠生輝而雷電閃閃的，弦在那麼小的微分世界裡，躍遷、曲扭、彈跳的，也就是說，構成時間、空間、光、粒子，在一個放大無數倍的觀看鏡筒下，全部是流動、不穩定、變幻萬千的。

……不知道怎樣繞路，只是自始至終都回到了原點。窗外雨勢漸大，自虛空落下的雨遍布在各式場域，汽機車疾駛的柏油馬路、高矮行道樹的稀疏枝葉、灰裸裸的水泥屋頂、違建的高樓鐵皮屋，不斷間錯移動著的各樣圖彩的傘花，或是被車輛急速沖刮攔截的雨水飛蹦濺上路旁的行人小腿。不同的接受體有不同的哀鳴。但大部分的時候那些藏於世界表層以下的嚎叫都是不被聽見的。

這些文字中的，那個鬼魂般的「他」，好像常總迷路：騎著機車，被困於千百輛同樣在黃昏翳影，亮著車前燈的機車陣。那是典型中和的景觀，高矗半空遮蔽天空的高速公路水泥橋架；一鑽進去便迷失的十二指腸般的巷弄，壓低的雜亂電線和檳榔攤、修車行、混亂的騎樓；那像是賈樟柯的電影，或一點點的蔡明亮。但他不是放慢或空鏡頭，那些雜遝、疲憊、空氣中似乎有一層煤渣因此吸光畫面變髒糊些……那驟轉進去的死巷弄；舊公寓樓梯間；樓梯間上經過的一隻死去斑鳩的屍體，顏色氣味在那視覺避開的角落變化；或是隔壁的敲牆聲；書房裡的「鼠道」……那便是他的魔術時刻，「一花一宇宙」，那些所謂的「微觀宇宙裡的弦」被打開了，撬開了，你會想到昆德拉說的：「從卡夫卡之後，我們所有的小說主人公，都只能是土地測量員K了。」但你發覺「他」是一個不去探問「城堡的核心運作，或官員的人際關係」的土地測量員，他是沉默無聲，畫框外之人，而又會因一個轉角將世界帶進他的那個「不為人知的祕密」——那個時間暫停，因此多出來的「停憩」。每一種情緒或情感，都像水壺裡的水，一次啜飲一小口，節制的懷念、淡泊的感傷、將戲劇性盡量屏蔽掉的，如此騎機車在這樣混雜、荒蕪、疊堆、醜陋的街景中穿梭，連「修補者」、「漫遊者」都不是的，像卡爾維諾的〈帕洛瑪先生〉，在書寫中才能逐漸浮現、逐漸拼綴的存在之景。

後來想起來，當時的我像一隻獨站在河邊石頭上的鳥，張望著河裡的蝦蟹，鬧烘著引擎聲的船，岸邊的燈火起伏變幻，那麼多事情在周邊發生著，不願輕舉亂動，怕錯失了什麼，兩眼直瞪瞪的瞅著隨機的變動，越專注越入迷，越入迷就越遠離其他，然後突然被另一樣事物驚動，轉頭，眨眼，來不及顧慮剛剛就馬上跌入現在。

這種飄蓬、淡淡的惶然，性格上的缺乏掠奪性，但觀測或描繪某個回憶、情感、意義時，動用的參數又龐大無比——因此造成表達上的慢半拍，或乾脆靜默；一種對所觀看之景，瞬間湧出情感的自我懷疑，必須再一步確認——一種永遠處在「時間差」的現在、此刻，這個感受中的「我」總是因這樣的「慢半拍」，幾秒，幾分鐘，幾天，乃至於幾年後，那個「啊，當時的我該如何反應」或「我知道了，當時的我是這樣想的」，這樣的延後，再追補上來的遺憾、懷念、內心獨白的對時光景的解釋，形成這個作者每篇文字，那充滿翳影，因為時空在極小、極私密的尺度內彎曲弧凹了，於是總是像波光幻影，正聚集成像的當下，就破碎，不，一個將破碎的預感。這種因為「更多出來的感性能力」而像數十張極薄透光的描圖紙、層層覆蓋、疊成一個極細微振顫的「此在」，一種連拍式攝影（譬如蜂鳥的翅翼，或簇放中的花朵）造成的連續性或倒反過來的「這是被剪接過的」幻覺，或正是他的每天作品，那說不出來的詩意與美感之謎。

對這城市要求也不能太多就是了，至少每天早上躺在床上可以看見窗外沒有被對面公寓擋住的一半天空，清晨陽光照進來房裡牆上挾著一道窗欄的影子，夜裡浮走在窗口邊沿的圓缺月體，有風流過，窗台上的幾株盆栽會被較大的雨勢波及，甚至一兩次出門忘了關窗，逢風挾雨勢濺了窗邊的桌上的一攤攤濕濘。他喜歡這種被模糊的界線，就好像不曾被阻隔、不曾分別過內外，因此可以期待更多向外擴張延伸的可能。儘管這樣想，但實際上，也許更大的緣由是這房間的確太小，或者說，打從一開始對於一個人來說就是太剛好的空間，卻沒估量到那隨之而來日積月累的必然，東西雜物越來越多，清了又清，想盡辦法要在這空間裡放進更多東西。

我想這或是很難言明、辨析他這些文字幽微、影綽的一部分密碼：他是屬於田野，或說風景顏色在完全曝光的南方的孩子，但終究進了城；但他又將「後來的這個自己」像匿蹤術，化成背景，成為城市裡那些下班時刻灰影重疊、挨擠的車流中的一輛摩托車，成為無數色塊畫素馬賽克拼疊後卻是一片灰影裡的安靜巡遊者。他住進了「太剛好」，其實是太小的這些異鄉年輕人都如是的出租小房。他既未像童偉格在同齡時，將之全景夢中「昔日田園」化，成為無限透析，透明，找尋無中之我的小說形上旅程。也不如房慧真那如黃錦樹所說的「勤奮的腳，攝像機般的眼」，給予這穿梭的被遺忘城市邊隅，追憶的化石岩層影魅與時間感。他也不像我的「無故事可說卻蹲點咖啡屋的保羅・奧斯特化城市幻術」。《戀戀風塵》那樣的舊月台或鐵軌布置，或我想許多他這樣的「北漂」年輕人腦額葉裡著迷的《不能沒有你》式的公路電影，都成切斷抒情電阻的不可言說之物，遺忘的夢境。但要如何啟動書寫？他自覺的從這壓到最小的暫存之我裡，「日積月累的必然，東西雜物越來越多，清了又清，想盡辦法要在這空間裡放進更多東西」，抽絲與剝繭，故鄉，或就是那隻死去的斑鳩，「從來都沒注意到原來斑鳩的平常灰褐羽毛下隱藏著那麼美麗的顏色，大部分是如同蓊鬱森林的墨綠色，夾雜一絲一絲的黃昏落日將盡彷彿要燒盡最後一片雲的紅色」；卻「避免探視那個角落，那個角落的黑暗就越是放大，每每出門下樓或是上樓轉角經過都會被那一直擴張的灰暗沾染、拉住。想著是否要把它移開另作處置，卻一直覺得這樣做彷彿是侵犯了什麼，或是擅動了不屬於自己的某樣東西」。這確實是一很難的，閃瞬消滅的，奇怪的怕冒犯的，卻又藏在眼皮下那死亡、背後、異鄉、如雨中鬼魂般的敘事發動。

有某幾個夜晚，我如常掛在臉書上，那像雨林中朝生暮死的菌種，小蟲，短短的閃滅眾人浮生的存在之屏，突然會浮現俊傑臉書上的一長段文字。如果那一短暫時刻錯過，它當即被淹沒在龐大的動態海洋裡。他這一篇一篇的文字出現在那短為王道的臉書雨絲之窗玻璃上，其實總顯得過長。但我每每讀了後，浮躁陀螺的心便沉靜下來。好像只有在文字的轉角再轉角，那些廢棄生鏽的大型遊樂場機具後面，文學的諸神早已離開，剩下一片廢墟給他們；然這個年輕人思索感受他的時代的專注，仍從那極窄的透視、遮蔽、散焦、流離，以安靜的書寫抓到那一瞬靈光，那些溫暖而明淨的什麼。現在這些文字結集成書了，各篇篇幅其實顯得不長，但我讀來卻又不覺得輕靈短小，像是一個真空管裡，精巧繁複的某種未來物種的設計圖，世界被微縮隱喻。它的每一鱗，每一爪趾，每一眼珠，每一脊骨，都是從這個繁華但虛無，喧囂其實寂寞的，「也許這個世界已被偷換掉了」，夢中之悲，孵長的獨角獸吧？但當你整本讀完，它又湧現一種難以言喻的溫暖。

一座碎裂暗影瘋狂鬼魂與春宮家族藤蔓之巨塔的孤獨建築史

顏忠賢／《寶島大旅社》二〇一三，印刻

離開長壽街的我後來的一生好像是沒有未來的，一如我也沒有家而只有旅館的命，被老家族放逐之後就注定只能飄泊在這種永遠羅漢腳式絕子絕孫的身世裡，從一個爛旅館換到另一個更爛的旅館地活下去。從過去回到更過去，而未來始終沒有來。

——寶島部。尾篇。清明

我想最有耐性的讀者，也很難不被這龐大小說的洪荒漫漶、幻夢亂竄的維度擊垮——如比太陽系大一萬倍的古老星系瞬脹又塌縮的，整團灰塵雲、閃爆後向無垠黑幕噴散而去的粒子幽靈，一種妖魔之子不僅要陳述「我這一族瑰怖駭麗的死亡史詩」，而是要演繹「死亡」這件事在文字布展這件事的吞噬性與黑洞意象。每一串字鍊如此充滿顏色、強光暗影、腥臭芬芳，在書頁噴吐而出時，又形成一條往昔之街、古老廳堂、家族老人不同面孔陳說自己古怪悲慘滑稽身世的嘴角特寫……。但又在下一個敘事團塊，下一個妖怪夢境，夢境中再開啟的另一個夢中夢，或敘事者轉述另一個不在場角色之身世時，這不在場人物又轉述了另一個無關之人的大段獨白……這一切從故事核心不斷翻湧、不斷暴脹而出撐破並吞食原本故事母胎之子宮的「妖怪孩子」（或某種編印永劫回歸之基因密碼之，故事的病毒？），像一場超乎想像的時空規模的，「不存在裝置藝術」。

他想把我們正活在其中的這個世界，布置成一個巨大的「鬼故事」？

一個在疲憊、色欲淌流、刻舟求劍的城市街道漫遊記憶，電影情節轉述，像布魯諾・舒茲〈肉桂色鋪子〉裡那些燈泡暗影下蠟白臉孔老掌櫃們龐大話術回憶的舊昔歷史碎骸……在這小說家偏執又繁華簇放的手指撥轉的，一個魔術方塊。像卡爾維諾《命運交織的城堡》那由一副塔羅牌任意搓洗、疊蓋、亂陣……而形成的故事網羅故事迷陣，對小說家言，不同時代（中世紀、文藝復興、十九世紀、二十世紀）的小說話語，決定了這些牌陣的複雜輪廓、維度，甚至立體離開一個平面的幻覺，「故事」（在二十一世紀的此刻，百感交集要鋪展開的，「關於寶島」的一個夢裡尋夢，百年孤寂，在父輩幻想啟程往繁華文明意義上，牛奶與蜂蜜之迦南地，而終破滅，成為鬼域的故事）的暴脹、撒豆成兵、漫天仙佛羅剎，夢境互相吞食，掘祖墳拾骨卻幻變成滿臉淫慾的日本美少女，或尤里西斯的隻身大冒險卻走著走著走進北野武的公路電影景框裡了。這個《寶島大旅社》的故事，大到、漫漫無盡頭到，像杜子春的一生（很多人的很多生）那樣過完了，所有的恐怖、親人惡死、被遺棄、所有的痛都被硬撐開眼皮經驗過了，最終只是爐塌丹毀，胸腔像破洞風琴張動嘴巴，不為了號哭、吁嘆、古典悲劇的恐怖與哀憫，而是為了「如何」，如何全面啟動的說這個「天長地久有時盡，此恨綿綿無絕期」，一部小說家的願力想將一切顛倒夢想、一切有情無情同圓種智、一切劫毀與生滅全吞納其中的故事「大爆炸」。那是意圖將「寶島」帶進二十一世紀世界景觀的「摩訶婆羅多」化的說故事欲力，那樣大的時空圖景，那樣天河撩亂的家族怪物詩篇，那樣嘈嘈繁錯的怨念耳語，那像宮崎駿《風之谷》裡的超級巨怪機器人，巍然站起，同時各部位崩塌著、融化著，但同時又筋肉骨架繼續在這毀滅煙塵中恐怖的增長著。

那恰像是台灣，這個島國的，「現代文明繁華夢」的一個隱喻。

這或許是個祕密：作為同代人，然我是所謂「一九四九年集體大遷移至台灣所謂外省人」之第二代；作為遷移者的兒子，「遷移」的故事就是父親他一個人的故事。「多桑的客廳」（楊澤在為石黑一雄《浮世畫家》一書之序文所說）——作為童蒙渾沌將來要開展爆炸成對整個人世之體驗的，最初模型（教養或傷害的黑盒子），我在慢慢成人的過程，難免遇到像顏忠賢這樣的「有身世的本省哥們」：而欣羨而嫉妒。

譬如說：顏的父親，是台灣當年「太子龍企業」的家族老大（也就是說，我那個年代全台灣的小學生中學生，都是穿他們家做的制服衣褲），他家當年在彰化市中心有一家獨棟戲院，有一間「寶島大旅社」。這絕對可以寫一個「台灣布商在台中彰化地區興衰史」的專書，或他們的「文明小史」：日據時期或國民政府時期，他們殷厚的實力（如他在〈長壽街〉一章所描寫），第二代男的栽培成醫生或建築師，女的或赴歐洲學音樂或赴日本學家政，儲備當醫生娘。這樣的家族網絡，追時髦玩車（或重機車）、養狗、養鳥，玩房子，聽古典樂，收集真品武士刀，讀日本書吸收科學新知或玩女人；女人家則將家清一色布置成「委託行」淘貨的日式洋裝、皮包、盥洗劑、電器。這後面的政商風暴和前景浮世繪般的「栩栩如生」的「文明夢」，一種從小活在比王複雜十倍百倍的家族人際結構裡，拜祖先牌位，喪葬的習俗，甚至顏從小學就像日本小學生會到大街最大的文具店，著迷觀看某枝他想收藏的西華或派克牌鋼筆（在我可能還偷爸媽錢到永和柑仔店買蘆筍汁或五角抽那些垃圾塑膠玩具的同齡時光）。那是一個台灣布商的《百年孤寂》或《天香》的大故事資產。像建立在台灣彰化版本的《陶庵夢憶》，充滿物質史的可以追問老輩人的「追憶似水年華」。他不像陳雪的夜市擺攤場景迌迌仔瘋狂愛戀的窮困少女時光；也不像胡淑雯的「泊車老爸」因此成為城市混跡但直面畸零人、瘋子、妓女、變性人、性成癮症女孩、嗑藥少年的一個憎恨「不義政權」的「女兒」。或童偉格的死靈魂充滿，父無法言說的枯荒北海岸。

顏忠賢的父親，在「多桑的客廳」，給予這個孩子的「電影排場」，是一個對島外「更現代、更文明」國度（日本、美國、歐洲）豔異且朝上想學習、進入、變成大江所謂的「新人類」。

當然在這個故事裡，如所有的「後來」（《紅樓夢》後四十回，顏本人真正的身世遭遇，或整個八〇年代泡沫化後至今的台灣）那一切都像最恐怖驚悚的噩夢，一瞬間被吸進某個暗翳突梯像開玩笑的荒誕漏水孔，一瞬間樓塌了，眼前繁華蒸發消失了，家破人亡了。它變成一部「非要動員像好萊塢製作那樣規格，大批專業人員，不可能製造出這等效果」的，鬼電影。

《寶島大旅社》作為一個關於「建構」的巨觀，似乎必須放在一宇宙空間維度，才得任其四面八方爆脹，即被「我」像卡爾維諾在《給下一輪太平盛世》中，最後一章〈繁〉，所舉例：譬如福婁拜晚年最後一部想容納「全部知識」的瘋狂「圖書館抄寫員小說」：《鮑華與貝庫歇》，不斷繁殖，如地毯線織，層層錯縫的一個，駭異的「家族史詛咒的言說」——是的，到後來作為讀者，你未必有辦法像閱讀《百年孤寂》這樣的「邦迪亞家族樹枝串的死亡百科全書」；那樣建立一個「家族史幻覺」（或如《紅樓夢》）——但你會被那「宛若家族史的言說」：低迴、追憶、亂倫的暗影、孩童視角一知半解不確定曾見到的「家族裡說的祕密」，毀滅的遺傳、《基度山恩仇錄》式的那個與生殖、與祖先、與典型大家族各房親屬鏈糾葛的仇讎、勢利、耳語八卦、屈辱……所有這一切聲音與憤怒、哭泣與耳語，像無數的太空垃圾，或闖入某一水域數十萬隻足以致命的透明毒水母包圍——一種「家族史故事言說」的「癌」景觀，如果用蘇珊・桑塔格〈疾病的隱喻〉，「癌」，因為突變而基因序列被竄改，使編碼的蛋白質產生畸變。《寶島大旅社》的「家族史故事」，似乎是一種關於這樣的「長恨歌」的刻意突變，腫瘤化、怪物化（像我們那個年代的科幻經典《異形》系列），它變成一種「預期來聽某一個家族故事者，空出來的聽故事房間」被那竄長、暴脹、失控的「神燈巨人」般，或如「地獄變」那壓擠在一起掙扎扭動的各種哀愁怨悔的祖輩鬼魂的核分裂颶風烈焰給撐爆炸碎。

我自己閱讀時，至少第一瞬腦海就調度幾本不同的長篇：

魯西迪的《摩爾人的最後嘆息》

奧爾嘉・朵卡萩的《收集夢的剪貼簿》

帕慕克的《純真博物館》

薩拉馬戈的《修道院紀事》

這是幾種完全不同的長篇小說建築形式。有藤蔓根莖狀的家族史故事幻術；有將夢境筆記小說化然逼近某一離散（或創傷）民族潛意識與民間神話的祕密下水道靈魂髒汙之濾鬚；有以舊昔之物，作為一種「偽時光擺設」，巴洛克式地所有傷逝蜿蜒之物，作為一種班雅明「過去之街櫥窗景觀」的藻井曼陀羅布陣；另有真正硬底子，知識考古學重現某一歷史時期（中世紀，或十八世紀，或如顏這書中蓋寶島大旅社的日據時期台灣），帝國文明妄夢，在小說中「真正蓋一座夢幻建築」的當時建築學的「專家話語」；知識考掘學；泉漳不同頂尖師傅的風格糅雜或傳說禁忌；或日本帝國的天才建築師在這「國境之南」實驗夢幻中的「瞻仰歐洲」的脫亞入歐的「建築史博物館實驗室」。

這部分我作為讀者，確實被他那卡卡西老師式的「萬花筒寫輪眼」的「建築師瘋狂之夢」——一座台灣二十世紀心靈史的巴別塔通天塔，從各處輔臂、塔樓、肋拱、鑲嵌影玻璃花窗、柱頭，無一處細節不下了這種「寫輪眼咒術」，一種奇異的「瞳孔收束」（因為要專注的這個家族的崩壞和哀慟太巨大了）同時又擴散（因為說故事的這個聲音漫灑出太紛繁絢麗的，「漫天紛飛的銀杏葉片」，一種孤獨個體和這幅畫面中其他所有同時旋轉、墜落的葉片，之間的「命運交織」：獨語、旁白、夢境、一個空間的繁殖——不論是旅館裡的一台電視中正播出A片的劇場素描；一條班雅明式街景的布置；日本的寺院庭園或色情秀場的明暗、濃淡、光陰、過度飽滿或初意枯荒的視覺強迫症；身世的纏藤淹漫；神鬼邊境的幽森漫遊；對一場性愛進入微物之神、感官如科幻太空艙儀表板閃爍潦亂……）；因之顏展示的敘事肌肉，是充滿這種「水電工暴力」，他同時從卷軸中魔術般無止境展出那他正構蓋著的鋼骨、水泥、牆磚、玻璃、電線水管、大理石地磚……然同時用巨鎚在砸碎這個「也許就差一點點就蓋好的」，骷髏壇城，或數百隻墮落天使的擠壓肉浮屠、像芥川小說中那個畫師只差將自己最後一個寫真繪入的百鬼圖〈地獄變〉。他砸碎它，或一邊在搭蓋時一邊就悲傷的讓它炸裂。像那一幕最森冷恐怖的，這群失父失母的孤兒們，信了基督教，於是如夢遊般請了人按教會儀式，來到家中神廳，拆除砸毀那些一支一支木籤一個一個祖先名字依次進駐的神主牌，那一刻，這一支族人的命運，在這樣建築「我父祖們已在說不出為什麼的陰鬱、怪物中死光光，留下一座『寶島大旅社』、一座昔日電影院」的強大意志；和用巨鎚敲毀「這座故事的鬼魂不該只是被禁錮在顏謝麗子和森山，依『日月龍蛇鍾地理』，依森山（日本人）那折衷樣式與現代主義的『他人的夢境棲所』、神明廳、舊花園、裝了『現代』機械又科學的鐘、那些層層纍聚的，失落的文明夢」的瘋狂力量——這樣互扭、悖倫、衝擊、建與拆、懷念與怨恨、古老的招魂與現在所在的（更大的「繁華夢」中百鬼夜行）對兩列火車的對撞……到達暴力的最高潮。

關於所謂卡卡西老師的〈萬花筒寫輪眼〉，舉例隨證之。譬如在旅館部裡，這個「我」的視覺，同時網羅至少幾個元素：

1.那個篇章裡作為像科幻片場景的性愛閉室劇場的某一間現代旅館（或汽車旅館）像遊樂園般的布置、設計。

2.那次的男主角和那個像「鶴妻」（其實是不倫敗德的「人妻」）的A片式昆蟲學式照相寫實技法的性愛奇觀。

3.這段「寄宿於旅館」的時光（或女主角離去後）男主角作的鬼魅怪異之夢。

4.如蒙太奇跳閃在以上不同聲軌之敘事元素之間的，男女主角像〈雅克和他的主人〉那樣漫無主題的漫聊：童年的傷害、吸毒的經驗、某一次異國旅行的安哲羅普洛斯影片風格的孤寂運鏡回憶，或是因年齡差而這其實還是年輕女孩的「人妻」說起她的青春玩伴那朝生暮死蜉蝣聚落般的、朱天文〈世紀末的華麗〉裡，米亞的後四、五代的新小妖人種的城市人類學式生命輕悲歌。

5.穿插在前四種元素之間的，恰好這旅館房間內那台電視，隨意按鍵跳選不同頻道的某部好萊塢電影或影集（譬如《超異能英雄》、《怪醫豪斯》、《CSI》）或中國大陸電影（譬如《七劍》）。像故障播放器，以一種白癡式紀錄片方式記錄那斬頭去尾的電影情節或時空規則因這樣亂跳而變得時光重疃、紊亂的一個「當代」。

6.這一章節這間隨機選擇之旅館，周邊的台北街區之地誌學、街道興衰史，或「我」的不同時期城市的記憶沉積化石，而到了〈寶島部〉，則是像卷軸畫，慢慢工筆素描一個「彰化」、「大佛」、「長壽街」、「曾發生的大水」、「布商興衰史」……

這部分，或是要處理一藤蔓盤錯、樹枝狀家族史故事必然要像照相館；或像一條「另一張清代—日據—國民政府不同時期繪製的地圖」而從祖先之鬼魂中重建的「栩栩如生」的昔日之街——馬奎斯的「馬康多」；《陶庵夢憶》；〈清明上河圖〉；最後，由這些姑婆、姑姑們、死去的父親、母親、姊姊、家庭其他的親戚們的「從不斷累聚之陰影向下望」，像馬賽克小瓷磚拼貼的各人的亂倫、背德、負棄、被詛咒的中邪、惡死、怪病或由盛而驟衰，一小片一小片拼組成一座卡爾維諾的《看不見的城市》。

它其實是艾可的《昨日之島》的魔術，透過一種錯誤的執念，以透鏡折射出一塊時光中或許不曾在的「被隱蔽的存在」，一種敘事的魔術從夢中塌毀之泥爛廢墟裡，硬生生蓋起的「倒影鏡城」，說話的全是鬼，但說話的同時將家族史的金字塔（「人肉浮屠」）全疊塔在這家族最後一個子孫（「我」）身上。像魯佛的《佩德羅・巴拉莫》。一種鬼之哀歌的巴洛克、壇城、唐卡、亂針刺繡。

至於小說家如何「惡童」那樣將「祖先之歌」變成鬼故事的幻術，也是摺藏暗布。譬如：在老去的姑姑家，曾經豪奢繁華而如今像鬼宅的時間之屋裡，某個媳婦中魔般瘋狂瞎拼的奢侈名牌：那些GUCCI、LV、香奈兒、昂貴的洋裝、絲質湘繡襯衫、手工緹花長裙、別著蕾絲羽毛的各種淑女圓帽……堆在那死角，「嚴重發霉到鱷魚皮或小羊皮手袋，已然歪歪扭扭地皺如乾菜而塞滿擁擠得不像話的衣裳」……「快轉的成住壞空快轉的人世盛衰的令人難料的極其荒謬」……

譬如：家族所有的人都瘋了，都有難以言喻的罪（曾把神佛吃掉了？），又譬如說，在〈寶島部〉尾篇〈清明〉裡，夢中一家人一起掃完祖墳回來，「女人們去燒點線香，安放一大堆蒼蠅在拜的時候圍繞來一起吃的牲禮供品，小孩們去壓又黃又紅的一疊疊成行成列的粗糙冥紙墓紙，男人們開始砍雜草甚至長出的樹根樹頭，拜祖先也拜后土」，而後便是在老家天井中吃潤餅：「太多瓷盤中近數十樣的各色講究的顏色鮮豔繁複的菜色：高麗菜、胡蘿蔔、豆芽菜、荷蘭豆、韭菜、芹菜、香菜、青蔥、小蔥、皇帝豆、滸苔、豆乾絲、肉絲、蝦仁、香菇、蛋絲、扁魚酥，還有我從小就最愛的菜市場老店的花生粉」，這時，這個我，突然陷入：「小時候我都拿捏不住包餅的竅門，要不包太大把餅皮撐破了要不包太小就沒有豐盛的感覺，怎麼包都包不好的沮喪。」

過多繁華炫目的細節，或因「我」，這個家族最後一個回憶者「不會包」，可能歪扭、爆破、塌癟的恐懼，那成為這個巨大「鬼故事」像絲襪裂縫冰涼竄上的「惘惘的威脅」，災疫震搖、尖叫的在夢中不知自己已死的父系母系先祖鬼魂們，被甩出破裂的祖屋，我這時卻正拿著老式相機替這一切塌毀之家族鬼魂們拍大合照。

然後是唐卡佩古畫中鬼王對阿難臨死前的恐嚇，那些「成群半枯骨半腐肉的餓鬼團團圍住了阿難和佛陀」；然後是一部叫《一四〇八》的鬼電影，牆的裂縫滲血出來了，直看到有人從每一個陽台跳下去，這人被自己失愛的往日憾悔所祟纏，最後問：

「那旅館到底想要我的什麼？」

即使在這一章趨近尾聲，把祖先鬼魂的靜置時光，哭泣與耳語，像潤餅薄皮爆裂露出鮮豔駭麗的「妖怪化」恐怖片大場景。作為收煞、鎮魂、儀式的引渡或安慰，這些台灣古老儀式的如禮巡行，卻仍被這個「妖怪小孩」從夢境的換日線，移形換影到迷路的現代性機場出境大廳，新宿車站JR線入口處，日本（是的，「寶島」最核心場落的「現代文明春夢」，那終究只是轉生不了成不了人形的「鬼電影」之夢綺地），老孤兒一路踟躕流浪在兩年伎町、未來科幻感的膠囊式旅館，這個將祖先牌位砸碎，從祖先殘恨遺憾夢境廢墟重起高樓蓋出「寶島大旅社」，卻一梁一柱、長廊房間照著設計圖蓋成了一塊域中、亡魂渡舟的「台灣文明春夢」的尤里西斯，通往那夢中國度的浮橋棧道：

醒來之後，離開之前整理桌前，所以仔細看看那經理給的古怪小籃子裡，有一個保險套和一個手淫用內在濕海綿的紙圓筒，美少女整群穿學生服，一張護貝的使用者，寫著：「本人確定，始未了！」安心，環境，守各樣之會員登錄，必要。東京都條例之知。全黑垃圾桶很素，像工業用的，很大正方形的口正下方，寫著Would u like to review what you life should be?

最後，在濕紙巾上我第一次注意到旁邊有二十四的數字而印著的店名很大很明顯的出現，在正中央就出現了這兩個字「寶島」。

別人的夢

黃宜君／《流離》二〇〇五，高談

年輕小說家寄來了一疊她的作品（未結集出書的，一疊A4白紙上橫排打字的小說），其中有一篇〈夢的練習——陷在流砂裡的城市〉，我抄錄如下：「夢見自己置身在一部看過的電影（夢中的我以為看過了）。一部科幻電影，情節的起點在一座東正教繁複華麗的禮拜堂裡，一群圍成圓圈的俄羅斯特技演員（不知怎地，我知道那只是他們表面的身分）吩咐把大門關了，不放一個人進來。然後他們便開始浮升。他們凌空浮起至教堂巨大、鑲嵌七彩玻璃的圓形穹頂下，迴旋翻騰如在滑軟的水中流動。有人教我抗拒自體的重量，像別人一樣劃開充滿陽光、透明的空氣上升；我照做了但做得並不好，始終無法接近穹頂下優雅地懸空翻轉的人們。我發現了這一點後便失去了漂浮的能力筆直往下掉，倉皇中搆住劇院包廂一般的雕花看台。我翻身進包廂後，懸在半空中的特技演員們全停下盯住我；這才想起原來在電影裡我是被追殺的那個倒楣角色……」

這個夢境（或小說）令我驚疑不已。夢裡的場景、光線、氛圍我確曾親歷其境。那將近十五年前的記憶，像在水中搓洗某種藻類植物，一遍一遍地搓洗，柔軟的條狀葉片便一縷縷暈開淡褐色的滑膩稠狀物……。

（想起了什麼……）

那時我猶在讀陽明山上的那所私立大學，有一幢老舊的建築叫「大義館」，既作為理工學院的教室、實驗室或各系辦之所在；同時也是區隔了那窄小的校園空間「前院」（包括操場、籃球場、行政大樓、文學院館，和一個上坡斜道）和「後院」（包括圖書館、男女生宿舍、綜合教學大樓、農學院館、創辦人墓園……）的避風雨走道。奇怪的是在那熙來人往、挑高建築屋頂的走道，總會經過一間——不知為何被置放在此的——體操教室。

那個體操教室——毋寧更像一間堆放大型運動器材或其他雜物的儲藏室——從屋頂上方垂下一對吊環，垂懸的粗麻繩多處擰絞部位撕裂鬆綻，沾滿粉紅粉藍的粉筆灰；下方放著兩張（應該是撐竿跳用的）大型墊子；還有一巨大的圓形彈簧床……牆沿則亂堆著覆滿粉塵的藍漆跳馬木箱，還有一些地板韻律操的呼拉圈和彩紋木槍……。

大部分時間那間教室總陰暗地鎖著。有時有一些肌肉發達的男孩女孩在那裡面劈腿拉筋，拗折他們年輕的軀體。像寂靜之夜沙沙沙翻過的書頁，無意識地，習慣而心思飄遠地反覆擺弄，細部看怎麼都機械性相似的臂膀、臀部、隆起的背肌或胸肌。經過時我會混在人群裡，張著嘴蹭擠在那被白蟻蛀空的木頭門外，看著他們在一種休憩放鬆但又忍不住自負（他們全都知道人們在看他們）的神情下，吊兒郎當地玩自己的身體。偶爾有一兩個裡頭最才華耀眼的，會突然賣弄兩三個讓人群「嘩」地出聲的高難度動作（譬如吊環上的突然劈拍大車翻轉，或彈簧床上的突然彈高一個引體側空翻旋轉）。像貴族對賤民慷慨的餽贈。

有時山上雨傾如瀑，我選修體育的輪鞋溜冰課無法到前山公園的磨石地溜冰場野放，那位大鬍子溜冰教練（這個奇怪的傢伙其實是學校後門一家叫『補給站』賣廣東粥四神湯麻油雞的小吃店老闆，但聽說他年輕時是傳奇的『白雪溜冰團』之教練）會找人借鑰匙開了那間體操教室，於是三四十個年輕男女，便在那灰撲撲的大空間裡，歪歪斜斜踩著紅色、黑色、白色的輪靴，一群人逆時鐘繞圈子。

這是我對那個年輕女孩夢境中場景的破碎記憶，至於我為何曾在許多年前闖進一位陌生人的夢境裡？我記得馬奎斯曾在他一本短篇小說集的前言這樣寫著：「……一九七〇年代初期我住在巴塞隆納五年後，有一天做了個發人深省的夢……我夢見我正在參加自己的葬禮，跟一群身穿喪服心情卻像過節的朋友一起步行。我們大家在一起似乎很快樂。尤其是我，因為這些拉丁美洲來的朋友是我最老最親密的友伴，已經好久沒見面了，我的喪亡使我有機會跟他們在一起。儀式結束後，他們開始散去，我也想走，可是其中一位朋友斷然告訴我，我的好時光已過去了。『唯有你不能走，』他說。這時我才明白，死亡的意思就是不能跟朋友們為伍。」他甚至在一個短篇裡講述一次他目擊了一位神祕的賣夢老婦和聶魯達輕描淡寫地說：「我昨晚夢見那個女人。」稍晚在同一個餐廳，賣夢老婦問馬奎斯剛剛和他同桌的老人是誰？他說是偉大的聶魯達啊。老婦說：「我夢見他夢到了我。」

事情是這樣的：十多年前某一個難得乾冷未雨的冬天下午，我獨自走在大學附近美軍眷區的朝鮮薊小徑，突然一個傢伙迎面捶了我胸膛一拳。「不認識我啦？」記憶的複眼開始把面前這個身形瘦小面容斯文男子有關之細節召回，「啊，阿猴，」那是我少年短暫鬼混時光裡唯一曾結識的一個

「真正在混的」。事實上他根本就像法拉利跑車不軋進腳踏車車道一樣不理會我和我身邊那一票幼稚傢伙。當我們自以為臭屁地叼根菸在桌布破洞的撞球店大聲嚷嚷和偷給我們計時灌水的老阿婆爭吵，或是著深藍短褲把制服襯衫拉出來三貼騎在其中某某的五十CC小綿羊飆過我們國中校門前自以為囂張時；他偶爾悶不吭聲地請兩天假，回來後低調地告訴我，「只是」回故鄉北港帶幾個兄弟揹著吉他袋（裡頭藏著長武士刀）去別人的地盤砍一個欺負他小舅子的豎仔……。在我的印象裡，他是那麼地像葛林小說《布萊登棒棒糖》裡那個少年品基：聰明（後來他考上建中，一年後被退學）、殘忍、具領袖魅力，少年時代便以早熟心智深諳那個暴力化但講究某些人情義理、氣魄、造作腔勢的成人世界遊戲規則，而讓一群漢操比他強大臉貌比他猙獰的大個兒乖乖地聽命於他。

我在陽明山重遇他之時，已是個自閉在學生宿舍苦讀小說或一些亂七八糟哲學書的譫妄之徒了。像習慣暗室的眼球驟然不能適應年輕時的生猛光亮的同伴。他問我現在在幹麼？我訥訥說不出所以然。他說他「經歷了很多事」，後來考上這個爛學校的哲學系（我那時忍不住噗哧笑了出來）。少年時代的某些義氣氛圍，像電影裡那些幾十年後的企業老闆仍得向賣彩券的輪椅小販立正行軍禮：「報告上尉，我是當年第九排下士班長軍籍編號〇五四三……」

「遇到你真好，」他說：「我剛好要去堵一個傢伙，你陪我一道去。」

我便那樣內心忐忑想不出脫逃之辭地跟著他一路走到大義館的那間體操教室門口。在那個空闊的房間中央，一個穿著緊身韻律服的少女，腰際一條護帶，兩側用金屬釦把自己繫在兩根「V」字形的高空彈跳索（那彈力繩索用支架從兩邊屋頂拉下來），如此她便在那張大彈簧床上炫耀表演各種正常重力下人體不可能實現的動作：她借力使力，一次彈跳得比一次高，然後後轉翻兩圈、三圈；側轉蝴蝶交叉、曲膝引體旋轉……原本灰暗的舊建築裡的死空間，在記憶裡竟似教堂拱頂的七彩玻璃垂灑下燦爛的光照。那女孩亦像用魔術抗拒字體重量地凌空浮起，「劃開充滿陽光、透明的空氣上升」……。我那時心底浮現兩個聲音：一是這女孩好美——她的五官就像電視轉播上的那些東歐白俄羅斯的體操美少女一般，白皙的臉龐上細細覆著一層金色的汗毛，湖泊綠的眼珠彷彿可以濾出多層的瞳彩，睫毛的陰影倒映在尖翹可愛的鼻尖——但第二個念頭讓我焦慮不祥：「這是大哥（看上）的女人吧？」

果不其然，我身旁的阿猴，聳了聳他瘦削的背脊，說：「把門關上。」那時我才發現，在這個房間原先環臂站在一旁觀看的人們——我以為是體操隊的，原來全是我們的人——他們把門關上，朝女孩走去，完全像許多年後我讀到的一位陌生小說家的夢境中的情節一樣——這是半年多前，我讀了黃宜君的部分小說稿（包括收錄在本書中的〈夢的練習〉之一、二、三；或像〈流離〉、〈日常生活〉、〈續集〉這幾篇）時，為那純質的、像某些過於耽美而違反支撐力量的細頸玻璃瓶，像女高音、蝶翅或張愛玲的「生命是一襲華美的袍子，上面爬滿蝨子」這一類我這年紀早已趨吉避凶而陌生了的，一種歇斯底里（因而不祥）的持續高燒——一時動念而賦寫的一個故事。

跑進別人的夢境。夢裡尋夢。事實上，半年多後，我重讀黃宜君的這本（怎麼說呢？既像莒哈絲的《情人》，又像羅智成的《夢的塔湖書簡》，這樣一個體例難以界定的故事書）新作，許多篇章仍蠱惑著我覆寫它，闔上書的混淆地跑進自己的夢境裡，一種像王家衛電影，櫥窗外流光幻景如此快轉而擱淺在某一旅館房間某一時刻的蠟像人們的靜止檢視（像私密的絮語：我，和你），像去年在馬倫巴，如此熟悉，似曾相識說不定是我（或讀者）遺落的一段記憶？

「現在我可以對你敘述我的生活了」
「現在我離你很遠了。」

——〈日常生活〉

以後我僅僅在另一個社交場合見過你。一個行禮如儀的場面，鋪排得差強人意，人們沒有多說什麼，亦沒有多做停留。典禮結束後我們在會場入口摘下胸花，那些廉價蘭花早在鎂光燈閃爍的時候迅速凋萎。
你說：「我們離開這裡。」
我回答你：「我們能去哪裡？我不認識這座城市。何況，我的飛機兩個小時以後起飛。」
你說：「兩個小時以後，這個下午就結束了。」
我說：「很久以前就結束了。」

——〈密史〉

偷情的，背著眾人注目，涉了倒影之地的生活；被遺棄、經暴力擱置，遺忘而獨自進行的「日常生活」。
黃宜君在另一篇文章〈莒哈絲式奢侈〉中提到莒哈絲「不只一次地在書裡提到童年的貧困，對物質的戀念，金錢短缺造成的倔強心態。然而她每年夏季在諾曼底海濱付四個月的房租在臨海的旅館賃下一個房間，每天坐在窗邊面對無止盡的海浪、沙灘、旅行的觀光客，鏗鏘敲擊她的打字機，天黑以前喝掉一瓶威士忌。在海邊的黑巖旅館裡，經歷越南與巴黎、情人與婚姻波濤的莒哈絲才真正擁有完全屬於她的房間，真正完全的書寫的自由。」

於是她問：「我能夠有這種完全的，書寫的自由嗎？」

她說：「這不是生活的任何一種形式；這甚至不是生活，不是旅行，也不是假期，這是無法言喻的奢侈。奢侈的書寫的自由。這是花錢買來的絕對寂靜，責任義務律法一概失效。我通過莒哈絲在夜晚，在海濤聲裡，在酒精中顛三倒四的瑣瑣訴說明白了這一點。她晚年的情人罵她：『諾曼底海濱的妓女』，她笑笑寫進書裡。這是連男人都嫉羨的自由。」

說實話，這樣的文字，連我讀了亦神往欣羨。

讀著黃宜君這些文字時，我正在另一個國度的另一座城市裡。我賃住的旅店，旁邊是一座用鐵絲鋼圈圈的解放軍軍營，綠草如茵的草坪和一幢幢無有戒嚴威脅感的水泥宿舍，但奇怪的是近十天下來，我從未看見一個穿著軍裝或草綠迷彩短褲的年輕男孩出現在那空盪盪的禁區裡。從我房間窗口下眺，另一邊是一大片潔淨如那些百貨公司賣場裡解析度極細緻的大螢幕電漿電視裡播出的足球場。一些穿著純白或純紅的高中生在那來來去去追逐跑著踢球。我的旅店禁菸，且裝了感應極靈敏的煙霧警報器，我總開了窗把頭伸出去，在七樓高空抽菸，有一天晚上，警鈴大作，且有四、五輛消防車包圍在旅館門口，我忍不住好奇下樓去看，在大堂遇見幾位膠盔防火隊員用廣東話告訴我：「沒事」，原來是二樓有個大陸人躲在房間抽菸，觸動了警鈴。有天夜裡，我夢見自己在一條異國街道岔進小巷的市集攤販間，遇見一個多年前同為創作夥伴的女孩。後來，我們因一些奇怪的人世遭遇竟形同仇讎。有幾次我想過：我若在路上遇見她，一定會當街痛毆她。但在那個夢裡，我們互相擁抱。像對老朋友在這樣的身體接觸中交換時光在我們各自身上留下的苦難和傷害。我在夢裡說：「我已經原諒妳了。」

這是我讀黃宜君的這些文字時，像沙漠中在砂丘流動變換稜貌時被埋住的臉容，有一些昔日時光的自己，一些那時那麼年輕乃至於不知道，那個美好的自己並不會永遠留在自己身上，而今才意識到驚痛和哀絕，有時我讀到她那些讓人瞳孔色素沉澱不足的，戀人絮語的篇章，竟會自喉頭湧現一種哽咽的欲望。

那是怎麼回事？這些恍惚有大量夢境，或一些繁複敘事被吞食，以至於看起來僅像靜蟄在水族箱底的，形式極簡的海星。那些壞毀的臉、殘章斷簡、失去線索的街道廢墟，形容難辨卻召喚著我這樣一個讀者對一個輝煌的、年輕藝術家們恣意任性，所有人彷彿活在那些法國、東歐、義大利電影中的，一個明亮且波光異彩年代的唏噓感懷。我總可以在她每一篇的夢境速寫中，「略歪斜一點」，焦距重新調校地拼綴起我自己的另一個夢境。一些失落的，隨手揮灑的少年品質——那些敏感、自棄、執念、發狂的對屈辱的擴大，羞於說出自己被侵犯——像地板上的玻璃珠或造型髮夾刺痛地踩進自己的腳掌底。

我個人非常喜歡「夢的練習」這個名稱：重點在「練習」，而不在「夢」。在這個充滿了光線薄灑在長條木條木地板，穿著白色絲襪和舞蹈鞋的少女手扶著牆壁邊鐵管，對著鏡廊裡的自己重複一些細微姿勢的定格與掌握的體會的意象之詞。練習。那使得這位作者屢屢像剃刀邊緣探試的易碎感性，「我坐在你身邊徹夜無法入眠，體內某個部分因為承受不了長年噤聲的疑惑，當下便瘋了。」轉而充滿了一種維持住拘謹（優雅）姿態，不使畫面崩塌的機械性張力。掛著笑容〈藍色鳶尾花〉複製畫的牆，菸灰落在瓷碟裡不再崩散，「我在屋子的另一端，雙手倚住長方木桌，小腿交疊，薄呢披肩正要自臂彎滑落」……一切像被看不見的細線懸掛縛綁著。因為「練習」，所以所有正發生的事情，都失去了時間的縱深。她在回憶的時候同時讓讀者意會到有一隻手拿著炭筆在這張素描紙上擦抹修改。刪去那些過於戲劇性的、狂濤激情的、過於連續性的。於是在閱讀這些故事時，你總似乎看見一些線條極簡的，分隔動作畫面。你似乎出現幻聽，在沒寫出的紙張空白部分，人物間該出現一些更激烈相向的對話，一些當令女性書寫習於炫耀的，衣裝或身體。一些暗示中身體的對抗或身世的如陰影不斷累聚。但是都沒有。在戲劇性將要出現的前一刻，便節制且拘謹地剪掉了。

然後作者說：「一天過去了。」

那樣的壓抑與低斂確實令人想到莒哈絲。如歌的中板。沒有來到克勞岱・西蒙或霍格里耶那麼極端的「存而不論」，抹消主體將一切欲望、恐懼、嫉妒、傷害全描光塗影隱藏於現場的客物之中——這倒比較接近黃國峻的《度外》——她反而是常用一種靜置劇場的畫外音打破那種「一二三木頭人」時光凍結的咒禁或催眠。

我不會再見到這樣的你我。

——〈來日〉

這麼多年過去以後。

——〈續集〉

現在我可以對你敘述我的生活了。

——〈日常生活〉

一個奇怪的時間流河的漩渦。像不祥的、哀愁的預感。又像長日將盡的「擱淺於某一時期」。又像是一切俱成往事的哀歌與詠嘆。這樣將過去、現在、未來全並置在一類似「棒球揮擊動作的連續分解動作」圖的慢速傷害全景：一張壞毀的臉；一種必須面對的，「吃力緩慢彌補疾病毀去的事物」的日常生活；無聲無息枯萎凋謝的鳶尾花；……那後面精準的控制力全來自於「練習」。夢境的練習。譬如「陷在流沙裡的城市」（我將之賦寫進我的夢境中的那篇），「我的孩子」、「火把」、「樓梯」（一座樓梯竟在夢中信了回教而蜿蜒變形）、「行星邊緣」……這幾篇，都是好得讓人目瞪口呆的發光之作。我說的「練習」並不是指「未完成」、「草圖」或「排練」，而是指一種類似波赫士〈強記者傅涅斯〉：「他記得一八八二年四月三十日黎明時南面朝霞的形狀，並且在記憶中同他只見過一次的一本皮面精裝書的紋理做比較，同凱布拉卓紊亂前夕船槳在內閣羅河激起的漣漪比較。那些並不是單純的記憶；每一個視覺形象都和肌肉、寒暖等等的感覺有聯繫。」簡而言之，小說的時間幻術。

譬如說，在〈她者〉這篇小說裡，一個有點像「鶴妻」的女人闖進一個男人的「日常生活」。但這男的有個在編輯部上班以至於每晚至深夜才回家的妻子。這個女人以「她者」的身分潛入他們的房子。她總在他妻子回來前離去。絕不留下痕跡。「餐廳像是沒人用過，玻璃杯洗淨了回到櫃裡，順手把垃圾打包帶走。……床鋪枕面乾淨而無辜，她連遺落的頭髮都撿得一根不剩。

這個男人一開始可是迷惑而超現實地享受齊人之福，她「傍晚來，深夜走」，他們像一切夫妻那樣上超市，她做晚餐，餐後清理流理台和餐桌。他在書房喝啤酒看球賽，而她在他妻子的房裡遊走。「她從不搞錯櫃裡任何一件物品的順序，從不在浴室留下多餘的水漬，離開的時候帶走她所有的痕跡……他甚至覺得連她的話語、她的腳步聲、她在牆面投下的影子都是浮游不定的，隨著她的離開而一起消失在屋子的空間裡……多了她或少了她都一樣的安靜。」

然後，光影挪移，偷天換日，女人淡淡地，很日常生活地提醒男人該換一套新的沙發「放在窗邊都曬白了」；然後是室內燈光、窗簾、地毯、訂了新的櫥櫃、白瓷餐具。連衛浴用品都換成她喜歡的香味。

現在她變成這棟建築的女主人了。他的妻子變成「她者」，男人恍然大悟「她就像化學實驗般緩慢而耐心地改變了他家中的一切。一切氣味，一切光線，一切配色，一切情感的方式。」

這多麼恐怖卻又幽默！我覺得這種細微窸窣的隱沒在「看不見的時光中」的耐心和意志正是黃宜君書寫詩學的宣示：練習。抑斂節制。以及一種能緩緩躡足潛近一種「明亮而幸福」的，日常生活的渴望。她知道那極奢侈，但她以時間術，以細微耐性地修改光影，以爬蟲類般的自我修復，靜靜縮坐在正常生活裡人們來來去去的樓梯下死角，以夢境練習的停格、走位、刷淡或刮畫的技巧，將它們偷渡至她的「莒哈絲式房間」。

讓人眼瞎目盲的愛之太虛幻境

埃蒙德・巴恪思／
《太后與我》二〇一一，印刻

二〇一一年四月上旬，客寓香港，某日應《亞洲周刊》江迅大哥之約，搭地鐵至荃灣一敘。假日下午人潮洶湧，與香港大多數地鐵站周邊印象無異，主要是我抽菸，這在香港要找到一處可悠閒坐著抽菸聊兩句之處，則難矣。而江迅大哥電話中笑說他知道一處好地方，可謂吸菸者的天堂。碰面時發現另有一位先生，個頭極高（江也是個高個子，我身高一米七七，在平常與人聚會中算高大的，然我們三人一起過馬路時，我發現我是其中最矮小者），江迅替我們互相介紹，乃知此人是曾經出版轟動一時之《趙紫陽回憶錄》的鮑樸先生。

鮑先生寡言，江迅大哥素來話不多，我們三人走進一靜巷裡茶餐廳旁的桌位（這就是他所謂的「吸菸者的天堂」？）。頂上一棵老榕濃蔭覆蔽，確實無比幽靜，江說他平日得空便是在此看書寫稿。我們各自掏菸出來愜意地抽著。這時鮑先生從他的背包裡拿出兩本用膠膜封住的新書，一本給江，一本給我，說是他最近出的一本回憶錄：《太后與我》。作者是埃蒙德・特拉內・巴恪思爵士，他祖上是英國顯赫的奎克家族。這個人是個怪人，他是個同性戀，也是個語言天才，會法語、拉丁語、俄語、希臘語、日語，他一八九八年來到北京，不到一年便熟練北京的中文。這個人曾和另一位《泰晤士報》的記者布蘭德，合作寫了一本《太后統治下的中國》，此書在當時非常轟動，據說他在義和團暴動的混亂中，發現了一份「景善日記」。之後，他們又合著了《北京宮廷回憶錄》，很長一段時間西方學術界欲研究、理解晚清太后統治的歷史現場還原，幾乎是必要引用的資料。但是在一九七六年，有個叫特雷弗羅珀的傢伙，出了一本《北京隱士》，整個把已過世幾十年的巴恪思的人格、著作、他所有作品的真實性，全打入地獄。包括那本神祕的「景善日記」，也是偽造的。而特雷弗羅珀在書中，更提到巴恪思在臨終前一年完成的自傳體著作《往日已逝》與《太后與我》（就是我們手中那剛出爐的中譯本），簡直是傷風敗俗之淫書，作為一個歐洲男同性戀，整本書鉅細靡遺寫他到了中國，在北京男妓館和諸多中國男妓淫蕩性愛的故事。更驚人的是，這本《太后與我》揭祕了巴恪思在三十多歲時，被祕宣進宮，成為慈禧太后的性寵物的往事，大量栩栩如生的細節。特雷弗羅珀以他在史學界的權威，將巴恪思和他的作品定調：「這轟動一時的自傳，不過是一部色情小說而已。」「無論文筆如何有才情，也無法掩蓋這種病態的淫蕩，它們不過是一個自閉的同性戀的淫穢想像，是他壓抑扭曲的性欲的最後發洩」……

在四月香港黃梅天卻不降雨的濕悶空氣裡，在那樹影翻飛的茶餐廳外座，我們聽著鮑樸先生剴切激憤地說著，《北京隱士》這本書及巴恪思對中國學術所有的貢獻，全被打成了瘋子、同性戀、偽造的騙子，說實話當時我深感鮑樸先生以一種超過了出版者，而是著迷於歷史研究或考據癡的激情，在向我們描述一個（像深海打撈的一艘封印了太多謎團之沉船）極複雜、裹脅了史料學術界的暗黑走廊、性別或政治正確主義、自傳內容揭開一個太過巨大卻鮮少同等級視鏡證據以檢驗對照的幽祕世界（太后的性！）一個歐洲同性戀貴族對十九世紀末滿洲人同性戀文明的自由之傾慕和考察；書中許多內容，如果為真，等於是清末幾個重大懸案的翻案（包括光緒之死、慈禧之死）……這種複雜的「描述、重新定位這本書」之激情，對我這樣的門外漢來說，就像看著混天星斗聽天文學家講解各星團之生成、形態、結構、與我們之距離；或聽高段棋士講解一盤奇之又奇的棋局形勢……我的解析程度只見一團紊亂。

我相信這是一本奇書。這些搞歷史考據者的夢幻逸品。後來鮑樸先生起身向我們道歉，說另外和朋友有約，得先告辭，也許那邊結束了，再過來和我們一起用餐。

接下來那兩、三小時吧，剩下我和江迅大哥，坐在那靜巷茶餐廳旁，各自翻看手上那本中文版《太后與我》。怎麼說呢？我想我已有好多年不曾有類似經驗：讀了某一篇文章，進入那像藏密壇城一圈一圈幻夢中築棧道將你渡引至另一個物理學、另一個時空重力、另一個繁花簇放完全不同瞳距或邏輯的奇異宇宙。等你的意識從書中拉回你置身的真實世界，你覺得「世界的光調被調暗了」，你腦核中的什麼被這本書轟炸過了，類似某些吸毒者描述那難以言喻的，「像宇宙生成、演化論般的快轉影片」，那種至福，目睹過天國景象，靈魂被灼傷的眼睛。幾個小時後，鮑樸先生又回來和我們會面。我記得我（以一個初識者而言顯得冒昧）眼神發直喉嚨乾澀地對他說：

「我沒有資格和能力胡說此書是真是偽。但如果以波赫士的維度，我覺得這本書是真的。對我而言，它作為史料的辯誣與可信度並不那麼重要了。這是一本偉大的小說。如果全書是他瞎掰的，那這是一個偉大的小說家。」

巴格思的文體，常有一種和我們想像中的清廷、慈禧、王公貴胄、群宦、戲子……這些金碧輝煌、東方主義，權威神祕卻又淫穢的「全景幻燈」不一樣的置入感：首先是他那像夏多布里昂《墓畔回憶錄》般的浪漫主義回憶錄風格，極度重視光和影對各篇故事的魔術效果。譬如有一章寫他與太后遊湖後正進行性愛祕會時，另一對侍女與戲子在交歡中活活被雷電劈死，其風雲變色、球形閃電的空闊與恐怖；或是太后諸人在宮中聽術士以水晶球預卜未來的事件——就像丟勒（Duren）樂於描繪的畫面：昏暗而神祕的燈光映出太后的輪廓。或如太后親手鎮壓了一次宮廷內的流產政變……

你很難不被他強大的氣氛烘染力、戲劇性的掌握，近乎電影的流暢、強烈風格運鏡給顛倒迷惑。而他又不時加入一種離題的引語（掉書袋）或典故。然大部分是安提諾烏斯這樣的羅馬皇帝的漂亮情人、希臘神話、尼采、雷塞羅、大仲馬、莎士比亞……諸多歐洲經典之名句或人物名。那形成一種被視畫面與回憶凝視者旁白的奇幻離異。他追憶的那些光怪陸離的幻燈畫片，於是既宛如現場，卻又有一種「想像性限制的漂離」。這時我們總被他的碎念嘮叨提醒：這是一個七十多歲將死老人，不，孤獨匿跡在大清覆滅後又過了三十年的北京城的，當年得太后臨幸的「洋侯（猴）」，一個同性戀面對時光的唏噓自語，甚至他在像昆蟲學者般鉅細靡遺精密記錄那些十九世紀末北京的公侯貝子們和男妓們之間的各式「感官世界」、「索多瑪一百二十天」之餘，突然冒出一段感傷、典雅、充滿哲思的詩句或摘句，會讓讀者覺得滑稽。

在這書中的慈禧就是稱讚這「洋猴」、「機驚巧辯」，擅於阿諛、華麗詞藻、幽默風趣……。那也同時形成這回憶錄懺情體糅合的耽溺回望過去，但常又露出在華麗高蹈話語下的嘲謔鬼臉。

這種奇異的、形成一種閱讀的貌似裝腔作勢，一本正經；卻一轉瞬變成嬉弄涎臉，「文學的打嗝」，一種西方愛掉書袋的「洋鬼子」同時是同性戀，卻混進了習以為常，滿洲貴族將蓄孌童、狎男娼僅視為一種特殊階層層瓣複雜的昂貴娛樂，像耽於票戲、玩古董、養鳥養金魚牡丹……這些極精緻知識、品器，系統化了的遊樂場域。

那種薩德侯爵[1]、波特萊爾式的「惡之華」，意識自己正瀆神的激求與極限之瘋魔追求，常常不見了。變成一種有奴僕，有同好哥們，有實境空間擺設和魔術契約的遊樂場（只要付錢，每一種色情都切割成可議價的定例消費），追求的極限光爆不見了，變成一種《海上花》式的嫖客（通常是王公貴族）間的社交；嫖客與男娼在床笫間聽他們傳遞的皇親八卦，主僕之間、僕傭之間的關係暗影、奉承、輕蔑、所屬階級的套式應酬語言，不會有踰矩或「超出的情感」。那形成一「命運交織的城堡」——某一時代小說語言的語境搓牌洗牌與牌陣：只是它的場景是晚清北京的男妓館、夜宴圖、狂野之夜，成了無限交織的話語網絡：西方式視覺的性、中國春宮畫的陰暗狎暱、嫖客間的權力交涉與人際攀揉、傳統豔詞或戲曲愛情傳承的陳腔濫調。譬如在〈榮祿大人〉這章，他一路從榮府大門往內走，像電影運鏡穿過迷宮般的庭院，擺著嘴臉收「門賞」掂來客「知禮否」的門房僕役，穿廊入園，「微物之神」般的攝像之眼：

榮祿的書房裡掛著太后手書的卷軸：「國朝護衛」和皇上的「國家干城」。稍後他慶祝六十七

1 薩德侯爵（Marquis de Sade, 1740-1814），十八世紀法國情欲文豪，長年遭監禁，作品均列禁書。著有《索多瑪一百二十天》、《美德的不幸》等。

> 歲生日之時，老佛爺賞賜了金盤玉笏。房子還有一座玉製「須彌山」，兩個華麗的黃色雍正碗，一個郎窯瓶，許多商代青銅器。藏書主要是史部書籍，一套精美的明版《左傳》上留有榮祿的評注……家具與房內裝飾相諧，多為明紫檀；西牆是乾隆年間的掛毯「帝王狩獵圖」，像由耶穌會士指導下織造的仿哥白林樣式。……我很喜歡另外一件出自皇室的禮物，按下一個按鈕，鐘內會出現一個穿凡爾賽宮廷服裝戴假髮的玩偶，手持毛筆，在紙板上寫出字形優美筆劃準確的「頌文華殿大學士壽若不老松」……我還注意到一件精緻的喀什地毯。京師的伊斯蘭教團體將其送給榮祿，以感謝他在拳民暴動中提供保護。……侍者告訴我，那個刻工精湛的黑檀木架全身衣鏡也是老佛爺賞賜，是一七九三年馬戛爾尼爵士帶到京師的「貢品」之一。此鏡並未出現在喬治三世送給中國皇帝的宮方禮品清單之上，我猜想，它是馬戛爾尼爵士或其同行者喬治・斯當東爵士在廣州所得……

我大膽地說，如果是一位對清代宮廷或王府建築擺設講究；或這些家具器皿背後的清代貴族審美趣味、藏在物件後的宇宙觀、華洋夾混的誇耀「世界」之交接證物，著迷、研究、收藏者，讀到這類段落，會像用鼻子品鑑葡萄酒真偽年份的專家，略去那些重大懸案之版本爭議，僅從這些班雅明式的「物」的，層次翻湧的描述「靈光一現」，會嘆氣道：「他寫的是真的。」

會面之後，榮祿對北京拳亂時期，清廷中樞的模糊兩手策略，對洋人的既憤又怯辱（後來又歡慶洋人承認慈禧在中國境內不可替代的統治力），對太后的難以言喻之幾十年前舊情悵惘，與對當今太后內化之忠貞不二的信臣之觀看角度（包括他數度提到李蓮英，都是將之暗中插刀，似乎拳亂之形成，毓賢在山西誅殺洋人，都與李有關）；他似乎在對巴恪思（這個想像中會回去向他的同胞宣傳的英國貴族）進行一場非正式的外交演說，交代之前噩夢般的反文明，或成為國際蠢笑話的太后形象細微修正。但又是中國人所謂的權力密室層層心機、權力交涉的「交朋友」！如果只是一本情色追憶錄的小說，其實過場無需進入這複雜的迴路。這種能將回憶畫面全景流動的光、晨曦、空氣、草木翻湧的能力；能將夜闇鑾殿內的古董擺設，各有來歷的字畫、屏風、瓷花瓶、如意、燈盞全立體參差顯影的復現視覺；男妓院間那些眼花撩亂的索多瑪淫交的亂針刺繡的美麗少年；滿清親王貴族之間的同性戀性交，宮廷淑女和寵物狐狸之人獸戀……如傅柯所說「以不同角度與更澄明光線瞥見所曾做之事」——譬如傅柯引十七世紀委拉茲莫斯的油畫〈宮娥圖〉那藉如光線、視覺從不可能中的交錯建立，那總讓人迷惑的光源或觀看的發動點——巴恪思在這本《太后與我》（無論當它是回憶錄或是一本不可能的「小說」），他展示了一種觀看方式的無限豐饒，像夏多布里昂那樣自然光照穿過了一個奇淫異想的褶曲時空黑洞——譬如李亦園曾提出所謂「文化中國」在日常生活上的「小宇宙」：一、某種程度的中國飲食習慣，二、中國式家庭倫理以及其延伸的人際行為準則，三、以命相與風水為主體的宇宙觀——巴恪思展覽的不僅是一個我們奇淫異想最極致的春宮鏡箱：「一個洋男同性戀者肏了老太后」，整幅視覺劇場我們意識到那正是整個大清朝（或傳統中國封閉的文明秩序），正受到西方文化衝擊摧毀，崩塌前最後的跳閃殘餘光焰。他和這個戲箱裡的人偶們說著那些駢麗合宜、陽奉陰違、鞠躬作揖的世故話語。後台時或傳來宮廷喋血（譬如最後的殺光緒）、革命黨或拳掌餘眾借虎神或蛇精要殺太后；或是道士神乩預卜著惘惘的威脅。隱喻中有隱喻，歡笑淫猥後面有哀愁的預感，或是依傍的這談笑風生的孤寂女獨裁者背後「一長串的死者名單」——那是一套何其繁複而高難度的觀看方式。

這令我想起卡爾維諾在《如果在冬夜，一個旅人》中〈月光映照的銀杏葉地毯〉，借著對如細雨紛飛的銀杏葉片，一片、兩片、三片、四片……「迴旋的樹葉隨著數目的增加，與各片葉子呼應的感覺匯聚起來，產生一種類似一陣寧靜雨一般的整體感覺。」這樣的專注於捕捉葉子輪廓最細微的感覺，不與其他葉子的意象混淆的「將感覺孤立起來的能力」，在這篇小說中用來訓練觀察男主角和一對母女不同的性的遭遇，性的「極限激爽」背後牽涉的遺憾、嫉妒、鬥爭，以及一重重圈擴出去的人際陰謀和關係張力。但似乎在觀看的特寫上，我們跟隨著小說家專注於「女兒頸子上的軟毛」，「母親那圈明顯的乳暈，濃稠或細微顆粒，分布在中心向四周延展」，一種川端康成式的，新感覺派小說那近乎神經質的感性纖維和官能經驗的顯微放大。

小說的最後，卡爾維諾這樣寫道：

> 漫天紛飛的銀杏葉片的祕密在於：在每一刻，每一片正在飄落的葉子，出現在不同的高度，視覺座落的空洞無感空間便可以區分為一系列連續的平面，在每一平面，我們發現有一片葉子在旋轉，且只有單獨的一片。

事實是，我們在近一百年後翻讀巴恪思筆下那個滅亡在即的紫禁城內，那個除了嗜權如命、殘忍機警、變臉讓大臣魄飛魂散的老太后慈禧，她的「另一個面相」——徵逐聲色、性欲高漲，在和這位小她三十多歲洋侯爵的性遊戲中，展現了讓現代的我們猶瞠目結舌、自慚無知的在性這個幽祕領域之豐饒、冒險和自由。我們無需重引薩德侯爵或普希金日記，來為「敗德」或藉色情逼視那「極限的光焰」重啟一次無聊辯論。而是即使經過了整個二十世紀多少第一流小說家筆下的性（包括莫拉維亞的《色情故事》），如今重看巴格思筆下那個如林木翻湧、如漫天紛飛銀杏葉的性的奇觀布置和層層剝開的陌生經驗，我覺得即使如特雷弗羅珀所言，這本《太后與我》中的色情回憶，僅是「一個瘋子的淫思妄想」，但那就如同安伯托・艾可在《波多里諾》中，藉一個偉大的騙子創造了一個「不存在的東方賢士」：「存在於塵世的物質和物質之間，或者超越我們所見的宇宙，被封閉在天體的巨大領域裡，在這個真空當中可能還存在著其他的世界。」他創造了一個光華萬丈、性感、粗鄙卻又易感，天火雷電擊下卻面不改色的活生生的立體的慈禧。

她在他第一次以「性玩物」身分祕宣進宮，從原本的太后威儀與外國非正式使臣的對話，換檔成（即使李蓮英讓他服了媚藥，並且繁複工序讓他沐浴、擦香膏，但他還是忐忑畏懼）情侶裸裎的尷尬時刻，太后說的第一句話，竟是：「霜重衾冷，盼一解寂寞。」她在〈頤和園夜曲：麥瑟琳娜的遊憩時光〉這章，當著隨侍的皇后和太監宮女，像私下比較的婦人探詢巴格思，維多利亞女王的私密戀史或和親王的宮廷張力（如同她與光緒），在聽了英女王虐待「現在的王后」之八卦時，轉頭對身旁光緒的皇后說：

「你聽到了嗎？皇后（有趣的是，老佛爺以皇后的頭銜而非其名稱呼她的兒媳婦）。我是否虐待過你？」

「從來沒有，老佛爺，你對我比我親娘還好。」

她對她未知的世界其實充滿童稚的好奇，有一次，太后竟認真問巴格思：「請告訴我，如果火星人的飛船進攻中國，國際公法將如何應對？」

在〈處置匿名信〉這一章（我必須說，如果這是虛構，這簡直是一篇讓人折服的頂級短篇小說），巴恪思描述了一場流產宮廷政變的整個過程：之前山雨欲來、偵騎四出，以岑春烜為首的叛變集團（當然規模遠無法和戊戌康梁政變相比）謀畫將「毫無體統的太后與一名歐洲人私通，厚顏無恥地召上鳳床，兩人最曖昧之時當場捉拿」，順勢扶植光緒重掌政權。叛黨方面有三十名刺客、有內線太監、有皇上已預備發布將太后賜帛自盡的檄文。而太后在這樣的宮廷內部風暴中，展現的形貌是這樣：她先下懿旨召這位洋情郎是夜入宮（按對手預謀的劇本走），遣詞用句與從前不同：「欽奉懿旨，著忠毅侯巴恪思立時入謁，有所垂問，並著攜帶關於憲政書籍數種。欽此。」於是這個夜晚成了太后（呈現了一種要誅殺對手前的亢奮和冷靜）和這嚇壞了而心神不寧的侯爵裝模作樣的憲法課。（這個夜晚的氣氛光影、慌亂漫漶心緒，巴恪思真是寫得太精采了，此處無法摘引。）等那一刻來臨，刺客們摸黑衝入鑾殿（「拿那兩個色鬼；殺這個淫亂太后，揪走這個強姦的鬼子；大概他正在肏她！」）卻中伏受逮，太后像舞台中央輝煌發光對著無數觀眾念出那她等了一晚的台詞：「我從不接見烏合之眾，但是（此時所有燈大亮，衛兵衝了進來），我現命你們速速就捕，判你們在這皇宮院內，立斃杖下。」

此刻，當判黨首謀岑春烜猶不知敗事而興奮衝進來時，巴恪思這樣描寫慈禧：

我依禮下跪。太后望著他，面部神情我非常陌生，對於她精緻的面容，我十分熟悉其變化，喜怒雜糅，恰似約書亞・雷諾茲爵士所畫的大衛・加里克，描繪了這位偉大演員對矛盾衝突的展現。但我見過與此一模一樣的表情……我去了內米湖，一名潛水者從其中一艘船上撈上來一尊小雕像，大概來自塔倫圖姆或者南部義大利「偉大的希臘」時期的錫巴里斯（Sybaris），刻著「美杜莎」。我看見一名農婦虔誠地在這異教的石像前劃著十字，「聖美杜莎」她說道，將她歸於天主教派！此刻老佛爺便是這樣的形象，一向靈動熱切的目光，此時變得冷漠嚴酷，執掌生殺予奪。

在這個絕對的男同性戀眼中，太后的身體在此處，不再是一個七十多歲老太太的身體，而是滿室熠熠生輝，摺藏了整個頹廢卻又文明帝國之濃縮隱喻，權力中樞的「極限的光」。那何其顛倒錯亂，卻又扯碎我們慣習的對於「性」的簡單維度薄殼。

「年輕的洋人同性戀與老佛爺」，這原該是最變態三級片的梗，但在我們眼前展開的，卻是一幅絕美、感官爆炸、所有物件皆漂浮鬆脫的詩意盎然的愛之太虛幻境。而這似乎是納博可夫《蘿麗塔》，或徐四金的《香水》，或波赫士的《阿萊夫》，以讓人眼瞎目盲的爆炸感官達到的——它們早已遠遠超過「精神病學的案例」、「藝術作品中贖罪的觀點」，或「感官與美感之間的精確劃分」，如「地下室的某處燃亮……在可企及遠處的熾熱，安靜引爆」（納博可夫語）——這個不可思議的慈禧，到了書的最末章〈被玷汙的陵墓〉，竟讓我們驚駭震撼地以這樣的一段文字，同感於作者恐怖、哀慟，時光將一切吞噬的空無，但那後面又像烈焰中的金閣矗立無比輝煌的，他曾目睹經歷的，如夢幻泡影，瞬間爆脹瞬即塌縮的宇宙，所有亭台樓閣、湖山畫舫、女王的眷愛與威嚴……成為他自己一個人的，不為人知的祕密。

我們匆忙向前，不敢相信自己的眼睛。躺在我們眼前的，是統治中國近五十年的偉大的女君主，我的高雅的女主人。……她烏黑閃亮的頭髮駭人地散亂著，面孔扭曲慘白，但是仍可辨認出熟悉的特徵，和我二十年之前最後一次見到她一樣；當時她穿著壽袍，她的嘴大張著，形成恐怖的笑容；眼睛半睜，蒙著淺黃的翳；胸口是無數可怕的黑點；身體扭曲；皮膚成了皮革或羊皮紙的顏色……她曾經美麗的私處如此神聖，此刻卻蒙受大不敬，完全赤裸地暴露在我們面前。

在〈魔鬼伏身的太監〉這章前頭，巴恪思放了一段「引子」，起首便引福婁拜的話：「當我寫小說時，我想要描繪一種色彩，一種筆調。比如，在我的迦太基小說《薩朗波》中，我想寫成紫色。在《包法利夫人》中，我唯一的念頭就是情調，是一種像潮蟲一樣的陳舊色彩。歷史，還有情節，我不在乎。」

他夫子自道，簡直就像這整本《太后與我》的鑰匙與密碼：「我之所著並非韻文，亦非小說……但在接下來的章節（如同本書的所有章節），我始終想描述一種陳舊的筆調，潮蟲在其間繁衍生殖。」

他引龔固爾兄弟之言（「沒有比自然天性更缺乏詩意的。正是人類將這所有的悲慘、功利和憤世嫉俗，披上一層面紗，使之顯得崇高。」他引波特萊爾轉而研究現實以外的反差；引福婁拜之言：「似乎我們生前身後所遭的腐朽潰爛根本不夠。生命本身就是腐朽，不停被侵蝕、次第交替……還有胼胝、自然界難聞的氣息，各種分泌物各種滋味，都令人類呈現出如此興奮的模樣。但是，我們承認我們熱愛這一切！我們熱愛自己！」他引伏爾泰的《憨第德》，那荷馬式的戲謔，但卻給自己這書下一注腳：「本書深受福婁拜而非伏爾泰之影響，盡是關於墮落人性，於常人難容，但絕非杜撰，皆為事實。」

這樣看似前後顛倒，在一番「潮蟲一樣的陳舊色彩」的「藝術家寫作的目的就是為了讓後人質疑自己的存在」（近乎曹雪芹的「滿紙荒唐言」的虛虛實實映照布置），但層層玻璃盞複葉之下，巴恪思仍像他在和太后對話時，看似平庸堆砌之華麗高蹈虛詞後面，常是最世故狡黠的浮浪子的謔笑與膽小。一種煙薰燈罩後面的搖晃燭光，那個燭光，巴恪思顛三倒四在前言、文中、結尾不斷信誓旦旦堅持，「所寫全是真實」（使之成為懺情錄而非「小說」），那個「照見潮蟲陳舊色彩」的光，柯慈在《屈辱》中，有一段寫華滋華斯的「感官的有限」：「當感官達到其能力的極限，光就開始熄滅。但在熄滅的那一剎那，又像燭光一樣，發出最後的閃亮，讓我們瞥見那不可見的事物……能夠激醒或活化深埋在記憶之土中的意念的，不是那隱藏在雲中的純粹意念，也不是咄咄逼人而後令人失望的、如實陳裸的視覺意象，而是那儘量任其流變的感官意象。」

這或即是本書中譯本所言「黍離之悲」。悲在哪？一如讀《紅樓夢》或《海上花》終卷而難有不悲不能抑者，非為那燭光的黯滅，而是黯滅前那「潮蟲般」，歷歷如繪、歡笑宴語、繁華美景，或淫蕩妖冶的一幕幕疊影剎那重現。

時光踟躕

邱妙津／《蒙馬特遺書》二〇〇六，印刻

一個試圖構造自我的人是在扮演造物者，這是一個觀點：他違反自然，是個瀆神者，令人厭惡到極點的人。從另外一個角度，你可以看出他的悲情，他奮鬥過程、冒險意願中的英雄精神：不是所有的突變者都能夠存活，或者從社會政治的角度來看：大部分移民都學會、也能夠變化成偽裝。我們自身以虛假的陳述來反制外人為我們捏造的假象，為了安全理由而隱藏我們祕密的自我。

——魯西迪《魔鬼詩篇》

當我再看一眼他房裡的情形時，我的眼珠就好似玻璃珠球做成的假眼一般失去了動的能力，我呆呆地站在那兒，眼看著一道黑光像疾風掃過般橫過我面前，我想我又做錯了。我可以感覺這一道黑光穿過了我的未來，在這一瞬間籠罩著我面前的生涯，我禁不住開始發抖。

——夏目漱石《心鏡》[1]

邱妙津於一九九五年於巴黎的留學生宿舍自殺，使用非常激烈的方式，到了一九九六年，她的遺書《蒙馬特遺書》出版。那像是深海下面一座火山的爆發且瞬間將自己吞噬進一個既塌縮（因為死亡將絕對時間吞噬而去），卻又暴漲的宇宙（透過這本應在決定自死之前一段時間，以一封一封體例嚴謹分章節的「遺書體」，像巴洛克音樂賦格展示一個青年藝術家關於愛、藝術、傷害、純粹或是對創作的意志之星空描圖……）。那出自一個二十六歲，挾帶了九〇年代台灣文學菁英（她且較同輩早慧）的「現代藝術文學之創作（而非改良）芻議」。

一本始終在「遺書／小說」之曖昧邊界被閱讀，然其實其想像、描繪這個帶給「我」至福、玷辱、美感、憧憬或暴力的世界縮圖或常借喻小說：盡可能的西方二十世紀現代主義小說經典或日本戰後小說；存在主義；兩次歐戰造成的文明崩壞、恐怖地獄場景；一種時間的壓縮、爆炸；乃至文體的高蹈、激烈扭曲、追求極限光焰……背後卻難以回到古典時光的和諧、秩序、教養。有一些或當時台北這些年輕創作者知其然不知其所以然的共用書單與關鍵字：卡夫卡的《城堡》、卡繆的《異鄉人》與《薛西弗斯的神話》、福克納的《聲音與憤怒》、莒哈絲、尼采、齊克果、海德格、佛洛依德……昆德拉的《生命中不能承受之輕》、拉丁美洲魔幻小說家群（尤薩、馬奎斯、魯佛、富恩特斯・卡洛斯）；日本小說家則是似乎大家熟悉的川端、三島（尤其是「焚燒的金閣」）、太宰治、安部公房、某些內向世代小說，乃至其時剛譯介到台灣的村上春樹《挪威的森林》……電影

1　こころ，亦譯為《心》。

則如她書上激昂提出的：法國新浪潮電影如楚浮、高達、雷奈這些名字；柏格曼、小津安二郎、布列松、塔克夫斯基、奇士勞斯基，或她鍾愛的希臘導演安哲羅普洛斯……

另一個意義，因為她女同志（拉子，Lesbian）的身分，在台灣九〇年代剛解嚴身分認同從潘朵拉盒子般禁錮、壓抑的白色恐怖（同時形構一個「安全、去異存同的想像群體」）釋放出來，同志運動、論述與社群方興未艾，她等於是第一本宣示其拉子身分但以如此決絕激烈的形式，毀壞自我的生命，卻噴吐出那樣曝光爆閃後停格的一張二十六歲畫像。一部像金閣那樣繁華瑰麗妖幻如夢的建築，卻「必須」放把大火燒掉它。

《蒙馬特遺書》在台灣，幾乎已是女同志人人必讀的經典。甚至可能幾個世代（至今二十年了）拉子圈的「聖經」。也許可以說，它是像一輛被現代性高速車禍壓擠、扭曲、金屬車殼焊烈、玻璃碎灑、龍骨在烈焰焚燒後仍顯現強韌結構的，女同志版的《少年維特的煩惱》，但我們這樣比擬之時，其實是目睹一「將現代性精神之景致嵌進車子裡」（納博可夫語）的現代跑車——儀表板刻度和車頂板金倒映著二十世紀人類文明已將人類自己驚嚇戰慄的集中營、大屠殺、荒原、廢墟、自我怪物化、荒謬、夢的解析甚至媚俗——那樣在我們眼前撞進一「黃金誓盟」、「愛的高貴與純粹」、「一個美好的成人生活」，劇烈爆炸，車毀人亡。

如今我已四十五歲（二〇一二），距我和邱妙津相識，或我們那麼年輕（而兩眼發光、頭頂長角），幾次爭辯但又同儕友好，腳朝上踮想像可以、「應該」寫出怎樣怎樣的小說，已經二十年了。我仍在不同時期，遇見那些小我五歲、十歲、十五歲、二十歲的拉子（通常是一些像她，有著黃金靈魂，卻為自己的愛欲認同而痛苦的T們），仍和我虔誠地談論邱妙津，談論《蒙馬特遺書》，我感覺她已成為台灣女同志「拉子共和國」、某張隱祕時光貨幣上的一幅肖像。《蒙馬特遺書》已不止是邱妙津自己的創作資產，它像《紅樓夢》、莎翁的戲劇，成為台灣拉子世界那極域之夢，濃縮隱喻——像赫拉巴爾的《過於喧囂的孤獨》將一整座城市的文明、輝煌、羞辱、記憶、錯亂的認同，全打壓擠成地底一位「打包廢書工」的囈語之中——她們在主流異性戀社會中的「他人眼神建構之怪物化」；在愛情關係的另一星球重力裡孤獨承受的被背叛、遺棄、玷辱；她們如何重繪自己的「黃金之愛」、瘋狂，常比一般人更艱難去實踐的「天使熱愛的生活」……

這部分我無資格多說，事實上我在二〇〇一年以邱妙津自殺為對象，意圖展開「小說之於自殺之黑洞的辯證」的作品《遺悲懷》，在當時激怒台灣許多女同志社群。即因我作為現實裡「正常世界」的男異性戀者，我想撬開那遺書裹脅，將所有生之意義吞噬而去的死亡鎖櫃。

有一次和梁文道先生聊到「中國小說中的『青年性』」，我如同夢遊般地在腦中穿過那些魯迅酒樓上、張愛玲黯黑大宅裡（充滿老媽媽們耳語的，影影幢幢，家族如今猥褻破敗的昔日榮光，鴉片膏或堂子繼母身上的膩香）、沈從文的河流運鏡，或郁達夫的性的南方鬱疾……我說：我感覺中國小說裡沒有「青年的形象」；只有老人和小孩、特別是小孩，全是一些把頭埋在自己懷裡，蜷縮成一團的，卵殼裡的「少年」（或「孩童」）形象。還來不及孵化便孱弱地死了。

梁文道君指出我這印象派式的謬誤，他舉證了許多共和國經典小說的「青年形象」。譬如傷痕文學及尋根派裡那些青年。

小孩。侏儒。惡童或癡兒。（譬如莫言的《蛙》或《生死疲勞》這樣的時空巨幅展演「流浪漢傳奇」，如葛拉斯的《鐵皮鼓》與《癡兒西木傳》、魯西迪的《摩爾人的最後嘆息》、哈謝克的《好兵帥克歷險記》、匈牙利女作家雅哥塔・克里斯多夫的《惡童三部曲》。）一種靈魂尚未完全坐落進整幅「某個時代全景瘋狂」的成人群體中的孩童觀看之眼。

其實我想到的是，在台灣，非常迷惑的，回首才發現的，九〇年代，我同輩一整批的創作同伴。譬如邱妙津（她的第一本小說是近乎習作的《鬼的狂歡》），或是幾年後走上自死之路的袁哲生與黃國峻。

袁哲生的成名作包括《送行》（在火車到達月台時車廂內幾組人物的並不形成「故事」必然性的近乎炭筆素描）、《秀才的手錶》。黃國峻，則是像法國新小說，一個房間密室裡空鏡頭的堆疊書櫃、窗簾或玻璃的光彩稀薄的人物的回憶碎片。一種黏著在客物上的憂悒、尖叫前的寂靜而非任何敘事者的心理分析式陳述。

或是香港董啟章的《安卓珍尼》（他是在台灣的文學獎奪獎而引起注視），敘事聲音的陰性性別乃至人格分裂，背景延展一種人類歷史已遠離的「物種起源」的異質、淡漠「女孩脫離父系秩序（社會倫理的性別暴力）漂浮成獨立的陰性文明史」。賴香吟的《霧中風景》，受創的畫面，安哲羅普洛斯式的，人在其中何其渺小的孤寂荒原。最後一個說話者，或是馬華小說代表人物黃錦樹的《魚骸》（其實他要到幾年後的《刻背》這部駭人的小說才真正處理，「一部離散的南方華人流浪者之歌：文體即魂體」，一如猶太人上千年的意第緒祕傳怪誕，要求後輩記得的「時間意義上已滅族」，無文學史可框格擺放的，背了太多代故事的少年）。

或是我在二十五六歲間的處女作《手槍王》裡的一些被貼上「後設小說」的，面目模糊、流離失所、斷肢殘骸的變態少年。

還有成英姝的《公主徹夜未眠》，裡頭那些在不同短篇章節，如在一個共同夢境迷宮不同房間各自遊晃，偶遇時不知前頭什麼事已發生過的貝克特式人物。或是顏忠賢的《老天使俱樂部》，不是《哈扎爾辭典》體，不是昆德拉的《誤解小辭典》，而是像編纂一本虛空中不存在的「老天使學」（在還沒有日本動漫《火影忍者》的年代之前），他使用這樣像一本一人雜誌不同作者（建築師、偽電影導演、偽詩人、偽記者……）以唐卡形式層層編織這樣一本「老天使們的前傳」。

那於我是一個，同伴們（大約都二十六、二十七、二十八歲）如整群白鳥在一種對小說冒險充滿遠眺激情的於藍天飛翔的整幅記憶畫面。我們後來被稱為「內向世代」。似乎這批台灣六〇後的年輕小說家群，在政治解嚴、文化的現實位標因媒體開放，因洶湧竄出的專家語言而立體縱深。年輕的小說家們已到了台灣現代小說語言實驗的第三代了（在我們前代的張大春、朱天文、朱天心、李永平、張貴興、李渝、舞鶴……），他們的作品，似乎已將中文現代主義的語言實驗，推到一個成熟且貪婪連接上卡爾維諾、波赫士、艾可……這些如萬花筒如迷宮，小說如連接世界不同語境之觀看方法論的「大航海時代」，你可以透過小說的虛構、賦格、飛行設計圖或類似一座大教堂的繁麗建築……你可以出航到人類心靈海洋的任何百慕達，捕撈任何一迷蹤、裹脅了神祕、失落存在意義的白鯨。

問題是，回頭觀看當時的我們，這批處於九〇年代台灣六〇後的年輕小說家群，你會發現，他們動員了更精微的顯影術，更微物之神的靜室裡的時光踟躕、更敏感的纖毛和觸鬚……卻都像是如此專注卻又無能為力地想探勘「我是誰」——那個大歷史圖卷已無法激起說故事熱情；「我」，像被摘掉耳朵半規管的醫學院實驗課的鴿子。那樣的自畫像，通常已是一張殘缺的臉。

這是我在時移事往，二十年後，邱妙津的《蒙馬特遺書》在北京出版，我想提醒此間讀者的。它並非一本孤立之書，或僅僅再複製一次，「女同志的少年維特的煩惱」。

我非常恐懼那樣如極限光焰將一切黯滅的黑暗般，全吞噬進一「遺書」（遺體）的詩語言的輝煌和表面上的驚駭與肅穆。事實上，從邱妙津開始，到黃國峻、到袁哲生……像一隻一隻同伴白鳥的殞滅，他們以自殺裹脅而去的巨大冰冷、空無之感，在事件剛發生如此貼近的我那一輩剛要跨過三十歲，將小說作為辨證世界、其命運交織、雜駁無限本質的「方法論」（卡爾維諾所言），他們確實強迫我們將正活著（且其實才剛要進入創作上稍微能理解、掌握的時期）的時光，全歪斜、死灰成「餘生」。那似乎取消了你必須像赤足踩入黑夜水池哆嗦感受其寒冷的，卑微的活著，繼續在時光的長河中觀察其實黃金誓盟之愛如何腐蝕；持續的衰老，進入一種社會網絡的男女關係、經濟關係，或慢速一如卡夫卡城堡的醫療體系的死生關係。那似乎取消了（作為一個小說家）你必須有足夠時間展幅以理解、觀看，才得以百感交集體會的「全景幻燈」：文明如何墮壞、人類存在處境有時可以流放在怎樣野蠻不幸之境；或如柯慈的《屈辱》或納博可夫，那極限光焰，光黯滅前必須去交換的，時光爛葉堆中，你屈辱活著的時光。

也許，這樣的一本遺書，它或如顧城（《英兒》），或是三島，是某個輝煌心智激情，如一座以將之存有消滅為交換，使之強光爆閃（我們腦額葉中永遠的印記？）的「宇宙精神之預言」（譬如火燒金閣）那樣永遠放逐時光之外的壇城？

時隔近二十年，我重讀《蒙馬特遺書》，還是每一小章皆無法卒讀，巨大悲傷充滿胸臆。我還是不斷為她那私密（但其實是作為一「預知死亡紀事」的，如太宰治《人間失格》，如齊克果《誘惑者日記》，有一想像性「小說讀者」如你我的「遺書」——它不是一嚴格要求燒毀，而是在一死之換日線的默許下將被出版的創作）的冥想、「命運之奧祕」、關於「靈魂」、關於「被愛欲」、關於「玷汙」、關於「背叛」……我仍舊在掩卷之餘，心緒翻湧，腦海和虛空中的，似乎永恆停在二十六歲的這位作者，進行一種死神筆記本式、誤解小辭典式、赫拉克利特河床式的喃喃自語辯證……

《蒙馬特遺書》確實像一枚被這位有著靈魂核子當量的女同作家封印如《全面啟動》或《啟動原始碼》這兩部借用量子宇宙（或波赫士擅長的〈環墟〉或〈歧路花園〉）那樣一顆「微型黑洞炸彈」（劉慈欣科幻小說中的發明）：你一開啟它，無論你處在怎樣的真實語境裡（一九九六年的台北，或二〇一二年的北京，或你是不是拉子？或你置身在跟書中世界何其遙遠的共和國話語、微博話語），它都能逼使你原本立身其中的這無比真實的世界，被她的黃金純粹的這樣「愛」的高貴絕望銘刻字句（或朝向這種高貴天空之城、踮起腳尖、撲打翅翼、渴欲升空的姿勢），將你的真實時間液化、整片萎白死灰，成為醜癟皮囊，成為颶風中整條街皆粉碎的馬康多鎮。那似乎像一不斷重返「死亡之前最後時刻」的迴路。你不斷重新鑑視、查看那死亡密室的「箱裡的造景」，「到底怎麼回事？」壞毀的臉是在怎樣的「愛的強大描述之光照」下，一筆一筆刷上陰影？那將使我們合上書後，恐懼、哆嗦、心臟宛如宇宙瞬爆，哀憫、淨化，甚至羞愧。不是為多年前她早已發生的這個「自殺—遺書」的殞滅與存有的白銀壇城，而是為我們沒有對抗虛無、對抗媚俗，不願意在屈辱和剝奪後相信自己是不該被羞辱和剝奪的，在渾渾噩噩的時光泥河中這樣繼續活著。

二〇一二年簡體版《蒙馬特遺書》出版紀念專文

陳綺貞／《不在他方》二〇一四，印刻

Un Momento

陳綺貞的筆觸，充滿一種「顏色在它們本然的視覺，尚未暈染淹開」的狀態。

很怪，很像在講〈周易〉乾卦的卦辭：

「元者善之長也，亨者嘉之會也，

利者義之和也，貞者事之幹也。」

萬事萬物都在一初始萌芽狀態，彷彿夢中將醒未醒之際。譬如她在哈瓦那給那些老人，用拍立得拍照。當他們拿著尚未顯影浮出的底片，焦慮疑惑時，她用西班牙話安撫說：

「Un Momento」（等一下）。

這個「等一下」，那個「生命的影像會在細索無聲的流動後，浮現出來」的時間差，好像是陳綺貞的文字，乃至她創作的歌詞，那在畫面本身輕輕搖晃一下，給人拖曳出來，多出來的暈影，嘆息之感。

那是什麼？乍看（乍聽）是用色簡單的：愛情，祝福，懷念，遺憾，讓開來在主旋律外的小步舞曲，觸摸著貼滿牆的人像照片每一張臉都隱藏一段難以言喻悲不能抑的故事。……但其實生命是這麼流瞬變易，命運交織，百感交集。

如果，這觀看的眼睛，像那張「Un Momento」的拍立得底片，將我們這個，後來像顏料桶全打翻、混淌、漩渦快轉、尖叫激切的世界，收攝停頓在初始未發，「感情的種子狀態」，將要萌發前（或初初萌發之瞬），那種透明狀態，「哀矜而勿喜」，很奇妙的，它們便成為這個老昆德拉說的，沉重的、下墜的、黑暗、粗俗、寒冷……將我們壓到崩塌、沉沒的，不能承受之重的「受創的世界」，或永劫回歸的歷史的暴行和惡……那之上輕盈、飛翔的療癒和修補精靈。這樣的持續創作，並非只是如我們印象派式的「上帝離心旋轉機器」：美好的光和天使漂浮到上方；醜怪的、重金屬機械，或魔鬼則如鍋渣沉澱於下方。它反而成為一種「生活在他方」的，每一次出發：沒有一種經驗、沒有一種情感，是該被這個已糾結扭曲如發電纜團的世界，所挾持裹脅，它該展開的旅程。

流浪。流浪的途中談別人創作的歌。那像是波拉尼奧在《2666》中，寫一個離家出走的妻子，「不在場」，但她在哪些地方做些什麼呢？她眼睛看見了什麼？她遇到了哪些人？和他們這些什麼？那個丈夫這樣想像著：

> ……勞拉這個形象陪伴了他好幾年的時間，彷彿從冰冷的海水裡轟然冒出的記憶，儘管他並沒有真的看見什麼，因此也不可能記得什麼，只記得她在街上的身影，那是路燈在鄰居牆壁上照射的結果；再有就是作夢，他夢見勞拉沿著堅古卡特出來的公路逐漸走遠，她走在鋪路上，只

有為了節省時間、躲避收費高速公路的車輛才走的道路，由於肩扛行李箱，她有些駝背、無畏地走在馬路邊緣。

回到那個「變易」初始的，一切旅行、一切流浪、一切離散還未啟動的初萌時光。

撐住我　落葉離開後頻頻回頭
撐住我　止不住的墜落
撐住我　讓我真正停留

——陳綺貞〈流浪者之歌〉

它像是村上《世界末日與冷酷異境》，那圖書館地下室，一枚一枚吃了人類全體顛倒妄想夢境之獸，死後的頭骨，而那眼瞳被割開的主人公（職業叫「夢讀」）所做的，不過就是撫摸那些頭骨，將那些曾被吞食、混淆在一起的夢之顏料，釋放出來，成為飄浮空中的小螢光點。

我們覺得她（陳綺貞，或她的歌）好像在不斷離開到遠方，但又說不出的那些像是她從那些流浪途中傳回的模糊影像（我們想像的）、她的乾淨的歌，那像是我們這個時代的安魂曲：諸般不辨來時路、糾纏擠壓、原來如青葉瀑布初心良善的，後來不知為何過去未來縛綁在一起，成為怨憎對、求不得、愛別離、寶變為石、一只一只流著汙濁淚水的傷口……陳綺貞的歌便像那旋轉顛倒夢境之釋放栓鈕的溫柔的手指，「撐住」或「初萌」，一條延展到「即使只要出發的夢想」，夜間發著光的異國公路的顛晃吉普賽。

我們會想：那是怎樣的一種「靈魂濾篩處理器」呢？那是怎樣一座無人知曉自動灑水的祕密花園呢？她如何能像蜂鳥翅翼，將這一整代人夢中的冷酷異境，不能承受之疲癒和沉重，過渡到一個無比輕盈的、兩腳踮起的飛行時光呢？

其實「輕盈」和「流浪在他方」，似乎是陳綺貞的歌（她的空靈療癒為美聲、她自己創作的歌詞、那些她撥著吉他和弦的曲、或形成故事暗示的這些歌的ＭＶ）模模糊糊給人的印象。但這本書裡的陳綺貞，你發現在歌聲之外的意念，像《巫士唐望的世界》那書裡曾說，某些印第安女獵人，可以穿越時間的間隔，「她們捧起一握水，用手指彈射出去，那些次第消失的水花在她們的意念中，被凍結成一根根延伸細長、絲綢般的銀線。然後她們抓著這些銀線攀爬山岩。」療癒的力量在這些地方祕密發動著、編織著、延伸著：譬如她寫到〈下雨天愉快〉，寫著「這些軟弱的雨也是有始有終的，在天空一定有一個啟始點，從那裡開始，大家決定好要一起墜落，不管最後誰會先停止……如果這種雨是一種哭泣，鐵定會讓愛人完全喪失耐心，徹底的陰霾封鎖天空……這眼淚多到讓我的快樂顯得無情殘忍。」

這寫得多麼的好。一種泡水後「可以膨脹到它本來的好幾倍」的濕雨中所有微細之物的膨脹量濕感，卻能在這些「字的雨絲之銀線」延展中，成為「收藏且帶著旅行的記憶」和「旅行中經歷的雨不是這樣的」，那些雨「好像遊行隊伍，突然在你家門口敲鑼打鼓，你才從衣衫不整中意識過來，想探頭看看，結果只看到他們越走越遠的背影」（這真是寫得驚人的好）……

旅次中曾經一瞥而逝的印象，或旅途的放空顛盪中懷念起自己其實微細隱藏，有時間、身世的那個城，那個「日常」它們互相成為懸念、懷念、殘念，也同時在那樣移形換場景的，充滿蒙太奇的鏡頭對調，讓閱讀者感受到一種靈動的、柔軟的、充滿同理心的「讓眼球轉動的小肌肉」。即：她觀看世界的方式。「你是宇宙裡的一個偶然，這個偶然如此珍貴，因為你能感覺。」

她曾經小時候暗下心願「以後一定要坐遍所有公車，環遊所有世界」，而「高一的我每天花四個多小時搭公車，從北邊的蘆洲一直到南邊的木柵，漫長地耗盡了我一整年的青春。在公車上整日幻想坐飛機四處旅行一定好過困在台北的車陣裡」；她在租屋裡想像著屋子的主人，在她的時光之屋裡，怎樣的生活，感受那些氣味她像我們的張愛玲和赫拉巴爾，著迷於市聲、空氣中的油哈氣、早餐店的猶在夢中的人影；她對被拔掉的智齒、舊照片、武俠小說、陪愛打麻將的外婆，上小學夜間部唱〈往事只能回味〉、馬克・吐溫的《哈克流浪記》那河流冒險之夢……

對了，我不只一次，和不同年齡層的哥們——有像我這樣的中年大叔；有咖啡屋的氣質女吧台；有二十出頭的小文青——偶然一聽他們說起陳綺貞，他們總說：「我的陳綺貞」，好像哥倫比亞人暱稱馬奎斯：「我們的 Gabo」；或義大利人暱稱當年他們的小馬尾足球先生巴吉歐：「我們的 Roby」。似乎她的歌替許多人守護著一個純淨、款款搖晃的透明薄光所在；似乎許多人都曾在某個時光，欠過她一個像整幅星空忍住眼淚、直到一顆流星劃過，那樣的療癒。打開這本書你發覺她的魔術或就在，那讓世界「等一下」，Un Momento，疑惑中相信，悲傷中微笑，看似柔弱卻從不猶豫伸出堅定的手，朝遠方出發的同時卻無比珍惜沙鐘裡每粒昔時時光的沙粒——於是，那個「世界本然，比較美麗，比較透明一點點的形貌」，就從我們眼前顯影浮現。

繁花

金宇澄／《繁花》二〇一三，印刻

緩慢讀著《繁花》，很多關於小說的基本態度，像潮汐的拍浪，一陣陣沖打著我，這是一本非常可敬的小說。對我的內在衝擊，可能像幾年前在香港讀到的《太后與我》，或二讀三讀張愛玲的《雷峰塔》，那不是一本小說選擇的觀看世界方式，而是透過一本小說的「這一次」對你置身的世界幻覺的搏擊。我也在一個自認為立錐之地，幻造出《女兒》的種種蛇蛻、魚脫鱗「感情的教育」的科幻化，召喚我的夢忍術。但《繁花》裡的女人祕戲圖、夜宴圖，那關係藤鬚的即興發生與滅燼，對我而言，是所謂「一生的選擇」。目前為止遭遇的「碎浪拆船塢」的談法，是在上海腔、古典白話、章回小說的語言，一種暈黃老氣味的印象派，近乎點描畫法，表情形容極淡，淡到讓人想到超弦理論的極微渺的振跳，而便是這些清淺、沉默，擠在鄰屋關係或姊妹淘們和男人交涉（奇怪還是像張愛玲那神經質、暈醚，比真正的性還要唇乾舌燥的嘴上調戲）、東說西說，像幾柄鏟子鏟著炒鱔糊，男人女人在經濟關係的投資啦拉牽啦，又經過這多如花瓣的人物，她們像海葵的觸鬚去探索「賴個伴」這種撈、纏、戲子的精密和天賦（進入男人理想的女性），這讓人想到《海上花》，那個一生的投資是啥？在我的想像，就是和童偉格、董啟章不一樣的人生，譬如格非的《春盡江南》的某些段落，二十年改革開放，將一代人「換取的孩子」全交給一個怪物蔓長的共和國，他們全從苦難、貧乏、灰撲撲的各種運動拔離原生地，和同伴拆散的少年時光，走進一個遊仙窟。

也就是終於中國有足夠的城市遊樂場景，讓這一代人不是僅馬奎斯加福克納，或共和國語言的卡夫卡官僚荒誕戲的一個魔術方塊拆解，那像劉震雲遍拾即是的《偷拐搶騙》，一種正在集體變形記的巴赫汀民間機智對這變形、移位角色錯亂的填充修補。

民間可以讓所有的男盜女娼，對應於共和國那打樁埋條將所有人形成同一思想、語言的灰色屏幕出現一種跳閃的人類存在的粒子運動感，從「滿街聖人走」（阿城語）到「滿街是唐吉軻德的僕從桑丘」這種人物，尖滑機巧，對語言的僵直和偽善，犬儒的，不，民間粗俗嘲謔的任意穿梭。然而，幾乎都是「進城」，而進不了卡夫卡《城堡》的農民，土地測量員的助手們，嘻嘩胡鬧，惡童般的和這瘋掉的世界裝瘋賣傻，然而就我的閱讀印象，這樣的瘋傻、恐怖喜劇、徒勞而原地打轉（劉震雲《手機》）如德希達[1]的語言之形上意義永遠失落，只剩下詞的永遠欲望空缺的替代、流浪。

這時候出現了一種小說人物，他們通常是南方（江南）人，或即使在革命年代或改革後的倒賣、做生意到遍地黃金，他們保持著一種讀書人對文明的哀傷懷念，他們是有抒情性的美感品鑑

1 德希達（Jacques Derrida, 1930-2004），法國解構主義哲學家。

的，對人的尊嚴和教養的底線，某部分來說他們是在大城市待了足夠久的時日，也對上下四方陽奉陰違的大城市人際關係的亂數、錯幻顛倒比較見怪不怪，保持一種旁觀者的疏離，藉著這種抒情性的「追憶似水年華」，往往未必是在蓋一座昔日時光生活博物館，而是像帕慕克的《純真博物館》一種慢速的瘋狂，書裡的主人翁是在哪個時點失去純真，開始無人知曉的瘋狂？

•

有一次，我在信中祝福一位我敬重的朋友「要保重啊！要活得長一些啊！」這哥們回曰「壽而多辱」。我把這話擺心裡，沉澱了一陣子，突然想，中年以後的好小說況味，正在那個「辱」啊！如何把那個「辱」像瓷器火光沌曖成一種釉料裡的金屬礦材，漫長的氧化，小氣泡細碎分布，一種不折映，而是自己本身吃下傷害、磨損，時間之風如切刃，褪色，暗淡，但仍能保持那瓷薄的一個姿勢，微微弧形，一個骨架子，人世之「辱」，是這樣文火慢燉，吃進年輕的機械文明，噴漆、窯燒、用結構的扭塌駭怖，黯黑或迷幻藥物都無法吸允的「梅熟」、「惘然」、「相對無言」。

我發現我非常會寫「青少年的屈辱」，譬如葛林《布萊登棒棒糖》裡的那少年；譬如杜斯妥也夫斯基小說裡那被破碎的少年愛和羞辱煎燒，痛苦欲死的少年們；譬如《麥田捕手》，它幾乎是每一種成長小說啟蒙小說楞站在黑板前，捏著粉筆，面對等候你的繁錯運算，哈姆雷特，伊底帕斯；譬如《微物之神》，那出賣告密，母親的低種族情人，毀了一切的雙胞胎，那像看不見的大灰鷲在你之後一生的抬頭上方盤旋。但這都是少年的羞辱；譬如梵谷對表姊告白失敗而陷入怪物之境，將手放在燭火上燒出焦臭，自殺，少年維特的煩惱，誘惑者的日記，這都是年輕星體的爆炸。

中年之辱非常難以將維度建立，或許是這個文明的虛實陷塌，一個過長的夢，卻要壓縮在一個統一的時空主體，過多的滅絕的恐怖，被吸收到這個繼續運轉的世俗統治體系。它又沒有神壇、大教堂清真寺，將大屠殺的現實記憶進入一神之敘事的鐘錶機械，殺父、殺兄、逆臣篡位、血洗政敵、亡國之臣，永遠沒有足夠長的時間讓統治者真正隱進神話或史詩。藏在市集或暗巷的舊刀鉞，大牢仍血跡斑斑，還是兩三代內驚嚇小孩的鬼故事，規訓和噤默的生存哲學，陽奉陰違，用虛話躲開無必要的殺身之禍，它纏困在那層層累聚的濃稠夢魘裡了。如果一進入到二十世紀之後，小說這樣「旋轉全景的語言藝術」，可以檢測，或必然微卷幻燈某個「我」的運動拉扯，一個崩解的家父長之家，一個胡同大院，一個村，一個小鎮，一條市街，一群男女，一個階級，它變成一個龐大的（民間？）語言的紀錄片，或黃錦樹說的「人類學式觀察」。這如果作一個「靜置劇場」（放棄其更大參數而測不準的動能，只定位其切截面內的位置），某些天才小說家便可觀察出那「漫天紛飛的銀杏葉，一片、兩片、三片、許多片之間的旋轉關係」，譬如張愛玲，譬如魯迅，譬如木心（的小說），譬如沈從文。

奇怪的是，它們都是某種意義上的「南方」，沉鬱的，對節氣中腐爛草木氣味敏感的，低簷窄巷的，貼門緊戶、竊竊私語的，對話時刻更多北方脆繃白話文，無從表意的。所以沉默，所以如張愛玲的「某某笑說」，低眉低眼，對語言後面處處空隙、留破綻的品鑑默契，這作為「世故」、「男女調情」、「江湖探真情假義」的「語言地質學」。很怪的是，在二十世紀後讀這些「南方的」小說，便成為某種「（中年後的）屈辱」被描圖其隱身藏匿的腐葉池塘，絕佳的培養皿。

金宇澄的《繁花》這本書接近尾聲處，第二十九章，寫到青春時因為陰錯陽差之誤解，絕交怕三十年不見的老哥們，相逢再見的場景：

春雨連綿，路燈昏黃，莫干山路老弄堂，像與蘇州河齊平，迷濛一片。小毛吃了半瓶黃酒，吃一點水筍，黃芽菜肉絲年糕，腳底發熱，胃裡仍舊不舒服……。一個熟悉聲音說「小毛、小毛」，聲音穿過底樓走廊，溜進朝南房間，傳到小毛的酒瓶旁，小毛一轉頭，眼光穿過門外走廊，老樓梯扶手，牆上灰撲撲的小嬰座車、破躺椅、油膩節能燈管、水斗、看見晃動的人像、傘。小毛立起來，看見兩個男人朝南面房間直接過來，小毛一呆，十多年之前，理髮店兩張年輕面孔，與現在暗淡環境相符，但是眼睛、頭髮、神態已經走樣，逐漸相併，等於兩張相片慢慢合攏，產生疊影、模糊，再模糊，變為清晰，像有一記啪的聲音忽然合而為一，半秒鐘裡還原，前面是滬生，後面是阿寶。

滬生說：「小毛。」

阿寶說：「小毛。」

筷子落地，小毛手一抖，叫了一聲，啊呀，老兄弟。

這寫得多麼好，年輕時的決絕、剛烈，「光棍眼多」，貧乏的年代整天混在一起的少年仔，那對兄弟的在乎、義氣，可能比對小女朋友還較真。有就是為了哥兒們根本不知啥事體，不知這兄弟在無人知曉的孤獨時光，吃了那年輕心靈根本無足夠經驗，用足夠時光、人世的體會，按更大亂數、更寬容哀矜的秩序擺放，其實就是吃不下屈辱，寧可玉碎，翻桌走人，從此避不見面。然在人世更長的溝渠汙水中漂浮，吃了更多苦頭，看了更多人性不可思議戲碼，那當年的彆扭、捲曲、糾結，在時光之塵中顯得多麼微不足道，多麼像最簡單的幾何，形狀單純讓人懷念。那再度相見時的人世際遇之差別，難以言喻的，這消失的三十年如夢翻滾的半生，影影綽綽，煙氣朦朧的正就是那「中年後的屈辱」的沁色了。那個滋味，像小時候從父母手上拿來的整張氣泡塑膜墊，或是買瓷碗盤作保護用的，小孩兒無意識著迷於那一只一只像痘疔捏破，輕輕的快感，一排一排啪啦啪啦的擰破。如果有時光老人一旁看著，那一整串捏爆的，恰是這一生所有將經歷的，挫敗、傷害、重摔、愛別離、被謗、被背叛。我想《繁花》裡寫的，這三個已過了這一生的當年好友再重逢之況味，就是手心攢著一張全捏癟捏破的氣泡膜紙吧。

永劫回歸

卡爾維諾／《命運交織的城堡》一九九九，時報

如眾所熟知，卡爾維諾在《如果在冬夜，一個旅人》裡，那些仿謔兼致敬的殘斷章節，華麗炫耀又虛無地張展著二十世紀一些與「小說」連接的偉大名字與他們被稱頌的小說技法（美學？）所必然面對的敘事困境（如高伊斯那無止盡的支離破碎和龐大細節，波赫士式的無限在鏡面內繁衍複製的迷宮森林；或魯佛、馬奎斯式的可虛擬現實鬼魂與仇家身世而糾舊不清的家族恩仇錄；甚至川端神經質的印象派點描時間門或舊時的傳統推理劇之疑點造境）在這些把「當代小說作為百科全書，作為一知識方法、最重要的，當作一網路，連接世界的人、事、物」的「小說技術之能趨疲秀」的綜藝百科裡，唯獨一章他另作處理（或無能力以此殘斷章節之剖切面仿擬）。即這位植物學家之子在他的（我們的祖先）三部曲一書序中開頭即與小說（novel）為之區隔的羅曼史（romance）。

如果當代小說所繁衍而出的諸多技法，只為了逐步揭露小說這文類密藏其最內房間的最後一組等候被啟動的自毀程式（如《如果在冬夜，一個旅人》這書裡幹的好事）那麼我以為《命運交織的

城堡》則是更早一步，將中古傳奇（騎士傳奇或宮廷傳奇）裡之文字的、寓言的、意象的和神祕的關鍵功能，試刀那樣地將之繁衍，在隨機重組中列舉其類型，而在這牌謎似的自動回饋的「羅曼史」機械性生產的龐大荒謬裡，將說故事這件事後面的——動機，或神話學框架，給頂尖這一文類在其臻於完美時宣告滅絕之線性函數。

（一）「進入」的幻術：或許我們該自皮藍德婁的《六個尋找作者的劇中人》想起。也許我們老生常談又提起老布雷希特熱情洋溢描述的那個在表演當下，即自由進入並離異，中國劇場。在進入之前，演員只是一些彩臉戲服卻俚語抽菸的後台粗野之人；角色只是一堆控繩散落的傀偶。也許多同巴特說：「摔角不是運動而是表演」：「在劇場裡，每個實體都盡情地表現出已指定給參賽者的角色。」二十二張大阿爾卡那加上五十六張小阿爾卡那，在牌的啟動之前，所有關於命運的演義式訓喻皆平摛靜蟄不動，似乎是疊可任意搓洗的中性之牌。一旦啟動，它成上座城堡裡萍水相逢的旅伴們交換經歷的一則則懺情錄或冒險傳奇；或是一家酒館裡失語症的一群人藉以表述自己身世的道具。

（二）如前所述，我們或可如此猜想「命」書其實又不是一本小說。它或者是一「羅曼史敘說故事功能的宿命性本質」的表演。一組被指定了象徵角（常分裂為正反不同喻義的大阿爾卡那）的表述符號系統（如波赫士的小說《強記者傳涅斯》裡，設計出一套獨創的計數系統：用「鐵路」代表七千零十三，用「瑪西墨・斐雯斯」代替七千零十四，用「硫磺」、「繩」、「鯨」、「瓦斯」、「奧古斯汀」……代表各自不同的數字）或是這套計數系統套入有限記憶裡的幾組神話原典（老卡在後記說的：「我惦記對莎士比亞的哈姆雷特、馬克白和李爾王的仿作；我不想失去浮士德、珀瑟瓦、伊底帕斯，和許多其他眼見在塔羅牌中浮現與消失的著名故事……」的大代數運算。我們的歡悅不在森林中被強姦的棍王后的內心景觀，或死神突然出現一切曝白的那個中世紀午后街景……，我們總在前瞻後顧一路迷失猶努力記住兩組符號系統在交涉而相互淹沒之前，原先的設定。後來你發現這卡爾維諾根本是個騙子（或是個瘋子）！

你發現同一張「惡魔」牌在「出賣靈魂的煉金術師」裡是與浮士德對峙的那個惡魔，在「被詛咒的新娘」裡則是森林中的蒼蠅王；你發現「杯王牌」竟可用為描繪一座有許多高塔、花圃、大樹枝椏的城市方可象徵一場貪婪與縱欲的酒宴；「世界」在這個故事的關鍵出處代表著在逃亡者面前展出的道路，到了下一個故事卻定格著一齣一個女孩將她豐腴的胴體在一場歡愛之舞裡獻出的畫面……，而「惡魔」牌與「世界」牌在另一個故事相遇，則變成一場邪惡儀式的兩個版本，或是「一位闇夜密教的地下老手，以粗糙線條描繪惡靈，嘲弄對驅魔師和審判者的視而不見」……

巴特式的延伸義的符徵堆盛之舞，作為「標的物」（袁瓊瓊序）的任意變形，隨波逐流，使願意相信那每一序列的故事為真的讀者，在入戲的恍惚之際不情願地驚醒，使你想起這只是一座按著夢幻中的遊樂園草圖蓋成的百科全書、一座圖書館……

（三）在前半部的「城堡」部分，平攤在桌上的塔羅牌（不知是真是假？卡爾維諾說恰好這一版的版面畫作遺失了「惡魔」與「塔」這兩張），環繞其牌形上下左右的十二張牌恰可成為交織在這城堡中的十二個故事的入口，恰也是十個說故事人撿來代表「我」的言說起點。它們水平垂直地相互穿梭。在卡爾維諾豐沛似真的中世紀傳奇的敘事景框和某些銜接處的「硬掰天才」的表演下，每個說故事者的瑰魅身世全相濡以沫地依傍交織在一個定死的牌裡。到了「酒館」中線性延伸的線索則按著不規則的輪廓爬走，在牌形的中心地帶重疊。卡爾維諾亦指出「城堡」到「酒館」的牌形設計，暗示了中世紀與文藝復興兩種不同時期的羅曼史之內在敘事結構的繁簡差異。按此順推，卡爾維諾的塔羅牌可否順文學史之序，將十九世紀以降乃至二十世紀的「說故事」剖面圖納入牌形？他的後文提到沒完成的「命運交織的汽車旅館」，並提到「於是我耗費終日，分割與重整我的拼圖；我為遊戲發明新規則，畫出數以百計的牌形，方形、偏菱形、星形……（甚至它們登上三度空間，變成了立方體、多面體），連我自己都迷失了。」於是又有了《如果在冬夜，一個旅人》，卡爾維諾總讓我們這些有幸與他同時代（或稍稍晚來幾年）的一代人，有著一種（如同對喬登般）感恩、僥倖又迷惘的情感。

馬奎斯／《百年孤寂》一九九〇，志文

死亡百科全書

我將《百年孤寂》比擬為一本死亡百科全書，因為書中角色以各種如夢似幻的方式接連死去，譬如老邦迪亞的死亡——他老年患有阿茲海默失憶症，每到晚上就夢見自己打開一個個陳設盡皆相同的房間，擺設、聖母畫像、床架全部一模一樣。然後他會在最後某個房間碰到以前不小心用長矛殺死的朋友，當鬼魂拍拍他的肩頭說：「該回來了。」他就會如同退回一節節車廂般，回到現實的意識當中。有一天這個朋友的鬼魂卻反常在中間的房間就現身叫住他，隔天大家便發現老邦迪亞在樹下過世。

對照來看邦迪亞在十三章的死亡，或許是所有角色中最令人黯然神傷的。在前幾個章節那飛揚跋扈的邦迪亞上校，發動了三十二場戰爭、有十七個私生子，但他永遠孤獨、並被政權軍隊哄騙，晚年躲在他爸爸老朋友梅爾魁德斯的實驗室裡面製作小金魚飾品。就像是《沒人寫信給上校》一樣，老將軍面對衰敗的結尾，僅剩虛無、沮喪，連懷念的感覺都沒有了。死去之前，他跟大家一起看馬康多大街上熱鬧的馬戲團遊行，當隊伍走完，街道只剩下漫天沙塵荒蕪，這群人好像被虛無的漩渦捲入於荒漠。邦迪亞突然想小便，便走回平常待的那棵大樹，但卻忘了自己要幹麼，隔天大家才發現禿鷹在他的屍體上盤旋。而他死去後，這部小說的核心時鐘也開始朝向死亡的方向收尾。

終身被忌妒焚燒的阿瑪蘭妲，在十四章的死亡場景也是一場魔幻、抒情又美麗的死亡描寫——某日長髮飄逸的美麗死神身著藍色洋裝降臨，要求阿瑪蘭妲即刻開始替自己縫製壽衣，完成的那日她便將平靜死去。阿瑪蘭妲想盡辦法拖延，卻在過程中漸漸跟生命中過往那些傷害達成和解。於是她向全村詔告自己的死亡之日，允諾幫大家帶信件去給已故的親人。

本書中當然有孤寂的元素，但最幽微複雜的議題則是關於「種的亂倫」的焦慮。這種焦慮來自拉丁美洲四百年來的被殖民歷史與文化認同問題，台灣的歷史在這方面亦有所呼應。其中書中有個角色菲南妲，馬奎斯寫得非常美，他寫她「是一個在世間迷失方向的人」，她來自於一座陰森森的城市，在鬼影幢幢的夜晚中，馬車仍會轟隆轟隆經過鋪著鵝卵石的道路，在墓碑形狀的石板庭院裡面，菲南妲永遠看不到外面的陽光，卻總是聽見鄰居家傳來有條不紊的鋼琴聲。菲南妲從小被關在這樣的屋子中，用印著家徽的夜壺上廁所，學習拉丁詩、跟教皇談上帝的事，與貴族談論世界局勢，她接受女王的教育，但其實每天都在家中編織葬禮花圈，過著壞毀的生活。當菲南妲嫁入邦迪亞家，是一個相對於邦迪亞家自由廢柴氣氛的一個反向角色，她帶來古老的教養，所代表的正是二十世紀潛藏在拉丁美洲最內在的殖民的傷口，這種褪不去的殖民地母國想望，正是一種被扭曲混種過的高度文明想像。

十二章菲南妲來到邦迪亞家，十三章邦迪亞上校死去，十四章阿瑪蘭妲替村民帶著信件死去，十五章上半段有著良善特質的美美生命枯萎，下半段則是香蕉工人大屠殺，接著來到十六章這場大雨，所以說這場雨是《百年孤寂》這部死亡百科全書中很重要的一幕。陸續到來的事件猶如音樂賦格的曲式變化，又像弦樂曲的回奏，馬奎斯用華麗的方式處理死亡，從老邦迪亞開始，到一個個的兒孫，最後是在雨季結束後死去的老伴易家蘭。馬奎斯將馬康多寫成一個拉丁美洲民族縮影，城鎮在十五章的激烈大屠殺中塌毀，十六章他又用慢鏡頭筆觸帶出雨季後動物骷髏中長出紅百合、泥濘街道上放著大型家具的殘骸，在街道上曬太陽的老人皮膚被霪雨染成藻青色，空氣充滿一股腐敗的氣味。

十五章當菲南妲發現了女兒美美與修車工人偷情，便殘忍地將美美帶回到自己故鄉那座鬼影幢幢的城市，馬奎斯描述：「列車經過外頭，美美什麼風景都沒有看到，她沒看到無邊無際的香蕉園、沒有美國人的白房子，也沒有看到那些穿著短褲，還有藍條紋襯衫胖大的婦人在露台上打牌。」最後經過全是罌粟花的原野，也沒有看到，但卻突然看到太曾祖父老邦迪亞，率領一群人在夢幻的曠野中發現陽光下閃閃發光的西班牙船骸。最後，美美終究死於母親鬼氣森森的故鄉城中。從民族誌痛史的角度來看，這其實便是暗喻著不被祝福的第三世界殖民地。我們可能在某段時期以為自己可以向世界張開翅膀飛行，可是在歷史軌跡中，會發現自己畢竟只能縮回到悲傷絕望的子宮裡面。這些悲傷的景象我們從來不曾在旅遊節目中看到，但卻是在二十世紀世界上的每一個區域，都可看到的典型景觀。

當然，當這一切如星辰墜落；群鴉著火翻滾進麥田，燒成一片血色黃昏；或如那最後的最後，「此時馬康多已被聖經的颶風化為一渦一渦可怕的塵泥和沙礫……可是他還沒看到最後一行，就明白自己永遠踏不出這個房間了——書上預言他讀完遺稿時，此一幻術城將會被風掃滅，由人類的記憶中消失，而書上寫的一切從遠古到將來……永遠不會重演，因為被判定孤寂百年的部族在地球上是沒有第二次機會的。」……我們難免會懷念那界面的錯置——譬如富恩特斯．卡洛斯的〈奧拉〉、索因卡的〈死亡與國王的隨從〉、安潔拉．卡特〈紫女士之戀〉，或卡爾維諾〈在馬爾泊克鎮外〉那一對撲倒扭打在一塊的男孩，在那身體暴力化的劇烈接觸中，彼此互換了自己和對方的身世、暗戀的女孩、家族印痕的仇恨，甚至形成這個「我」的空間（或只是照片？）的細節布置。祖靈和子裔的錯置、雙生子之間的錯置（雅歌塔．克里斯多夫的《惡童手紀》）、創造者和他親手雕塑出來的維妙維肖的傀儡之間的錯置、較年輕較短的時間載體與他那耆老怪物的家族傳奇老人之間的「穿花撥霧」……比較簡單一些，是這老馬奎斯的一個短篇〈流光似水〉——一群小學生被一間公寓裡那頑皮打破的所有燈泡，流瀉出的光，給淹死了。將物理現象扭曲，譬如二十世紀地表另一小說巨人卡夫卡的《變形記》——僅是變貌好像不難：咱們上至《山海經》、《西遊記》；下至變形金剛、X超人，變大變小變鳥變獸，或在變形中即可展可如《愛麗絲夢遊記》的眼花撩亂夢幻巨展廊——然那界面錯置之門被關上的咔嗒聲響，某些小說家固執地贈與一個物理定律全新扭曲的新世界：例如時間，波赫士的〈另一次的死亡〉、〈不為人知的奇蹟〉、魯佛的《佩德羅．巴拉莫》，或魯西迪《魔鬼詩篇》首章那三萬呎高空空難無比延長華麗的摔落，……一秒的時間的括弧可以被撬開，塞進一生（難以言喻、百感交集的龐大時間叢集），或是像螢光水母的腔體可以灌進「另一種活著的全幅時間畫布」……因為虛構，那門關上的「另一個世界」，他們鋪天蓋地給予我們一座，或許是資本主義大峽谷的鏡中之城，或國族傷害滿目瘡痍被侮辱和損害的哀傷的影子般的人群、世界的重力被改變了，在這些故事裡，觀看的我們變形成侏儒（《鐵皮鼓》）、衰老症患者

（《摩爾人的最後嘆息》）、戀童癖（納博可夫《蘿麗塔》）、收集人皮或芬芳癖（徐四金《香水》）、土地測量員K、將整座監獄平面圖結構圖管線圖刺青在自己身體上的越獄者。

這個旋轉門，華麗的雄辯、強大的敘事過渡、偷天換日目眩神迷的修辭羽鱗，或應在另一小說老人的葬禮被追悼、想起：波赫士的〈環墟〉，他說：比編沙為繩、鑄風成形，還難，難上千百倍的，唯夢中造人。文明、哲學、戰爭史、巫術、天文學、圖書館……如何引渡到這夢中越界的幻景之自覺裡。

這時我們重讀《百年孤寂》第十六章那場「一連下了四年十一個月零兩天」的雨，那場疲憊的、不可思議漫長的雨，在整天繁華簇放、走馬燈幻燈片快轉那所有人興興轟轟、癡傻激情，卻又無一處不魔幻到讓你後來又讀過波赫士、魯西迪、昆德拉、卡爾維諾的小說眼球仍不斷翻轉、嘆為觀止的整本書裡，只是那麼像油畫顏料刷暗了，「氣數已盡」的短短一章。在這過度的雨季裡，發生了哪些事？

- 雨停了易家蘭就要死。
- 空氣潮濕，魚類居然從門口進屋再由窗口游出去。大雨損壞了馬康多的一切。
- 席甘多的牲口大批死去。
- 馬魁斯上校（邦迪亞上校最可靠的多年老友，也是阿瑪蘭妲晚年的追求者或心靈的安慰）死去，葬禮非常淒涼，棺材就放在一輛牛車上，這讓人想起《儒林外史》寫到落難、破敗寒士在道途死去，那倉皇匆匆的埋葬場面。
- 席甘多到情婦處，看見瘦成皮包骨的柯蒂斯怒氣沖沖飼養著最後一匹同樣瘦得皮包骨的騾子。

・卡碧娥的碎碎念。這花了頗多篇幅，用這位「錯位以為自己是外國貴族之後的失落怨婦」的暗影重播，把那些在前面章節如光牆電影播放的邦家親人們，以顛倒嫌憎、底片的方式重描一遍。而席甘多把屋裡所用瓷器、花盆、水晶器具、少女像、金鏡框的鏡子，全部砸碎。

・席甘多狂挖易家蘭埋的金幣，但一無所獲。

・雨停了。馬康多成了廢墟。泥濘的街上有家具的殘骸、布滿紅百合的動物遺骨，所有人都去。在街心曬太陽的人們，皮膚還帶著霪雨造成的藻青色，身上有股霉味兒。

在緊接著十六章（這場漫漫雨季）之後的十七章，馬奎斯「處決」了兩個重要角色：一位是整本書重要性不下於邦迪亞上校的易家蘭死去。他寫到這位「大嬤嬤」的死，充滿超自然的現象：玫瑰帶著藜草氣味，有一盆雞豆墜地，豆子排成海盤車幾何圖形，有人看見一排發亮的橘子形圓盤飛過夜空；大批飛鳥死去；人們從一陷阱拉出一人面牛身的巨大怪物，肩胛骨有翅膀被伐木工人砍掉的殘痕。他們把他倒掛在樹上。

另外則是讓那對性格迥異的雙生兄弟同一天死去（一個親眼目睹被摺藏進歷史背後的廣場大屠殺，從此如夢幻幻象陰鬱冰冷的亡魂那樣活著；另一個則在這種典型「流浪漢傳奇」西班牙文學傳統：癡兒、傻子、好運的瘋狂第三世界小莊園主的短暫暴發戶傳奇中失去靈魂和民族傷害史記憶，而最終仍被大雨造成之崩壞衝襲仆倒）。他們兩個的棺材，在最後一刻還被喝醉的葬墓工人放錯了墳坑。

我年輕時，數次讀《百年孤寂》，大約都是讀到這裡，之前的人物，從老邦迪亞開始，歷歷如繪，栩栩如生，清晰得像自己小說祕境的親人，但都是讀到這裡，這場浸濕、蝕毀一切的大雨，之後到收尾的最後幾個子孫的命運，都模糊不清了。（勉強記得那終於應和詛咒，因亂倫生下有豬尾巴的嬰孩，被紅火蟻列隊抬走，喫得只剩一架癟皮囊。）

當然這場「大雨的拆毀」，比起《紅樓夢》那慢速的、預感的、不祥的，諸人命運在更攤列龐大的單元「仿現實時間展演」的，惘惘威脅，將要來臨的不幸，巨大積木亭台樓閣抽去小塊木片的「慢速塌毀之術」，馬奎斯還是教給我們一種現代性（民族被殖民史時鐘）詩歌的快轉、濃縮、隱喻的巴洛克技術。但那像一個大括弧的「塌毀」、「捏癟」，將之前他幻術吹玻璃冒出的那些困在琥珀般「只給一次機會，再也沒有機會」的老邦迪亞、小邦迪亞、因嫉妒發狂的阿瑪蘭妲、吃石灰而射殺亂倫兄長的莉比卡……他們像動物內臟纏縛在那絕望發出屍臭的拉美國族的死亡裡，他們各自在之前已瑰麗的「死過一次」，那不同的想像力噴灑的這個家族所有成員各自不同的死亡布置，不僅僅是因彈奏著「不同死法」（各自那麼的卡夫卡，那麼的福克納，那麼的海明威，甚至那麼的吳爾芙……的死法），而讓他們像魔術師的小人偶，在他鞠個躬後一一收回那頂禮帽中。他們像人類學者視覺的「永遠在歐洲時鐘與地圖之外，其實並不存在的幻影」，只有那音樂鐘節奏的滔滔敘述啟動時，像露珠而生，但在那注定枯荒將花朵蒸乾枯萎的傷害國度上，終又像露珠消逝。而這裡，馬奎斯只是讓他們「再一次的死亡」。

妖異綻放的「惡之華」

伊恩．班克斯／《捕蜂器》二〇〇九，遠流

這是一本「創痛之書」，一本「過去之書」，一本「等待之書」。整個故事從主角的哥哥艾瑞克自精神病院逃脫，打電話宣告他「正在趕回家的途中」（這樣如同瘋人狂躁囈語的電話突擊，不斷在書中出現）開始，我們被敘述者那面無表情，看似平穩卻不斷翻牌展示的殘暴瘋狂景象所感染，被裹脅進那個「等待的時光」：既期待又畏悚，一種拖延的、憂鬱的空轉。那個哥哥從邊界（時間上是難以啟齒，核爆般的大傷害初啟時刻）尖叫著、瘋笑著，像復仇使者朝著主角「我」所在的這個等待之點靠近。

主角的身旁有一個鐘樓怪人般的父親，一個施暴者衰老的形象，主角和哥哥私密通著電話的那個伊底帕斯的對象。此處這對兄弟（在故事的結尾，「我」的性別認同像魔術方塊被扭曲旋轉）的連結讓人想到《惡童日記》的雙生子：他們殘虐，冰冷，以孩童或少年的形體執行著讓人慘不忍睹的殺戮——《捕蜂器》中，哥哥放火燒狗，虐待小孩；弟弟殘殺兔子、鳥類、昆蟲，甚至謀殺親戚間的小孩，其屠殺設計之智商與美感更遠超過其兄——惡童之惡有其小說心靈史的合理性：他們是邪惡父親鏡廊裡的投影，二十世紀戰爭人類大規模屠殺同類的集體噩夢的濃縮版，他們是啟示錄畫面難以重現的罪之負軛者（譬如葛拉斯《鐵皮鼓》中的侏儒男孩奧斯卡）。他們像一只小鐵罐，把大人們填裝進去的巨幅惡之全景，以一種孩童劇場的純潔形式翻印出來。

作為讀者，很難不為書中主角娓娓陳述的那些殺戮場面（殺動物以及殺人）之駭麗魔幻、詭魅創意所顛倒著迷。那種精準、對詩意的偏執、波赫士式自閉少年的迷宮花園、將所有的死亡拉高至一種宇宙祭壇的哲學頓悟：

> 獻祭給「捕蜂器」的黃蜂多數會自己死亡……如果牠來到「火焰湖」，那麼按下活塞桿，讓它點燃打火機，從而引爆汽油的，也是我。
>
> 我們的生命都是符號。我們所做的每一件事……我有「捕蜂器」，它和現在、未來有關，而不是過去。

這種種瑰麗夢幻，卻又將手術刀解剖之理性精準，或鐘錶工匠技藝之精微感官，進占一齣接一齣少年獨自布置的「死亡遊戲」（像少年用模型小兵或傀儡布置的遊戲密室），在本書中不勝枚舉，讓閱讀成為一種喘不過氣來，「殺戮成為純粹美感運動」的視覺饗宴。讀者在被那一朵接一朵妖異綻放的「惡之華」炫技所催眠進入的激爽、歎服、沉醉，甚至逗笑之後，難免不幽微浮出某種道德迷惘：「如果殺戮、處死，成為一種純粹美感的客物化行為，一種將感覺獨立於其他倫理脈絡之外的創造能力……？」

關於「惡」——惡之華，惡的妖豔靡麗，惡的大教堂巍峨高矗，惡的夢遊化、嘉年華化、去人化——我們這個世代的小說讀者或許讀過不少。一種純機械理性的標本剝皮師傅式的細節慢速運鏡，純感官地將血淋淋的肝膽心肺或人皮人腦、生殖器官割裂、施暴。將傷害詩意化，成為薔薇花瓣，成為收藏的香味，成為一種性愛快悅如神祕河流分支漫漶的冒險，成為一種偽啟蒙、偽悲劇（同樣有一種巨大的哀憫與恐怖造成情感之洗滌，卻與命運無關，純粹是喪失與剝奪後的動物性地獄變）……

經典當然是徐四金的《香水》，無感受他人痛苦的能力，卻深諳「將人的古典定義摧毀，成為破碎的客體，成為萃取極品香膏的材料」之專業技藝；譬如莫言的《檀香刑》，人如神壇上傀儡，懷抱著班雅明式對古典靈光之手工技藝的崇敬與傷逝，以虐殺人體之慢速延緩其「抵達死亡」之快速，打開一個痛苦之繁花簇放、一個週期表展列、「一百萬個天使站在針尖上」的感官之顯微、放大、爆炸；或如丹尼洛・契斯的《死亡百科全書》，僵直心靈的無意義虐殺；或如符傲思的《蝴蝶春夢》，誤解的詞，以剝奪、監禁、將對象標本化的機械操作而進占「愛」這個字；或如威廉・高汀的《蒼蠅王》，自然主義的表親，作為文明人雛形的孩童，在一個封閉劇場（奇怪，「島」通常是這一類型「惡童故事」的空間設定）內如何失去文明之殘餘，變成獵殺同類，被自我的殘虐與獸性驚嚇而無從救贖的「被遺棄者」……

譜系龐雜，掌紋紊駁。這些「惡之華」們，大抵已離杜斯妥也夫斯基之《罪與罰》遠矣。甚至可能早已脫焦「惡」的哲學性思辨，成為一種讓人胃囊發冷、眼腫灼疼、腎上腺素飆升的創造力極限運動，一種純潔的虐殺，一種對鋪天蓋地全球化、系統化、人之零件化、感性鈍化的即興掙跳（或反刺）。血液在析光鏡裡瑰麗地噴灑，或系統化、屠宰場意象地切截人體（電影《恐怖旅店》）。背後總有一個二十世紀的幽靈：法西斯，一個關鍵系列詞組：「現代性與大屠殺」。

「人為何要無意義的殺人？」電影《八釐米》裡尼可拉斯凱吉演的憂鬱偵探這樣悲傷地問。「不為什麼，只因為他有能力。」這幾乎隱蔽進推理小說、城市犯罪小說，被專案處理的提問，譬如小說《八百萬種死法》裡馬修・史卡德這樣問，影集CSI掌握了高科技與凶殺現場還原能力的鑑證科組長這樣問，甚至電影《人魔》裡那個古典貴族教養的變態殺人魔感傷而不以為然地問那些新世代「無品味」的殺人狂……掌握了更高的權力者，更有錢，更具高智慧（自由脫逃於警網），更新品種病毒般可扭曲古典人性的意識形態，更進化的國家機器、軍隊、傳媒、運輸與現代化屠殺工具……

「祭祀柱」對書中這位少年主角來說，是島中之島，所有傷害暴風中心那唯一寧靜安全之地，因為島上其他居民不會闖入，對敏感、乖誕（故事接近尾聲我們才意識到，他／她是個性別認同錯亂的「閹人／偽造閹人」）、殘虐版《艾蜜莉的異想世界》的少年而言，是避風港。但同時亦是無成人秩序的《颱風俱樂部》——我們一開始以為是個受創少年在他的祕密基地虐殺小昆蟲的感傷成長小說，待伊恩・班克斯的敘事魔術劇場一全幅展開，才驚嚇地意識到那是「變形金剛版」的恐怖大屠殺。

奇怪，即使少年的「殺戮史鐘面」由殺昆蟲、殺動物，而至殺活生生的人類小孩，他對他者的痛苦喪失感性的冷酷讓我們不寒而慄，但我們同時會對他那惡魔般才華洋溢的殺人創意，奇異地湧起一種近乎幽默的智性歡樂。（「天啊，那些殺人的點子和場面實在太屌了！」）你很難不產生這種同時欣羨同時不安的道德焦慮。從「祭祀柱」到「捕蜂器」，一個大場景的祕密祭壇到微宇宙的精密屠宰場，那穿透少年外在與內在的詩意象徵連結，本就是一個扭曲、尖叫、傷害的歪斜風景。它本來就透過少年的「像蜜蜂被無意義的拔翅掐頭火燒」的受難畫（「反基督？」）反證了一個邪惡的、成年人類打造的文明：這個文明的史詩說穿了，就是對屠殺的技藝的飛躍進步與理性啟蒙。

但《捕蜂器》當然遠不止於此，一如傅柯曾在詳閱中世紀法庭死刑犯罪行（殺害全家、殺父殺母、支解分屍自己妻子……）與精神病監獄中瘋人病例——往往只是寥寥幾句——後說，他們乖奇的一生：「像一句詩那麼短。」而那其實是那些人名們在那些瘋魔駭異時，眼中所見的洶湧地獄之景。

寫稿的此刻，我其實仍難以釐清這本小說帶給我的狂暴、華麗、激情，甚至幽默的笑……那濃郁豐饒的詩意到底是什麼（絕對和《南方四賤客》裡血漿亂噴、屍塊亂飛的遠離真實的尖嘩謔笑完全不同）？那憂鬱且拖著鈍重陰影的童話感是什麼？那種同時對「殺人」形上本質的不安但又催眠進入一種純粹的、小說美學的高度飛昇的分裂感是什麼？對我而言，小說結尾的骨牌逆翻（此處亦不宜轉述）如果意圖作為印第安沙畫般，將全書之「童謠謀殺案」作一道德翻盤，是不具說服力的（究竟它不是如《中性》，或吳繼文的《天河撩亂》，全書的抒情資產與「匱缺之傷慟」之機關全設定在「他／她」的性別指稱代名詞之顛倒），套句老梗：「表層即核心」、「過程即終點」，這是一本將「殺戮」演劇，魔法綻放到一如「漫天紛飛的銀杏葉片」，讓人眼花撩亂，為之癡迷，但卡爾維諾是這麼說的：

漫天紛飛的銀杏葉片的祕密在於，在每一刻，每一片正在飄落的葉子，出現在不同的高度，視覺坐落的空洞無感空間便可以區分為一系列連續的平面，在每一平面，我們發現有一片葉子在旋轉，且只有單獨的一片。

宇宙黑洞裡蘊藏的能量

羅貝托・波拉尼奧／《2666》二〇一二，上海人民

《2666》這巨大小說的第一部，就是以四個不同國度的學者（文學評論家），他們在一種說不出的憂鬱、迷惘、絕望中極微弱的一絲小火苗，捲入一個謎一般，按說從人世消失的小說家「阿琴波爾迪」之下落。透過三、四手的傳說，有人曾在墨西哥城見過阿琴波爾迪，而他最後留下的行蹤訊息是將要飛往聖特萊莎這座城市。當然熟讀這部小說的朋友都知道這四個文學評論者（應該說是那位謎般失蹤的高個德國小說家阿琴波爾迪的鐵粉）其中三位，真的展開一場「尋找阿琴波爾迪」之旅（真的瘋狂度是八〇年代那些不擇手段想把張愛玲從她隱沒消失的美國公寓挖出來之人的一百倍吧）飛到了「聖特萊莎」這座城市，且他們各自被困在這座城市「南方的憂鬱」之中，當然最後一無所獲。而這本《2666》最為行內人驚佩駭異其昆蟲學式技藝展廊的第四部〈罪行〉，就是用一整大章節（其實是一本小書的篇幅）不帶感情、純粹檔案紀錄式的，鉅細靡遺、法醫報告之冷酷筆法的，寫了二百具被連續殺人魔殺掉的女人屍體。她們大部分被姦殺，身分有女工、妓女、女侍應生、大學女生、小太妹……那環繞著這些女屍——死者的瑣碎細節，沒有她們活著的故事，而是被

「硬生生從卑微活著的工作、家庭或殘缺的家庭、貧窮世界」被摳掉了吹滅了，像蟲蟻般無足輕重的名字，已被損壞的殘骸（像CSI那樣的美國凶案片視覺）。那對大量死者持續、機械性的簡單素描，奇異的形成兩種關係小說「情節之上」的效果：一是一種譬如我們讀像婁拜、巴爾札克乃至赫拉巴爾這些小說的印象，一部墨西哥底層城市女性的生命史，悲慘、廉價、無羅曼史餘裕、卑微的活著；也許因為大量，有某種錯幻累積諸如讀了塞拉的《蜂巢》（酒館中來去只有一瞬印象，僅乎沒有臉孔的酒客）、韋勒貝克的《無愛繁殖》（那粒子態的單一個體只是傅柯式的某一年代的社會學話語中的精微公式的反應），甚至《海上花》（那些十九世紀上海長三書寓送往迎來的妓女嫖客間，刻意如白描的對白）……；然後面卻漸漸浮現一種「推理期待的心理崩潰」，隨著堆上紙頁愈來愈多的女性死者和屍體，好像以不是追蹤某一個心理變態卻又狡猾難追緝的連續殺人魔「真相之翻牌」，那後頭巨大的陰鬱擊倒了我們，終於發現那樣的昆蟲學式品相繁複的一枚一枚詞條般「被虐殺的百科全書」恐怖，後面是近乎卡夫卡的土地測量員，那疲憊空洞的眼神：後面是怎樣的被徹底毀滅的形上空無，使得這樣重複的重複，再無法產生一種進入單一身世或心理學式的品鑑刺激，只剩下對「為什麼會造成這樣的文明」恐懼和悲憫。

這樣的展開、撒開的「萬花筒寫輪眼」，不止在《2666》裡，波拉尼奧之前的《荒野偵探》裡，那無數「證人」的回憶、口述、破碎拼圖但各自不可思議的腦中劇場、胡說八道、各自的「追憶似水年華」、各自的「地下室手記」……那已超過我們對一巨型小說所準備的「聽故事額度」（無論讀者的窺探位置是聽哥們酒後胡說、聽信徒告解的神父、聽病人回憶童年陰影的心理醫生、警探、獄卒、情人……最後一定會被那從地穴不斷湧出、那麼多各行各業、心靈愚智高低不一的故事繁花給擊倒）。這樣的小說家，面對世界所準備的「進入」，真的是像尸毗王割肉貿鴿，碎成片片灑向幅員那麼大的地表。你不可思議他怎麼可能認識那麼多人？怎麼換取他們的故事？或許他有這樣的人類學家習慣，在長達十年二十年的流浪漂泊中，隨身拿著筆記本，記下每個萍水相逢者酒館胡吹感傷的自白？

不過這些將來有機會再說。回到《2666》第一部的〈文學評論家〉們——一種「二十世紀文學核心的抵達之謎」，如果真有這麼一個謎一般自我放逐、匿蹤、消失於「文學－研討會－國際版權－出版行銷操作」生態的大小說家，他們扮演了一齣穿越文學行話、學術圈子老狗變不出新把戲的浮世繪、由無數小說繁花湧出的二十世紀各種小說印象俯仰摭拾的存在問答機鋒、瘋人院、高級知識分子或藝術家之沙龍、男教授和他的女學生情婦、大出版社老闆遺孀的豪華晚宴……種種二十世紀末參與、出沒於「文學」這既是失落貴族又像資本主義大遊樂場漸漸失去公眾意見領袖光環的各種人物場景……的偵探劇。這四個學者分別是法國人讓－克勞德、西班牙人曼努埃爾、義大利人莫里尼，和一位英國美女教授麗茲。這一整部的「鯨魚龍骨」即是：找尋那個消失的小說家，阿琴波爾迪。

在讓－克勞德和曼努埃爾這兩個男人間，像共謀、哥們、情敵的，「中邪了一樣」同時纏捲進兩個不同的「存在的黑洞」。

一是對「阿琴波爾迪」這個謎一般消失的小說家（他的小說、他本人，甚至他消失前最後傳說去往的那座城市）；一是同樣和他們是「阿琴波爾迪鐵粉」小組的麗茲，她那已超越女體色情的「美杜莎」式的，溺死他們、召喚他們動物性的欲望、恐懼、哀愁、說不出的空缺。

後者，波拉尼奧在第一部〈文學評論家〉的前段，就露了一手「兩男一女性愛旋轉門」戲法，法國人和西班牙人，時光重疊但各自從自己的國家搭飛機（像紳士從夜闇後巷爬防火梯那樣偷偷摸摸）去麗茲的床上。他們是好哥兒，有學問的文明人，卻在一種名分不清的狀況，互給對方戴綠帽。後來他們終於又以男性「友誼」的語境，在互相誠實的語言河流中，找到一種不傷害交情和義理的對話方式。這種「情夫與丈夫」（或倒過來）明知對方上了我最愛的女人，卻期期艾艾、吞吞吐吐，在艱難的語言剝除或繞圈中，找到男性友情的音頻定位。在我自己的閱讀經驗中，譬如品特的劇作《今之昔》；或格林在《愛情的盡頭》；或井上靖的《冰壁》（他其他許多小說特別愛處理這種第三者「情夫」躲在陰影裡的嫉妒和懸空感）……都是一種難度極高的「搓洗這封閉劇場二男一女臉上變化的表情、陰陽閃躲的對話」展演。但波拉尼奧行雲流水（還加上一個坐輪椅的義大利男人，所以是三男一女的多角關係的喜劇），只為了盤球帶過中場，哦不，讓他們在各自「明明上了麗茲的床，進入了麗茲的身體，卻感到說不出的空無，和一種孩童般不理解之前的歷史發生什麼了的被遺棄感」——這裡讓我們想起昆德拉在《生命中不可承受之輕》裡，那個和最終遺棄他的典型西歐知識菁英，進行了一整章「誤解的詞」的弗蘭茨。他被那來自承襲了歷史苦難恐怖之「第三世界」國家的女人深深迷惑，愈想往那迷霧核心裡鑽，却只能被癱瘓、遺棄在他弄不懂的空洞廢墟——除了義大利人，其他這二男一女，如前所述的推理劇（啟動一場「尋找小說家的三個角色」？），他們千里迢迢飛到墨西哥的聖特萊莎，他們像困在一作夢之人早已離場的（廢棄遊樂園？卡夫卡？）空洞夢境裡茫然打轉。

波拉尼奧這樣寫著：

> ……他們看到了工廠和廢棄的貨棚，還有一條擠滿了酒吧、紀念品商店和小旅館的大街，據說那裡夜晚無法入睡。城市郊區有最窮的居民區，雖然不十分雜亂；荒地上，偶爾可見一兩處學校。在城市南部，他們看到了鐵路和幾個足球場，是為了窮人玩球用的，四周都是棚屋；甚至看了一場足球比賽，但是沒有下車：一對叫「垂死掙扎」；一隊叫「忍飢挨餓」；還看見從城裡延伸出來的公路；還有一條由兩座垃圾山形成的峽谷；還看見了居民區裡到處是瘸子或瞎子等等殘廢人；還看得見遠方時不時的出現工業加工廠的輪廓。
>
> 和所有的城市一樣，聖特萊莎也是沒有盡頭的。

沒有盡頭的。他們把自己丟進那被（歐洲人）不斷繁殖冒長的噩夢裡，慢慢的像熱病侵襲兩眼空洞夢遊者。貧民窟、連續殺女人傳說、沙塵裡浪漫的城市，稀薄成像一則則片段的夢境，後來她也中場退出，飛回英國。但回國後持續寫信給這幾個夥伴（情人？性伴侶？）的信上，仍是夢囈般的話語。西班牙人則像涉水彎進溪更小的支流，迷失在那殘敗貧窮的墨西哥市集裡，愛上一個當地少女。法國人則是在「人已不在」的旅館大量沙發、酒吧、房間，繼續讀著「阿琴波爾迪」的不同本小說。

這《2666》第一部的結尾，他對他的同伴說：

「相信我吧！我知道阿琴波爾迪就在這裡！」

他同伴西班牙人曼努埃爾問：

「那咱們為什麼找不到呢？」

法國人說：「重要的是他在這裡！我們也在這裡！」那些桑拿浴室、旅館、網球場、鐵絲網、枯枝敗葉……「這樣，我們永遠和他距離最近。」

這當然可以是，譬如嘲弄那些「翻垃圾桶撿破爛找尋小說家身世的文學評論家」們的一幅浮世繪。但當你繼續往這部大小說第二部第三部第四部……閱讀展開，你會發現他們這幾個「阿琴波爾迪迷」，以及這一切面（以旅人眼中所見）的聖特萊莎，才要展開那像宇宙黑洞層層皺褶、迷宮中還又迴廊展開重重建築，夢中之夢的巨大展幅。原來他們只是像元雜劇「楔子」中作為開場的，引逗那幻境邊界的，傀偶般的「入口的旋轉門」。這實在太厲害太可怕了。

•

《2666》的第二部〈阿瑪爾菲塔諾〉裡，有的非常詭誕的女人形象，勞拉。在以這個哲學教授阿瑪爾菲塔諾那「巡弋、回顧、哀傷漫遊」一座徹底塌毀的內心宇宙的視角，她是離棄他（沒有犯錯）、造成他永遠無法再找回愛之彌補的空洞軀殼的，那個「逃妻」。但這個遺棄和逃離，是因這位勞拉，作為獨立全然自由的女人，她曾在一次，一位重量級詩人家裡的沙龍，那荒淫超現實、大麻、酒、詩人、藝術家、年輕女孩雜混的夜晚，被那自戀的詩人「臨幸」過一次。而後（許多年後）得知這詩人被關進精神病院的消息，她便毅然拋棄這許多年已潛伏進正常人世的人妻、人母的角色，啟動一場「將詩人從瘋人院搶救出來」的行動，問題是，作為一個無錢無任何社會資源的女人，她注定在這個「被她遺棄，從此歪斜的家」，和「詩人不肯離開的精神病院」這之間的公路流浪、成為流浪婦、暴露在日曬雨淋、飢餓、沒有住宿（中間有一段時間她每晚躲進有錢人的墓陵地穴裡睡）、被強暴……這樣的「永恆的在途中」，存在只能在這樣肉身與心靈近乎苦行僧的彳亍於那作為隱喻同樣受創的土地、底層的人們、被驅趕出布爾喬亞可以安全棲住的建築小殼的柔弱髒汙羞辱的，實踐嗎？

當她記憶中像極限光燄永遠記得，當年在詩人家中被「臨幸」的畫面，她像個小女兒，衰老的詩人像個父親。然而，當她起心動念發動這個「大拯救行動」時，一種奇怪的印象，她成了把那「被世界損毀、破碎、傷害」的詩人抱在懷中的聖母瑪麗亞，那時她成為一個母親（很怪的，她遺棄了自己家中的丈夫和小女兒）。

在她千辛萬苦混進那精神病院，站在已心智散潰的老詩人面前，堅定提出的脫逃計畫是這樣的：

咱們像朝聖者那樣翻山到法國去……咱們一起住在青年旅館裡……我和因瑪做清潔工，或者去巴黎的富人區看孩子。你在家裡寫詩。晚上，你給我們朗誦你的詩歌，跟我做愛。……等過了三四個月後，我就能懷上孕。……我還能再繼續工作幾個月。但到了分娩的時候，因瑪就要加倍幹活啦。咱們會像乞丐先知或者兒童先知那樣生活：與此同時，巴黎的眼睛聚焦在別的目標上：時裝、電影、賭博、法國和美國文學、美食、國內生產總值、武器出口、大量製造麻醉劑，所有這些這些將是咱們胎兒最初幾個月的環境……

這段告白真是最美的情詩，似乎是一像史蒂芬・金那驚悚小說《戰慄遊戲》的梗，一個瘋魔的讀者粉絲，混淆了這作家（詩人）虛構世界（詩）和真實，她要把他挾持進他作為虛無上帝所創建的那幻影國度裡，成為他孩子的母親。那瘋狂的光燄所反照的，是已讓詩人無力對抗的這個世界：傳媒、流行、跨國金融遊戲、區域戰爭、毒品……但她（她的子宮）可以讓詩人那萎癟枯死的肉身，在現實中又懷下一個真實的「他的嬰孩」。

但那個已徹底瘋掉（或許是無比自由）的老詩人，面對女人這番瘋話，只是在她面前專心的吐煙圈。當勞拉（瘋掉的聖母瑪麗亞，無限柔慈疼愛地對那瘋掉的上帝）問他：「怎麼吐出來的？」這個老詩人回答了一段非常詩意的話：「舌頭加嘴唇的變化。有時，你好像用橫紋肌。有時，好像你自己在燒煙圈。有時，你好像在嘬一個中等大小的雞巴。有時，你好像在一座禪室裡用禪弓射禪箭。」

這樣又像是幻化變形即生瞬滅，卻又百感交集那曾與之交接之刻（多麼像性）難以言喻的回憶，煙圈一圈圈吐出，中間有一看不見的穿越，「禪弓射禪箭」，如火車穿越過一景色不斷塌糊消滅的曠野。我突然想：這整本《2666》的閱讀，不正有一種「同時噴吐出煙圈，它們還停留在將散潰未散潰的魔術時刻，另一團連串煙圈又被吐出」。你被複線交織、層層纍疊的推理情感逗引著往那小說煙圈之隧道裡鑽，同時進行著一部超大型的公路電影、一部超壯闊的「流浪漢傳奇小說」。四個文學評論家尋找小說家阿琴波爾迪、逐漸瘋掉的哲學家尋找（或等待謎之拼圖浮現）他跑掉的妻子，而那妻子長途跋涉、成為瘋婦只為了找尋住在瘋人院裡的老詩人；或是記者捲進那布陣滿野的二百具女屍的連續殺人魔之謎……所有的旅途疲憊的疊加在下一個旅途上（所以這是波拉尼奧另一部《荒野偵探》？），你滿目瘡痍像核爆穿越那絕望的、暴力的、所有人沒有明天的活著，說著瘋話的、和底層各種盤根錯節、偷拐搶騙的黑幫、拳手、警長、記者、大學生、妓女、酒館老闆……一層一層像極光裙幅、像剝洋蔥、像老邦迪亞帶著他的村人在無星暗黑之夜迷路踩進陷足的泥沼，那樣多重視覺（他又不像福克納《聲音與憤怒》那樣一種多聲部、多敘事主體架設但回望的是同一謎團黯影），像將一盆尖塔的剉冰先淋上紅豆汁、再在那上頭淋上抹茶糖漿，再淋上焦糖水、再淋上煉乳……這樣的垂直的疊加同時塌陷。就是穿越一坨坨煙圈（散潰的故事團在之後混融成一整片煙霧或煙草味）。奇怪的是，這些在曠野找尋的人，最後眼睛會逐漸失神，像吸毒者或夢遊者那樣空洞，如果說他們像《六個尋找作者的劇中人》，是為了找尋那個抽象意象上「為什麼我們被寫成故障、殘缺、少了什麼重要之物的不幸幽靈」的「作者」，但那最終被找到的人，被扳過臉來，我們發現是一張被更恐怖噩夢擊打出窟窿黑洞的，更深更深的絕望。

這第二部裡，那個妻子跑掉的哲學教授內心播放的幻燈片，波拉尼奧這樣寫著：

勞拉這個他猜測的形象陪伴了他好幾年的時間，彷彿從冰冷的海水裡轟然冒出的記憶，儘管他並沒有真的看見什麼，因此也不可能記得什麼，只記得前妻在街上的身影，那是路燈在鄰居牆壁上照射的結果；再有就是作夢，他夢見勞拉沿著聖古卡特出來的公路逐漸走遠，她走在鋪路上，只有為了節省時間，躲避收費高速公路的車輛才走的道路，由於肩扛行李箱，她有些駝背，無畏地走在馬路邊緣。

《2666》的第三部〈法特〉，一開頭寫一位叫法特的美國記者，母親剛過世（也就是他剛經歷了一場心不在焉、幾乎有點像卡繆《異鄉人》那樣，穿過波光粼粼般透明陌生人的葬禮），他前往底特律去採訪一個叫巴里・西曼的老黑人，這傢伙之前是個黑道（黑豹黨員）、前拳擊手、殺過人、坐過牢、和殺黑人的警察或毒梟打交道，但如今是個在教堂講壇分享神祕靈魂體驗的名人。

有一小段文字，不太引人注意的——約莫是法特陪西曼將要去教堂布道之前的過渡時光，他們的閒聊：

> 西曼說他不喜歡嘻哈音樂，因為提供的惟一出路就是自殺。而且連有意義的自殺都不是。法特說，我知道，知道。很難想像什麼是有意義的自殺。這種自殺不常有。雖說我也曾經見過或身臨其境兩次有意義的自殺。我想是有的。不過，也許我錯了。
>
> 法特問：「嘻哈音樂用什麼方式為自殺辯護？」
>
> 西曼沒吭聲，他領著法特抄近路，穿過了樹林，出去是一片草地。人行道上有三個女孩在跳繩。她們唱的歌讓法特覺得特別罕見。歌詞大意是說有個女人被截去了雙腿、雙臂和舌頭。還唱什麼芝加哥下水道工程和該工程的頭目、或者是一個叫賽巴斯蒂安・多諾富里奧的職員，然後是一段反覆重唱芝—芝—芝加哥的副歌。還唱什麼月亮對漲潮的影響。然後又唱那個女人長出了木腿、鐵臂和用花草編成的舌頭。

這一小段文字，對我充滿了一種「小說的性感」，怎麼說呢？

1.他處理的是一個中年男子去見一位權力老人（或至少是擁有神祕力量的老傢伙），他們各自被時光磨鈍，所以通常沉默、老於世故、不說廢話。前者較貼近讀者視角，忐忑、多疑，帶著審視對方是否浮誇或裝腔作勢的隱藏觀察者心思；後者則較放鬆、自在，不經意間對所有這些狐疑、觀察自己的人放電（這種角色，我私心覺得馬爾克斯的一個短篇〈總統先生，再見〉寫得特好。他們經歷過繁華世面，害怕、寂寞，曾被人簇擁，一旦啟動對著群眾演說的唬爛模式，連自己也無法分辨是真是假）。這樣的一場劇力萬鈞的戲，又要被壓抑、舉重若輕，看似閒聊扯屁，其實互相探對方的底——看看你對生命的虛無，到水深下怎樣的一個刻度？——此所以難寫，也性感之極。

2.這兩個男人，後來我們才領會，背後都是黑人人權運動的大範圍參與者。法特背後的雜誌叫《黑色黎明》；西曼所裝神弄鬼布道的教堂，也是典型美國南方黑人布道所揉合了黑人底層群眾情感與文化的大敘事語境。作為個人，他們有不言而喻的族群傷痛史、政治的激進；但同時有非常細微的，不同姿態的，對這種激情陷阱的疲憊或犬儒。這像荊棘叢裡冒出的不相關小雜花兒，看似無意義的任意亂灑，其實又是難中之難。

3.他們關於「嘻哈音樂造成無意義之自殺」的這段無厘頭廢話，似乎頗符合某些好萊塢黑幫電影，殺手在赴狙殺行列之任務途中，會來的一段飽含個人生命體驗與哲理的廢話（始祖可能是昆汀・塔倫提諾的《黑色追緝令》，對照之後西曼走上教堂布道壇，那簡直像搖滾巨星在舞台炸開輝煌不可逼視之強光，或神一般的大提琴手那震懾全場海潮或星空般的演奏，這老黑人靈媒展開了八頁如詩篇如宇宙創世紀全景的演說，那樣強大激情的宗教雄辯直如杜斯妥也夫斯基，但完全摻入了新世紀宗教、黑人底層生活共感、炫耀自己的黑幫出生入死，邏輯任意亂跳（某部分似乎與那些黑人嘻哈或饒舌法則相似），譬如：

……如今，笑容令人懷疑。從前，假如你是賣東西的，走進了什麼地方，那最讓人高興的就是人們笑容可掬地請你進門。無論你是服務員還是經理、女祕書、醫生、電影導演還是園丁。惟一永遠不笑的是警察和獄警。他們永遠板著臉孔。但別的人，大家都努力微笑。那時是美國牙科醫生的黃金時代。當然了，黑人永遠有笑容。白人有笑容。亞洲人有笑容。拉丁美洲人有笑容。如今，咱們知道了，這笑容後面可能隱藏著最凶惡的敵人。或者換一種說法，咱們已經不信任何人了，首先不信任那些有笑容的人……。但是，美國的電視節目裡充滿了笑容和越來越完美的牙齒……，他們完美的牙齒、完美的身材、完美的舉止，彷彿他們始終是與太陽脫離的，是火燄的碎片，是煉獄的碎塊，他們之所以出現在地球上僅僅是服從表示敬意的需要。西曼說：我小時候不記得孩子嘴裡打過舌釘。如今，幾乎我認識的孩子人人有舌釘。無用的東西流行，不是為了改善生活質量，而是成為時尚，或者是區別他人的標誌，而無論時尚還是階層的標誌，都需要別人的敬意、讚美。

這一段演說真是漫天飛花、眼花撩亂、大珠小珠落玉盤，但他對著教堂裡那整大片的黑人信眾說什麼道理呢，他說他發覺黑人的胖子太多了，「現在應該給各位開個菜單了」，於是他開始不厭其煩要求大家記錄一道「檸檬抱子甘藍」的菜單工序、食材分別多少克，製作手續是什麼……這已完全是同部落裡老人家的叨叨絮聒了。如此懇切，如此世俗，如此東拉西扯，「常識與知識」、但又如此靈魂性，規勸「大家要閱讀」、「要閱讀黑人作家的作品」……

4.〈法特〉這一部，可能是整本《2666》裡，閱讀後記憶最渙散、憂鬱，但或也最進入墨西哥城市底層社會的流動性各類人等浮世繪走廊的一章。它就像是獨立的一章「窮人版愛麗絲夢遊仙境」，或是「墨西哥版的仲夏夜之夢」。這位黑人記者法特，像所有公路電影的老梗，原本是政治、文化、社會版的記者，只因為頂替雜誌社一位剛過世的體育線記者同事，臨時出差到這整部《2666》作為「連續殺二百多個女人的凶殺案」的地獄隱喻之城：聖特萊莎，採訪一場美國拳擊手對墨西哥拳手的拳賽。於是像涉入暗夜芙渠、沼澤網絡，慢慢愈陷愈裡面。像眼花撩亂的換手洗牌，他走馬燈的接觸那些地方記者、環繞著墨西哥拳擊手的陪練、助理、隱約各有來頭的黑幫、毒犯、妓女、酒吧的服務生。法特始終保持一個局外的姿態（他甚至對他臨時起意來採訪的拳賽也是大外行），和各路人馬喝酒，聽他們意味深長每人似乎都有一段奇詭歪斜的身世；聽各路匪夷所思的八卦；聽他們虛無地說起這座城市（或這個國家）的絕望、已發生和正發生的暴力；關於墨西哥人種各式屈辱的笑話；也以一種不冷不熱的男子氣概認識了一位似乎和黑幫脈絡甚深的當地記者（或高級皮條客？或毒梟？），跟在身旁進入那玉體橫陳、所有人似乎總吸了毒暈茫，或扯進美國A片工業來此拍攝的一些迷霧莊園但擠滿典型第三世界人口販子、警察黑幫、各種軍火槍枝的廢置油汙加碎肉機式的場景。當然，從各路人的閒談扯屁，若隱若現的浮出那「二百個女孩被不同方式殺掉，棄屍在沙漠」的恐怖犯罪，也被所有人表情曖昧、明暗閃爍的這些「話語如潮汐上的菌絲蜉蝣」——一個集體話語的恐怖景觀：所有說話的人說起這在國家生存之人所承受的抽象暴力，都帶著一種虛幻，道德感徹底破產、自暴自棄的疲憊笑意，不論他們談的是墨西哥的拳手、墨西哥的女人，都像在談那地景上大型工廠輸送帶裡支離破碎的肉塊，纏縛在上頭的鐵絲網太複雜了：不論十七世紀西班牙人帶來的種族屠殺和強暴婦女；現在美國老大哥把他們當所有黑幫、毒品、槍枝、色情產業的濾鰓；或這個國家內在的貧富差距，或這民族性根柢的無可救藥的瘋狂或人吃人——那些話語（閒聊扯屁、喝酒互侃）的背後，影影綽綽總會引到「那件殺了二百個女孩」的，且因如此規模，似乎牽涉到的黑幫與警察之勾結根脈深不可測，所以永遠無法破案。它成為所有人說話時背後的「鬼故事」、噩夢裡的巨大蛞蝓、惘惘的威脅。

那位像皮條客又像墨西哥版的「華麗的蓋茲比」的丘喬，在和法特聊起「人人都在說殺女人的事」時，他的說法是：「每隔一段時間就冒出來，就成為新聞。記者們談論的就是這個。人們又在說謀殺案了。這是就像滾雪球，直到太陽出來，雪球融化，大家忘記，重新幹活為止。」

他說：「這是一座完美、整齊的城市。我們應有盡有。工廠、加工廠很多。失業率很低，是墨西哥失業率最低的地方之一。有販毒團伙。有來自其他鄉鎮的民工潮。有中美洲移民。有個承受不住人口過快增長的城市規劃。我們這裡很有錢，可也有很多貧困現象。這裡既有藝術想像力，也有官僚作風；既有暴力現象，也有和平勞動的願望。就是缺少一樣東西。」

當法特問他「缺少什麼啊？」

他回答：「時間，缺少操蛋的時間。」

《2666》的最後一部〈阿琴波爾迪〉裡，有一段落非常美，講到漢斯第一次和那美麗而古怪的女孩英格博格親吻，女孩要他別忘了她。漢斯發誓了，但這時發生了一個頗艱難的狀況，女孩質疑漢斯：「你衝誰發誓啊？母親，父親，上帝？」結果發現這女孩可能是世間最孤獨如遊魂、被遺棄到最無可依傍之境的不幸之人，她不信上帝、不信父母；不信軍隊（國家），當漢斯問她：「相信太陽下山嗎？相信星空嗎？相信拂曉嗎？」她皆孩子氣但又早熟的說：「不信，不信！不信任何可笑的東西。」她不信書本（因為她家的圖書全是關於納粹的政治、歷史、經濟、神話、詩歌、小說、戲劇……），不信她的妹妹們，不信世界上的孩子們、鳥類、歐洲的河流、昔日的情人、友誼、生活本身……她不信這一切，意味著像一條無流之河，無有可對之的承諾、發誓的珍貴事物。讀者讀到此，腦海中浮現的是一被生命本身的苦難或暴力，「欺騙」、剝奪得分崩離析、眼瞳死灰枯敗的（才十六歲！）神經質姑娘——她慎重其事的否決一切提問（而漢斯這樣認真的提問，證明他和她是同一種人：他們還是孱弱的孩子，但已不輕易相信這偽善虛晃那些美麗發光事物以榨擠他們可憐兮兮之信仰的，大人世界，而漢斯像偷給女孩看他手上所剩不多的幾張，他相信的牌），但這遊戲本身就是這一對男孩女孩間，關於「相信」這件事，曲徑通幽、「赫拉克利特河流」式，或剝洋蔥刮鱗片式的，哲學盤桓與辨偽冒險。

女孩最後說出兩件「值得她以它們的名義發誓」的事。

女孩說：「我要說出來你可別笑話我啊！」

第一件是「暴風雨」。「當烏雲密布，天空漆黑，雷鳴閃電劃過長空，農民們穿過牧場倒地而死的時候。」

第二件更怪，是「阿茲特克人」。

女孩這樣解釋：「他們是些怪人。你如果注意觀察他們的眼睛，很快會發現他們有瘋病。但是不關在瘋人院裡……。阿茲特克人穿著非常華麗，每天穿衣時非常仔細挑選服飾……他們挑出最合適的衣裳，戴上昂貴的羽毛帽，胳膊和雙腿上佩戴首飾，還要戴上項鍊和戒指；無論男女都塗抹臉部。然後，出門沿著湖邊散步，互相不說話，凝眸注視著航行的船隻。」

這女孩接著說起：

「阿茲特克的巫師或者巫醫把祭祀的活人放在石頭上，然後挖出心臟。……這些石床是透明的……在神廟裡的阿茲特克人是站在廟內觀看祭祀的……因為照亮廟內的廟頂天光恰恰來自那塊祭祀石頭下方的開口……起初光線是黑色或灰色的，是一種微弱的光線，只能照出廟內阿茲特克人嚴肅的身影；但是，新犧牲者的心血一流淌在透明的黑曜岩上，光線就變成了紅黑色……這樣一來就看不出阿茲特克人的身影，而是照出了他們的面龐、被紅光加黑光變形的臉，好像光線能把他們每個人個性化……」

這瘋女孩這段妖麗不可思議的畫面，感動了那少年漢斯，他呼吸困難的說：

「我衝著阿茲特克人發誓，永遠不會忘記妳！」

這個古怪的段落也深深感動著我。一個亂世浮世的年輕士兵，和一個腦袋不知充滿什麼奇怪、陰鬱、高燒、瘋狂念頭的女孩，用「阿茲特克人」來起誓，像這兩個在分崩離析，所有人類被捲進一個戰爭、屠殺、地獄之景的噩夢，偷偷的，用游標鎖定一個他們祕密的——「其他神聖之物皆早被其贗品、竊占者玷汙、偷換成假的了」——只有這個女孩描述的，不完全是阿茲特克人，嚴格說是被籠罩在那活人祭之後的光影效果中的阿茲特克人，足以支撐他們對「永不忘記」這對抗時間腐蝕、崩塌，純度硬度質子數最大的那枚錨釘。

但女孩所描述，藉之讓她愛人起誓的那一切，不知為何，卻讓我想到電影，而且是我有意識進入現在這個世界（應是二十世紀最後二十年，到現在二〇一四年吧）的電影，而非我出生之前就已歷歷存在的那許多電影史上偉大的博物館展廊般的電影。

這讓我想起讓呂克・南希的《電影的證明》裡，講到伊朗導演阿巴斯的電影《隨風而逝》中，婦女禁止主人公使用照相機，有一段我閱讀時反覆咀嚼，頗晦澀的話：

「這部電影中，攝影遭到禁止——同時這也一定會喚起一神論的禁止：首先，一神論是神明於內心深處的後撤，一種缺席的存在（即『隱蔽神』）。這位堅持的婦女顯露出對影像的禁止——拒絕和拋棄……但禁止本身在一神論的邊緣顯得精疲力盡，正如它與真實電影中影像的衝突……它可以被村莊閃爍的白光和風吹過的麥田所吸引：好似顏色和體積的力量，既豐富又含蓄，為了禁止而溢出和補償，也即是說，死亡的祕密隱蔽於生命深處。」

這段讓我反覆咀嚼仍暈眩不已，似乎在那透明、薄光、流動幻燈畫面的「電影」，其力量在一隨時摔落深淵的滑石波進入又出來，一種攪淌著大量象徵、諱深莫測的「往死亡那端眺望」的詩意，甚或抽象的宗教：「一個再次給定的世界」。

在《2666》這龐大萬花筒寫輪眼的最後一部裡，小小這一段，這女孩讓漢斯起誓的「阿茲特克人的神廟」中發生的，那流光幻影，那所有人悲不能抑被琥珀般裹陷在其中，卻又平靜、柔和，只見輪廓或身影，不正是「一個再次給定的世界」？它是從那龐大的海洋菌藻般的，被女孩判定為「不信！不信！不信！」那些美麗的符號、抒情的感動、歌劇、古典的高貴品德、現代國家所渲染的激情……像網路巨量訊息中過濾、篩選、比對，躲開被植入的木馬程式……最後讓這對小戀人選擇，不只是相信，而是可以藉之起誓。

那個「阿茲特克人」當然只是那瘋女孩腦中某個投影的，祕密的某一時刻的電影院。某一部正在投影的電影。她投影到遙遠古代（外國），和她完全無涉、互不相識的，一群正被殘酷、神聖儀式，被巫師催眠「現在活動著的這些你們，並不是真實的存在，你們或只是一個更高意志創造之夢裡的破碎影子」，所有人的眼瞳都像被鑷子拿掉的遊魂狀態的，阿茲特克人。

那使我想起被飛彈擊落的馬航，我哥們說：「為什麼一定是普丁？按利益成本推算更可能是老美。」我想起剛結束的世界盃。我在哥們家熬夜，懷疑這是一場夢吧目睹巴西被德國咚咚咚連進七球。我們狂怒哀嚎：「這他媽後頭一定是國際賭盤在操作。」包括墨西哥延長加時被荷蘭進一球加一個十二碼罰球硬生生反超。我們拿著啤酒痛罵：「假的！假的！」甚至後來我哥們神祕對我說：「你真相信內馬爾什麼脊骨破裂嗎？」我們被一個規模超出想像，像唐卡一層之外還有無數層的電影製作團隊蒙騙著，天地之間無所遁逃，「假的！假的！假的！」我們和那女孩無有差別。

張愛玲／《雷峰塔》、《易經》二〇一〇，皇冠

籠中少女的暗慘心思

張愛玲的這兩本自傳體小說延緩了半世紀在中文世界「被翻譯」的小說，基本上是一個「鑄風成形，編沙為繩」，兩本書（其實是一本書的上下兩部）皆用了這麼老舊、暗撲撲的中國式象徵：《雷峰塔》與《易經》。

前者為一外在巨力如鐘罩不可對抗的封禁：塔中鬼魂們被禁在千百年來的歷史秩序，原地打轉地度每一日。後者為「祖先智慧之書」。

以兩本書為單位看，結構上有一奇異的相似性，結尾俱是天崩地裂的巨變。《雷峰塔》是以父親迎娶後母，後母從經驗箍縮暗動手腳將姊弟倆漸入孤離之境，而後挑撥父親痛毆琵琶並監禁閣樓，更以弟弟病死告終。《易經》是以香港淪陷，女主角終於離港返回上海作結。

這兩個「劇烈變故」，分別是我們耳熟能詳，可算張愛玲最經典的兩部小說《半生緣》和《傾城之戀》，分別作為小說中改變女主角命運的，極重要之命運交響曲的重錘。但在這兩個劇烈的結

尾、變故之前，張愛玲小說術真正讓人凜然的，是她描繪出兩幅時光卷軸畫，在懷舊的時光過渡死區裡，唏噓度日，不知該如何是好，在新舊時代夾層櫃被擠扁的這些鬼魂們的攝像。

張愛玲是中國現代作家中極少數極少數把人物的精力燒乾在對扮戲的自覺中，一種神經質與厭乏之虛脫。譬如在《雷峰塔》中童年爛漫時光時，有一次父親要琵琶選一枚洋錢或是金鎊。她「苦思了半天。思想像過重的東西傾側，溜出她的掌握。越是費力去抓，越是疑神疑鬼，彷彿生死都繫於此。」最末她作出決定（選了洋錢），卻是錯了。父親冷哼了一聲：「傻子不識貨。」

總是如此，每一個笑容，每一句話，每一次細微的試探與表態，都如此艱難。她總是在擔憂「丟三落四」，每一細節都不捨放過。如柯慈說布魯諾・舒茲：「他成熟時期所有的奮鬥，都是為了重新接觸他早年的力量，都將是為了『成熟為童年』。」

一個顛倒，失重的女兒。父親一如她小說的經典名句：「泡在酒精缸裡的嬰屍。」吸大煙、玩窯子女人、吃飯時擤鼻子、繞室背誦八股文，在新時代惶惑不知如何墜入人形。最後還引入後母並以對女兒施暴達到近乎「本格小說」的瘋狂戲劇高峰；連最中性、譏誚，冷眼疏離的姑姑，也因為性（和侄兒明哥哥）有一段亂倫戀，而成為始終是手帕交的母親口中的「小偷」，將自己捲入舅老爺家族巨額虧空案的「女性失敗者」（賠了人又賠了錢）。

所以這個少女之眼看出的，很常出現「很是詫異」、「震一震」這樣的句子，一種古怪的屈拗世界中的啟蒙，實在太多表情和大人們真實的意欲和層層心思都太歧異了。在《雷峰塔》上半部分，便呈現一個沒日沒夜，和小姊弟（「孤雛淚」）一起關在落敗宅邸裡的僕傭們，她們「甕聲甕氣」、低聲細語、臧否主子、像多了奸滑世故笑臉之「祥林嫂」們。

當母親回來時，她便置身在母親和姑姑之間，聽她們一人接一句冒出各種家族的祕辛、異國的凶殺案、品評戀愛、新女性的美學和健康須知。許多這些蛛網塵封的家族（沈家的、羅家的、楊家的、唐家的）繁複關係、前朝舊事、恩怨醜聞……既是評彈八卦，卻又帶著某種道德視距，親密地傳遞給這個「像海綿吸吮人世經驗」的少女。

張愛玲編織這錯繁交織小宇宙的恐怖感，在於她對這孔教的疊床架屋的「關係」老屋建築有如此強大的執念，但她又處在這所有成員被擠扁在這昔日世界被一個新世界迎面撞擊、支離破碎的變形時刻。

「窮」的威脅和「性」的變態魅影，是這兩本小說把所有人物變成怪物的重要元素。前者在慢速中掏空、淹襲少女身邊所有人。後者則液態地在這家族記憶、流言的下水道穿流。

這些隱喻的「孔教秩序」，把這些壓抑、猥褻的性鎮伏在暗不見光處，只剩下交頭接耳、交換八卦。所以書名曰《雷峰塔》：被封印鎮住的不止是這蒼白憂悒的少女自況，且包括了那巨大祖屋（鬼屋）裡惶惶惑惑的老、中、少、主、僕、姨、妾的所有女人們。

籠中少女的暗慘心思，到了《易經》的前半部，琵琶對母親的「變臉」之驚駭達到了高峰：美女難挽青春不再的狼狽寒磣，一方面她漫不經心將外國老師贈與琵琶的八百元助學金一夜輸光；同時懷疑女兒是用處女身交換來，這種將貧窮之黯然與性價值之錯混，亂針刺繡成像羽毛褪色的孔雀，只有少女琵琶旁觀著她的慌亂。

這纏過小腳的母親讓自己脫離那「雷峰塔」的行動布置，還是在「性」和「經濟」——但在這裡，母親又切換頻道變回琵琶童年時那幽黯大宅老媽子的話語，反過來哭訴女兒冰冷不孝，進入母女間精微戲劇化的對峙：鏈子斷了，美麗的母親在那一瞬變老、變醜、變弱了。

這種「變」，如果《易經》如英譯名為「變換（幻）之書」，張愛玲寫的不止是書中直言其喻的「商朝覆亡之後，宗室利用古老傳統與祭祀的知識謀生，之後父傳子子傳孫，極力迴避當朝的耳目。伯夷叔齊死後若干世紀，他們的後人老子教導世人這支宗族的求生之道，不斷告誡世人心懷驚懼，貼牆疾行，留心麻煩……歷史上天災人禍頻仍，老子始終是唯一的支柱。」

張愛玲寫這種「變」，父親、母親、姑姑、弟弟、家族遺老、親戚、僕傭……全在這種「覆亡之族後裔」的心懷驚懼中，內在依傍的價值秩序崩潰了，「身分」穿梭，像川劇舞台變臉快速穿脫面具，然所有的個人的慢慢之「變」，卻又如浮花浪蕊被吞沒在「這是亂世」的恐怖巨變。她寫得真是風生水起，讓人目不暇接。

真實世界的邊陲地帶

奈波爾／《米格爾大街》二〇〇七，遠流
赫拉巴爾／《沒能準時離站的列車》二〇〇七，大塊
安妮・普露／《惡土》二〇〇七，時報

奈波爾的《米格爾大街》、赫拉巴爾《沒能準時離站的列車》、安妮・普露的《惡土》，三位作者俱是此間各擁書迷，當今世界小說的地標式人物。三本書之藝術成就亦無從比較高下，俱入經典之殿（白話一點說，就是無論現在有沒有時間這三本書都該買回家放進自己書櫃）。

《米格爾大街》是奈波爾的處女作短篇集，「奈波爾式」的冷雋、鋒利、幽默、陰鬱的素描深度，以他們的故鄉千里達首府西班牙港的這一條街上，形形色色的貧民區人物群為他日後諸多殖民地小說的「地獄變」巨幅壁畫之起點。也是他「印度－千里達－英國」抵達之謎反覆以社會學人類學式旅行者記錄一本叩問雜散大敘事荒謬核心的、難得之「純小說」。古怪、滑稽、悲慘、無望的生命……在這本小說裡，都以奈波爾之後否定推翻之西方小說最嚴謹且充滿說故事天才的形式存在。

赫拉巴爾的《沒能準時離站的列車》用一個火車調度員描述一個等待火車進站到火車離站的

「停頓時刻」，慢動作、劇場化了整個二戰時的捷克被德軍占領之歷史。似乎延展了他那些短篇中的人物素描祕技：底層的、被傷害侮辱卻滑稽喧譁笑鬧著的角色們；黃色笑話、階級身分轉換時的諂媚嘴臉或惡形惡狀；貌合神離的官僚語言與規訓懲罰；主人翁那古怪胡鬧的父系家族史。似乎是巴赫汀所謂「小說是許多組高低階不同社會情境語言整體穿透我們置身的某一歷史時空」的示範。那似乎同時開著戰爭失家者與被害者的玩笑。但小說的後段才急轉特寫戰爭（或被占領）恐怖殘酷的一面：德軍的特護列車通過車站時，車廂上的坦克、年輕的德軍，以及被虐殺的牲口……直到最後，讀者才見赫拉巴爾翻出底牌，失去自由的這些被占領國車站的廢才們，全是一個暴力又詩意的游擊爆炸行動的共謀。但這一切全被赫拉巴爾的敘事魔術封鎖在一場像昏昏欲睡、時鐘針尖始終不曾移動的車站白日夢境裡。

同樣可以高度體驗小說閱讀之敘事魅力與靈魂重擊的，尚有安妮・普露的《惡土》。

「惡土」之「惡」字，似乎上演的是「人之惡」。人被剝奪掉文明褶皺與繁縟後的粗暴原始，但又渾渾噩噩在父子、母女、男女交媾、鄰人、酒吧男子漢……種種相較大城、形式極簡之人際關係中找尋著經濟勞動之餘的，硬邦邦、無感性的「人活著的價值、意義與趣味」。因為空間幅員實在過於廣闊，所以這些故事勢必成為小人兒被殘酷大地捉弄、羞辱的鄉野傳奇。

這樣的惡質地荒土地上人如戲偶渺小荒誕謀生求偶的故事表層，讓人想到大陸作家李銳、曹乃謙等人的短篇，但安妮・普露筆下的小人兒更帶有一種進入現代文明的短暫能力：「太陽下山後，邊狐鎮上空形成一團宛若螢光水母的光球，為幽暗的山區塗染出象徵文明的光暈。」她的牧場、小鎮更經歷經濟興衰的印痕，這使得她筆下故事的時間卷軸更複雜有趣，常在一個短篇可以窺見具體而微的小型家族史。且除了一片枯瘠的荒草，還有黑熊、叉角羚、野牛、野狼、各式群馬這樣的動物景觀；或有降雪冬夜卡車在空曠公路打滑拋錨這樣公路電影的橋段。那像是「真實世界的邊陲地帶」。

她似乎在寫「惡土」，但卻更近似寫人類征服不馴帶有靈性野性大地的失敗者悲愴詩篇。一種奇異的、冷面滑稽的「大地之正義」在這些現代城鎮、汽車坐落其上卻似乎和千百年前無異的枯瘠大地上發生。或許正因為土地上的人、馬、麋鹿，在一種懷俄明州式的無限曠野上，獵食－守護，白人－蘇族人，老獾－牧場女主人之關係，如此詭譎且喪失城裡人之精明細膩狡猾，所以一切的暴力或制裁，皆顯得懶洋洋而有喜劇的懸念。

如《斷背山》之前的風格，性成為這些小說群組的魅影，支持著海市蜃樓般石油小鎮的暴發戶家族史、白人與蘇族第二代的殖民遭遇。重點是，所有的人都悲嘆著「舊世界一去不復返」。這一組短篇又更帶有一種主人翁在不自覺的男歡女愛、偷情、參加越戰、離開故鄉又返回牧場，回到生命原軌或從此脫離軌道的時間流中，青春快速便消失了的恐怖感。安妮・普露似乎有點化繁為簡，神祕地進入近乎傳說的世界，或進入另一個「懷俄明之外的世界」：譬如吉伯特的越戰夢；琳妮父母的蘇族原鄉（在一部灰飛煙滅的老電影膠片中），或如吉伯特對死去母親的鬼魂說：「我敢確定的是，耶穌才不會開牧場，以免惹上一輩子的麻煩。」

逆旋的時光重力場

艾莉絲・孟若／《太多幸福》二〇一三，木馬

孟若收在《太多幸福》短篇集裡其中一篇，〈自由基〉的故事大致是這樣：一個叫妮塔的女人（她六十二歲）的丈夫瑞奇（他八十一歲）剛過世（死於猝死）——小說的開頭便是這個初老婦人孤獨剛辦完那寂寥的葬禮。

孟若的所有故事，發生的地景，因為那典型加拿大小鎮地曠人稀之感，把人和人的距離在那攤平的空間拉遠些，所以使得一切猜疑、懷念、較長時光裡的耿耿恨意、曾發生過的某一次偷情祕密收藏了幾十年、在那些屋子裡一起生活的男女必然產生的，時光落葉堆的彼此厭煩……這一切似乎比其他人的小說，因為在一較空蕩蕩的運動場館裡，產生了恍如有回音的效果，每一種心思電子在那「孟若空間」裡跑動，要花更長一些時間，才會如撞球擊打到桌台上的另顆球。

這個故事，這個初喪偶的老婦妮塔，在一種靜默、孤寂，對生命乏味的持續狀態，「剩下我一個人活著了」，有一種輕微的錯愕或面對生命的荒謬不知作何表情的呆愣：即原本她（以及那老丈夫）預想是她會先走，他倆大概一年前就有了準備，那時醫生診斷她的癌症已到了最末期。

「我怎麼料得到，這會兒居然被他搶先一步？」

她成了那個，必須疲憊辦理老伴喪事的，「收拾者」。主要是，了無生趣，活在死亡遮蔽所剩無多的餘光裡。這時孟若開始露了一手她的「巨蟹座時光落葉堆魔術」，女主角的內心獨白，回憶。原來這妮塔在很久很久以前，是這瑞奇和他前妻婚姻的闖入者，「鳩占鵲巢」，趕走了那個前妻，成為這屋子的新女主人：

> 最後的結局是貝蒂去了加州，後又搬到亞歷桑納州；妮塔則在教務主任的建議下辭了工作；瑞奇因此無法升為文學院院長。他選擇了提前退休，賣掉市區的房子。妮塔沒有接收貝蒂的木匠圍裙，卻在一片混亂中開開心心看她的書，用電熱爐作簡單的晚餐，不時散長長的步，探索周遭的一切，帶回長短不齊的虎百合和野胡蘿蔔花束，放進空油漆罐權充的花器。她和瑞奇安頓好之後，有時想起自己不知怎地一下子就成了那個年輕的新歡、得意的小三，活躍歡笑、蹦蹦跳跳的天真姑娘，不免有點汗顏。她個性其實一板一眼，是個笨手笨腳，在別人面前就不自在的女人。

好吧，我把敘事的轉速調快些，免得掉進「孟若的時光重力場」，那內心層層累聚的深井。總之，這被布置成「多出來的時光」，所有生命債務的相關人事終於在幾十年後都死去，那些愛情、後宮機謀的鮮豔毒汁，早變成老婦內心，無人想好奇探知的壞朽家具——一個靜態的、被時光之塵封印的靜物畫——卻在某個白天，一個青年上門說要「檢查保險絲箱」，當然他不是，他是個剛殺了自己的父母和坐輪椅的姊姊（覺得他們很煩）而逃亡的瘋子殺手（他告訴妮塔老婦，他是要他們坐在客廳拍全家福照時，拿出手槍砰砰砰，把他們全幹掉了，然後又拍了一張他們驚愕或垂頭死狀的照片），變成了很像這類電影（變態殺手和屋子的人質之間的對峙戲碼）。

不對稱的，完全無可商議的暴力，這個年輕人處在瘋狂和躁鬱的高亢情緒，他輕輕一捏就可以把這老婦像螞蟻捏死。事實上，在他眼中，她也已是必死之人（他怎麼可能在離開這屋子前不殺了她，讓她去報警，給他添亂），他賤蔑她，要她拿出屋裡的茶、紅酒、食物，砸碎她的餐盤、展示暴力關係裡，不讓被施暴者用話語中的道德規勸、動之以情、機智、心理戰順藤摸瓜的任何平等刷話位置。在這樣的二人封閉劇場中，施暴者和承受暴力者，皆無可救贖的掉進一「人失去人類形貌，所有文明的細微支架皆無效」，道德最黑暗的墮落深淵。因為我終將殺掉妳，此刻在這火柴盒裡，我對妳所做的一切醜惡、變態的展演，都不會有任何外面的人知道了。沒有任何關於禮貌、道德、輿論指責、別人的目光造成的羞恥、潛意識裡的宗教審判……我可以盡情暢爽的在妳（一堆死肉）面前，演這唯一一個觀眾的獨角戲。

但這時，這個老婦妮塔，在孟若筆下，出現了一個三頁左右的魔術，她對這年輕人說：

「我知道那種感覺。我知道把傷害你的人幹掉，是什麼感覺。」

「是喔？」

「我也幹了跟你一樣的事。」

「少來。」

接下來她說了一段像變色玻璃隱形眼鏡片將光線變暗的故事：她告訴那殺人凶手，當初她如何用院子裡的「大黃葉子之葉脈中的毒」，如何精密計畫，不動聲色，瞞過眾人耳目，下毒在那要拐走她先生的賤女人的咖啡裡。這時連我們讀者都產生一種畫框裡的細節，在哪被揉捏一下，便偷天換日產生了「宇宙曲拗」的暈眩感。你可能要小說的更後面才意識到：啊？她把故事中的人物顛倒過來了。她變成那個當初被她搶走老公的，近乎沒有臉的妻子。而這個妻子進入「下毒時光」所毒殺的「賤女人」，正是多年前的她自己。也就是，她說了一個僭越進「當年被她奪走所愛」、理應那怨恨足以支撐一個巧布機關謀殺她的，那個妻子的內心。但其實一切都沒有發生。但在那個故事（此刻她的丈夫已死，她也罹癌似乎不久人世）裡，那「薛丁格的貓」把另一個鏡像宇宙裡該發生的像莎士比亞戲劇那血流五步、復仇夜梟之翼拍擊的情節，全發生了。

更弔詭的是，這個她「顛倒、錯置自己是那個真正生命受創者，所殺掉的死者」之故事，真的打動了這個年輕瘋狂殺人魔。他可能內心哪個祕密的插栓被拉開，覷眼前這個脆弱無助的老婦為「自己人」，是和他一樣，「早被打入地獄之人」。他放過她，說了一些恫嚇她的話，開著她丈夫留下的老車子離開了。

這老女人在那倖活下來的發抖時刻，內心想著：

她應該寫信給貝蒂的。

親愛的貝蒂，瑞奇死了。我因為扮成妳，救了我自己一命。

在同一本書裡的另一個短篇〈虛構〉，則非常奇妙的，寫了一個「像那篇〈自由基〉的倒影，或鏡像」的故事。這一篇的女主角喬伊絲，恰是某個「被奪去所愛」的妻子，雖然兩篇在各自的人名完全不同——當然這是兩篇在各自祕境按不同打孔的人心音樂盒簧片旋轉，各自孤立的小說——小說開頭先慢速（孟若轉速）微勘了丈夫離開她的時刻：驚惶、不解、女性自尊崩解（她那麼美、玉腿纖纖、金色長髮、智商全校第二——她丈夫是第一——她在學校教音樂；而那搶走她男人的贏家，只是個矮個、全是刺青、沒有女人味的蠢貨？）。

之後是——像許多美麗女人的一生，可以是別的人的幾輩子，傷害過她的往昔人事，或許只成為列車過站其中一個站名的月台，或是，祕境湖泊上划小船下望那清澈水底的一艘沉船——可能二十年過去了，喬伊絲已是另一個有錢男人的妻子（續弦的），她已在豪宅、好客丈夫的眾朋友們來家的餐會、葡萄酒、美食、管弦四重奏……的另一種生活中完美的成為，這種充滿活力、交際應酬、歡樂、菁英圈子的世界，稱職的美麗女主人。之前那個，年輕時和她一道流浪、經歷嬉皮歲月、智商和她匹敵而和社會主流那套格格不入、放棄高學歷文憑而安靜的在偏僻小鎮當個木匠的，那和她像一對「偕老同穴」、靈魂雙胞胎的男人——重要的是，遺棄她而和另一個怎麼看都比不上她的怪女人在一起——這對她都是很久遠，甚至記憶模糊的過去了。

但有一天，她意外買了一個年輕女孩的小說，非常奇幻（透過閱讀）的某種穿越，她發現那篇小說正是說著她的故事，只是敘事者是以一小學女生的眼光，充滿愛情的回憶著當年那位「小提琴課老師」，那個一頭長髮、個子高高、身上氣味是雪松碎片的味兒的女老師。但後來孩子的母親去師丈那邊上班，這孩子夾在大人錯綜複雜的關係與錯覺之間，一頭霧水。

……星期四有音樂課，是一週中最重要的一天。那一天的喜與憂，全取決於孩子表現得好不好，老師有沒有注意到。兩者都幾乎難以承受。老師的聲音可能很冷靜、溫和，有時講講笑話，掩飾聲音裡的疲憊與失望。孩子好傷心。但老師也可能突然變得輕鬆愉快起來。

於是這個許多年後的金髮高個美女喬伊絲，在這小說中比對、像疊放的幻燈片，重新冒出一個「當年沒意識到，躲在角落以小動物的愛慕，看著那個正在受創的自己」的新視覺，變成一種難以言喻的複式回憶。她既是那被奪去所愛、羞辱的妻子；卻又在這小女孩（而且是那篡奪者的女兒）眼中，充滿當時的她並不意識到的，全世界最輝煌幻光的美。她有沒有利用這小女孩對老師的崇拜，心不在焉的籠絡她，打探自己老公和她媽之間的私密細節呢？

透過那小說的閱讀，她想起早已遺忘的片段：她開車載這小女孩回家，帶小女孩去買冰淇淋，看船屋渡口，告訴她一些野花的名字，別有用心的唆使、探問孩子……

如果說〈自由基〉是當年搶走別人老公的這個小三，許多年後（老公衰老死去），卻在一次意外危機中，以顛倒、虛構那個挫敗退場的妻子，在不存在的平行宇宙，下毒謀殺了那個自己。她靠這個顛倒、移形換位到「想必恨自己入骨」的老情敵，其實不存在的怨恨密鎖保險櫃，越俎代庖說出了這個「殺死自己」的故事，卻因此救了自己一命。而〈虛構〉這篇小說，卻像量子力學中的「粒子纏繞」——發生過纏繞的粒子，分開後，無論隔多遠，這個粒子發生旋轉，另一個粒子會像鬼魅的魔法，同步產生逆旋——孟若寫了另一個短篇，是以「被奪走丈夫的妻子」，那個受創者，很多年後，她卻是讀到那已與她生命無關的男人、女人，和當年那小女孩，長大後寫的小說，迴旋重臨那傷害現場。那多出來的觀測鏡片，折射出比原諒、遺忘更在時光中讓人低迴、品嚼的，對人類情感的味蕾細微繁複變化之慨：或是在當年的那巨創中，她不是唯一的受害者，但小女孩像凶殺案現場呆站的目擊證人，她看見的是這個美麗的女人，在殺死，從那個悲慘的前身蛻殼，變化成另一個人，之前的，那麼短暫的換日線。

如利刃般的想像

安潔拉・卡特／《焚舟紀》二〇一一，行人

這套書裡收錄的四十二篇安潔拉・卡特（就我個人言，真像某一臨摹說故事基本功突然從天而降的『四十二章經』）不同時期短篇，極難在此短篇幅中詳細分析。她可以迅速、精確、簡潔地調度每一則故事「立即進入」的怪異情境、修辭傳統，像奢侈的電影導演嚴格要求的光度、顏色、氛圍、昂貴擺設。在無比寬廣的說故事地表，幾乎沒有一種二十世紀的小說素材（鏡中顛倒世界、黑暗之心、地下室手記式的青少年暴力自懲、西部片似的向惡魔借槍報仇的血洗場面、偶戲變成真人反噬其操縱藝師……）不印象畫派式旋轉馬車在她那一則一則的短篇故事中洶湧瞬現。那近乎像波赫士一般博學、華麗、冷面詼諧且以鐘錶器械之精準，熟知自己的書寫位置與任一龐大文學傳統卡榫銜接的對奏關係，那樣的一位「純敘事人」。

如同她在《煙火》一書後記中提到，「儘管表面的花樣始終令我著迷，但我與其說是探索這些表面，不如說是從中做出抽象思考，因此，我寫的是故事。」「哥德故事，殘忍的故事，奇異的故事，怖懼的故事，幻奇的敘事直接處理潛意識的意象——鏡子，外化的自己，廢棄的城堡，鬧鬼的森林，禁忌的性欲對象。……故事不像短篇小說記錄日常經驗，而是以日常經驗背後地底衍生的意象組成系統，藉之詮釋日常經驗。「故事的風格傾向於華麗而不自然……它只有一個道德功能——使人不安。」那麼冰冷、偽造、精巧複製的機器布景道具世界裡，卑微醜怪的男人（或老頭或少年）如何通過殺戮與變態性愛遊戲、遊樂場式的不真實與童嬉節慶幻覺，或是童話繪本般強烈印象派風格的異國場景（大海邊的城堡、霧色瀰漫的街道，日本的「和諧而表象」、鏡子般的世界）……將操控魔術、權力、意志，甚至殘忍玩弄死亡遊戲的想像力，傳遞贈予給那些如同「夢中醒來」的傀偶女孩：「滲透進木偶的意念是，她或許可以不必受別人技巧的操控，而是出於自身欲望自行演出生活的種種形式，但她沒有能力理解那套啟發她的複雜邏輯……」

葬儀社老闆的女兒、亂倫村劊子手的女兒，「被創造」的傳說中的電影妖姬老婦、在非洲草原被白人「主人」姦淫、施虐並以靈魂次元學習虐殺，而後槍殺其「主人」並變貌成獵豹的黑女孩……安潔拉・卡特的故事景框繞著這些發狂的、被文明技術「玩過了、傷害了，重建認知迴路並旋上發條」的女孩，邊尖叫邊高速旋轉。這套故事集絕對可以讓最世故的小說讀者不安——一種創造力如利刃以超出你想像之陌生角度切割那些理應是熟爛題材的迷惑、驚訝與嘆息。

在大師們的墓地上跳舞

喬伊斯・卡洛・奧茲／《狂野的夜》二〇〇九，網路與書

奧茲此書當然是一本在偉大小說大師們墓地上跳舞，甚至吃他們屍體之書。每一個短篇皆仿擬每一個作家清楚被辨識記憶的文字風格。他們習慣操弄故事中角色的感傷、自虐、脆弱或瘋狂。他們（愛倫坡、愛蜜麗・狄更森、馬克・吐溫、亨利・詹姆斯、海明威）被拉至幕前，成為心理學案例，成為不斷累聚陰影的怪咖。這調度及炫示的「二十世紀文學教養」何其深不可測，如波赫士的那些偽神學論證與不存在的百科全書，如卡爾維諾的「塔羅牌故事繁殖機器」，讀書在享受閱讀之快悅時，同時檢閱、覆蓋了一次自己讀過（或沒讀過，僅是對經典之印象）的這些文學大師作品的地貌。

這些「超小說」用一種畫框（這些成為經典的偉大作家之凍結側臉）想當然耳禁錮著那些瘋狂、暴亂、孤獨……一種靜置的傀儡劇場：熟諳的對他們作品的閱讀印象，作為隱形的交錯紘絲。乃可以啟動這些即興、狂想的恐怖漫畫，一種幾何學式的精準和隱喻（無需再走過那龐大鋪陳的身世情節之曠野來建立一角色身世之幻覺默契）。一種「箱裡的造景」。

在〈愛倫坡遺作，或名，燈塔〉，一種華麗、瘋狂、屍體腐敗之孤寂感鋪天蓋地將敘事的狂歡淹沒。小妻子在宴會演唱中吐血而死的意象，禁錮這個寫「遺書」的不幸的人。愛倫坡不再是我們熟悉的那愛倫坡，變成一個「生物被困在絕對孤獨狀態下，被無聊感『窒息』、電流停止活動，在細胞層面之系統化崩解」的實驗品。

其中，〈克萊門斯爺爺和天使魚〉，附會繁衍馬克・吐溫晚年收藏十歲至十四歲少女作為「我的天使魚」的故事，特別讓人恐怖發冷。那或不只是牌戲棋譜地再一次探勘了納博可夫《蘿麗塔》與川端《睡美人》曾踩進的幽微祕境：一種以暮年老人之哀感、肉身衰敗自覺。俗世權力與時間之相對自由並虛無才可能卸除男性動物性雜質而領略的「純真之美」：非靈魂、非肉體、幻覺般的存在，掐捏在極短暫時效隔間的小妖、發光脆弱神物。這樣可能在於各民族不同變態文化規訓中而封印的，「針尖般巨大的感覺」，在這個「大師虛構」故事中非以戀童症的瘋狂、畸形、惡德之花的形式展開：反而是以馬克・吐溫本尊、暮年老人的純真、時光悔憾、脆弱……一種純潔光氛的羅曼史劇場的自我祕密構造。結尾的壞毀與老人任性將不合意的玩具（天使魚）丟棄的殘忍，卻又隱祕回奏這本書諸多短篇的一個統一賦格：作家作為一偽上帝，偽撒旦，常失控地無法處理那些偉大作品與真實世界的曖昧邊境。夢境裡的東西跑進濾水箱便變成腐臭屍骸。

〈大師於聖巴托祿茂醫院〉，亨利・詹姆斯耽迷於那些戰爭瀕死士兵們年輕純潔的肉體，這多麼變態，一個小說大師混跡在戰地醫院，因為源源不絕會運來那些被砲火重創、兩眼茫然的「男身」，但那確實也符合二十世紀偉大小說家們耗竭靈魂以榨取經驗的濃縮和快轉。大師對那些屍體禱告：「親愛的孩子們！我的愛！你們活在我體內。但是沒有人可以知道你們的存在。連你們也不行。」

海明威的男子漢（或那背後的虛弱）、吞槍前夕的末日之景、藥片、膠囊、藥丸、導尿管，奇怪的既與這些作家意圖神祕化的自我形象顛倒逆反又如此合情合理（描述他們的句子便是引自他們作品的水渠）：寧靜、美麗孤獨，心臟感受到的憤怒、戰爭、狩獵。愛蜜麗・狄更森變成依比例縮小的「複製人」：銀翼殺手、AI人工智慧，一個可以啟動加速模式的少女機器人。這樣乖異怪誕的奇想，使得這個「豪華複製人」的狄更森降臨在一對平庸夫婦家，成為他們的小女兒，可以繁殖偽擬紀念館的「她當時生活其中之場景」。這個意淫、褻瀆和最後的恐怖暴亂只是曝光一閃一個事實：天才是不可能複製回「正常」的生活時光裡。天才少女詩人被封印在「狄更森」的故障迴路裡——一如海明威、愛倫坡、亨利・詹姆斯——她只能跳針、重播的寫詩，乃至被那主人裡的丈夫亂倫強姦，這篇算是這一組小說裡狂想弧度最大的（或因主角是唯一的詩人、無小說話語可援引仿造），卻也將全書之「偷窺偉大作家」惡戲拉高至一脫離「美國經典小說導讀並習作選」，高度技藝化的虐仿陷阱——任何一個浸淫日久並有天分的文學教授皆可能製造的另類選集，如郭強生在序言所說：可能有一本偽寫張愛玲、魯迅、沈從文、顧城或曹雪芹、馮夢龍、施耐庵的怪異小說。《狂野的夜》展示了這樣必然的「箱裡的造景」，同時提出了不同切面的小說家密室之倫理黑暗面：他們皆是被更高意志通過的尾獸，他們快轉、吞噬經驗、無道德的獵食他人的愛與靈魂……種種種種，但我們將之凍結成一時光躑躅之小劇場，會發現那是一違反正常人能承受的地獄變、無間道，這是我讀此書的恐怖之處。

韋勒貝克／《無愛繁殖》二〇〇八，大塊

華麗髑髏場

布呂諾可以被視為一個個人情況嗎？他器官的老化腐朽是個人情況，朝向死亡的身體衰竭可以算是他個體的特徵。但從另一個角度來看，促成他享樂主義的人生觀、建構他意識以及欲望的背景，其實是整個他這個世代。裝設一個實驗器材、選擇一個或數個觀察對象，就可以指出原子的某個運動系統——或是微粒的，或是波浪形的——同理可證，布呂諾雖然是一個個體，從另一個角度看，他其實只是歷史運動進程中一個被動的成分；他的動機、價值觀、欲望，所有一切都和他同世代的人一樣，毫無分別。

我們讀過二十世紀許多凝視死亡之虛無的偉大小說：海明威、福克納、費茲傑羅、卡繆、伊文利渥夫的《一掬塵土》、卡夫卡，乃至後來許多日本小說……而韋勒貝克以性狂歡、藥物、赫胥黎、以分子生物物理代表之現代科技文明之盡頭、借屍還魂之中世紀諾替斯異端教派……以妖豔嘔吐物、虛乏下垂之陰莖、失智般集體雜交派對之蠕蟲場面，以及兩位主人翁各自以哲學和科學話語長篇大論之辯證，作為那侵透淹滲過來早衰的死亡盡頭之路障。所有的悲傷、挫敗、愛之失能，皆成為這華麗髑髏場裡一種歷史進化之必然。

小說的主角，布呂諾與米榭這一對同母異父兄弟的生涯與性格，像對位賦格一般嚴謹。米榭是絕對理性、沒有內在掙扎、分子生物物理頂端菁英中的菁英；布呂諾則是個外型衰老難看的性濫交症者，卻同時感傷憂鬱、一個憤世嫉俗者。前者之被描述，似乎是透過未來《美麗新世界》式複製人種，對已消逝之「人類」此一古典（有性欲、可愛、因欲望而生出的自我與排他感、感性、易怒）物種之科學話語之追記。後者則似乎是二十世紀所有性解放、嬉皮運動、狂歡性派對、雜交天體營、「垮掉的一代」或所謂「道德日漸淪亡的西方」，在「繁殖」被流放出「性」的伊甸園後，但這些被失於自己的意義而不慎繁殖出的個體，如何由不同路徑尋找激爽、「尋找愛」的絕望歷史。

最優美感傷的一段是米榭與安娜蓓兒這一對少年戀人在二十三年後重逢，他們溫柔溫馨地性交，第二天早上醒來後，安娜蓓兒心中想：「……在繁殖範圍中，他們是兩個逐漸衰老的個體，繁殖後代的價值已經非常低。她經歷過不少，吸過古柯鹼，參加過雜交派對，睡過不少豪華大旅館；年輕時正好經歷道德解放時期，她的美貌將她置於這個潮流的中心，為此她受了不少苦……。至於他呢，因為漠然不在意置身潮流的外圍，就跟他對人生漠然、對一切都不在意一樣，所以並沒受到那個時期太大的影響；只乖乖地當『單價超市』的忠實顧客，乖乖地研究分子生物。這兩個生命體驗了完全不同的經歷，但在他們個體上並沒有留下多少痕跡，是生命本身執掌摧毀的任務，一步一步使他們細胞老化、器官衰老，身為擁有智慧的哺乳動物，本來能夠相愛相守……。」她說：「我不明白事情怎麼會糟到這個地步，我無法接受。」比照馬克思「獲利率漸次降低」的概念，這些不論如何開發創意挑戰邊界的性狂歡終難逃脫放蕩體系中「歡愉度漸次降低」的原則，欲望和歡愉一旦喪失了精神上、道德上的誘惑條件，純粹追求肉體上之標準，韋勒貝克言，其趨勢必定朝「薩德式的性活動」發展，硬挺巨大的陽具，打過矽膠的女人胸部，女客們被一堆巨大陽具插入……再來即是SM俱樂部，溫柔消失了，個體消失了，愛消失了，真正的快感亦在流水式繁複的集體肉體後消失了。

事實上小說中這兩兄弟最終皆各自找到「愛」的化身，他們幾乎要被翻盤被那兩個愛之典型女神給救贖，這樣的兩個女人像聖母瑪麗亞撫慰承諾人類被自己創造之文明的墮落邪惡所嚇壞的冰冷和永恆孤獨。但韋勒貝克不允諾這個「狂歡加速快轉之駭怖死灰感」之後的愛之贈禮。兩兄弟頓之救贖之兩位愛之女神，先後因絕症（個體肉身難逃衰老壞毀之自然法則）而自殺。於是兩兄弟作為二十世紀末「人類」這種物種的性愛存續價值的取樣，其邏輯便徹底被否定。才有本書最末章之「無愛繁殖」之未來複製人種的啟示錄手稿。

這確是一本巨大、可怕的小說。

不只處決了小說一次而已

賀景濱／《速度的故事》二〇〇六，木馬

……那時恩斯特・海明威已放棄了鬥牛、釣魚、打獵和拳擊，並且用獵槍轟掉了自己的腦袋。沒想到那聲槍響竟引發了全國大槍戰。先是李哈維・奧斯華德槍殺了甘迺迪，接著傑克・魯比又槍殺了李哈維・奧斯華德。後來華倫・比提和費・唐娜薇分別扮演邦尼與克萊，在一場混戰中雙雙被槍殺。然後勞勃狄尼洛又扮成計程車司機，為了營救雛妓茱蒂・佛斯特，幹掉了一批吃軟飯的皮條客；結果有個刺客愛上了茱蒂・佛斯特，竟然跑去射殺隆納・雷根。其實雷根那時不演牛仔已經很久了。但這件事可惹惱了演洛基的席維斯・史特龍，他乾脆扮演憤怒的動物藍波，把所有看得到的人都射殺了。不過，那已是一九八〇年代的事。到了一九九〇年代，有個叫阿諾・史瓦辛格的，甚至把未來的人都幹掉了！

——《去年在阿魯巴》

「多年來我一直在懷疑，所有小說中描寫的夢境，都在影射我的生活。」──懷念九〇年代《駭客任務》？《機械公敵》？《AI人工智慧》？似的「殘存了人類意識的虛擬人帶著一個女記憶體在系統母體鋪天蓋地地追捕所展開之大逃亡」情節，被挑逗、被調侃、被哭笑不得地陷入那個古典浪漫愛情的「記憶晶片」擬像之經驗。

「這個天才是誰?!」我以為是年齡小我一輪、小說的啟蒙時刻即得天獨厚由《哈扎爾辭典》、威爾・塞爾夫《偉大的猩猩》、伊恩・麥克伊旺《初戀異想》或如瑪格麗特・愛特伍《末世男女》……這些古怪，自由翻轉世界，任意將週期表元素、函數、混沌理論、基因複製工程……種種科學修辭光影挪移偷渡至一個人體（或意義），魔術般拗折、變形、溶解、碎散、重組……「美麗新世界」的新人種。

不想後來揭曉，作者是早在一九九〇年即以《速度的故事》驚動武林萬教，拿下時報文學獎小說首獎的賀景濱。

《速度的故事》是這十多年來兩大報文學獎如海底火山爆發而浮出諸多新島嶼的得獎作品中，至今仍被我們這些老文藝青年津津樂道、念念不忘的少數幾篇之一。當年評審之一的張大春先生還寫了這麼一段評感：「《速度的故事》及其獲獎的評審過程實則凸顯了小說界（如果有此一界的話）對於形式自由的巨大渴望，即使它們無法唐突也不可能崩壞──一個具有長久歷史的小說傳統。值得慶幸的是：賀景濱只能運用此一極端的嘲謔來處決小說一次而已，在充分獲得書寫或想像自由之後，敘述傳統將獲得再生的機會，那些曾經捆縛過小說的批評架構亦將從自我的解放中重新汲取作品的啟蒙。」《速度的故事》與《去年在阿魯吧》兩篇作品時隔十五年，一如賀景濱屢次以

「李伯夢」為故事主角之系列所借典之《李伯大夢》。未來之境。或者一回首已百年身。如今我們有幸拿著一手「時光之牌」。這位的出手實在珍罕，在小說時光的長河中總以「李伯夢」，跑出「現在」的景框之外，以他個人打造的另一個星球語言之「代數與火、海洋與帝王、礦產、飛禽和魚類、建築和牌戲、對神話的恐懼、語言學、神學和玄學之論戰」（波赫士語），未曾改變地說故事，其實豈只「處決（台灣的）小說一次而已」？賀景濱的這些小說，讓我回想起台灣一九九〇年代那個充滿敘事狂歡與形式奇詭之冒險精神的、小說的黃金時代。

唬爛之術猶如煉金術，上天下地、無所不進小說家顛倒之世界鏡像：偽造科普新知、人類學者田野調查報告、航海日誌、科技發明史……那漂浮著各式刻意設計錯誤、奇形怪狀之基因組合生物、烏托邦新人種、歪斜滑稽之城市設計草圖或國家律法……一個想像力爆炸，讀者無比歡樂、茫然、歇斯底里跟著敘事魔法狂笑不止的「美麗新世界」。

賀景濱的小說，一如他的《速度的故事》，在高速時「靈魂被甩出車窗外」。他似乎始終未將「寫小說」這事兒的夜河行舟划進水藻密覆、布滿歷史考據、抒情陳腔、風格化文體、情欲書寫、寫實主義復辟之「沒有人會笑」的世紀末重彩妝小說沼澤區。他的歡嘩疾行、一路抖包袱、無有古典戲劇之停頓時刻，讓人想起另一位華文冷面笑匠天才王小波的《白銀時代》。他們有一個共通性：白話文之雜語書寫已臻化境，行雲流水任意唬爛打屁俱能成一篇「我們這時代的上林賦」，卻又不耐煩於小說只是一種對「人的存在處境之古典（經典）小說之臨摹」。某部分的他們借著撒豆成兵任意竄改的相對論、數列虛數（i、∞、0）、遺傳工程神話、病毒與免疫系統之Discovery劇場……將人的存有拉高到一種宇宙論的高瑰麗視覺；另一部分的他們卻因此讓故事中的主角們呈現一種「培養皿中的精蟲們」的、恍惚無明、夢遊癡呆的宿命論者狀態。「他」成為「他們」、「我」成為「他們」，以各篇小說為單元劇（速度、記憶、政治、白色恐怖、信仰、性……），成為一本「人類的故事」；個體只是克卜勒定律中大小卵形軌道裡的一枚陀螺；或千萬枚測不準的亂數群體裡的一小粒分子；一個黏巴達病毒；一個喬治‧歐威爾的集體劇場，既科幻又感傷。任何一個「我」（或「他」）的極限經驗（失戀、戴綠帽、離散、被遺棄、成為反對運動者、受到白色恐怖……）都預先被一個無限組合機率的群體「共業」給買單了，所有現代主義式的上窮碧落下黃泉的主體施虐成為一個紛亂跳動整體中小小的共振振幅（像一泡精液中的一小顆精子）。如此，被高速甩出的靈魂（那個老說上帝開玩笑的、一臉笑意的小說家），比所謂的「百科全書派」小說家殫精竭慮打造之龐大又虛無之知識殿堂更清楚地模仿了這個當代人類處境的渺小愚蠢。

這似乎不很公平，他只是講個屁笑話就戳穿了上帝的詭計。且他未掉進卡爾維諾所說「搜羅主義的惡魔在書頁上掀翅怪笑」。

或者我們聽見了那桀桀怪笑。但那笑聲經過了李伯夢的時光機器，二十年，難免令人覺得懷念而溫暖。那似乎是每個讀他小說的讀者心中乍乍浮現的迷惘：「人類的想像力有極限嗎？」「這是這個我在笑？還是我的GG在笑？或是潛在我體內的老I在笑？」創造力在那樣的痙攣時刻，竟然帶給我們一種極純粹的，存有感無比清明與實在的，小說的愉悅。

二〇〇六年八月號《幼獅文藝》

二〇一三年改寫

百感交集的旅程

如同奈波爾在《抵達之謎》裡，充滿惆悵地回憶，他十八歲第一次遠離故鄉千里達，在紐約的城市高樓間踟躕晃逛，看到一家電影院的廣告，片名和演員皆顯示那是一部法國片，他寫道：「我這輩子從沒看過法國電影。但我知道不少法國電影。那是我從書上看來的，我甚至會以某種方式『研究』它……就像一個人，他拒絕去一些著名的城市玩，只看那些城市的街道地圖……我認得那些書中所有的劇照。他精闢的文字內容，以及我對法國之身為文化大國的濃厚興趣……讓我從那些反差大、複製效果又差的小劇照中看出了特殊的優點。」奈波爾將之（他的「十八歲出門遠行」）描繪成一趟「自我剝奪、刪除記憶，卻又充滿欣羨在想像中比照『巨大』西方現代實景」的旅程。余華則在《我能否相信自己》中，像「年輕一些的波赫士聽年老的波赫士說話」，他必須從波赫士「四倍的子彈」的現實講起。那和他置身、面對並且必須為自身作品解釋的國度如此陌生。一些巨大的名字。那很像是馬奎斯在〈我遇見了海明威〉裡所說：「我們這些小說家讀別人的小說只是為了了解那些小說是怎樣寫的。……我們不滿足於小說正面暴露出來的祕密，還要把它翻個面

余華／《我能否相信自己》二〇〇二，遠流

兒，看看它的接縫。我們以某種難以解釋的方式把小說的主要部件拆卸下來，等了解了它那獨特的鐘錶似的結構之奧祕後再把它重新組裝起來……」這是讀一個一流小說家飽含感情談另一位一流小說家作品精微妙處的美好經驗。譬如我們讀到波赫士用芝諾「飛矢辯」談卡夫卡或是昆德拉用主題賦格談卡夫卡，我們當然知道卡夫卡不止於此，但常常我們記下的就是某一個作家在另一個作家的作品中，靈光乍現勾指出那不可思議的天才段落。譬如馬奎斯說福克納「像一群公羊在一家玻璃店裡撒野」，卡爾維諾說波赫士「每件作品皆包含了宇宙的一個模型或特質」。余華的《我能否相信自己》確實是一本「溫暖和百感交集的旅程」，我們顛倒迷離地跟著他穿過那二十世紀上半葉，現代小說黃金時光，那些偉大小說家在搏擊「真實」與時間、大屠殺與孤立個人的信仰崩毀、語言或記憶……他們穿行過的山谷之陰影或是橋梁反面的脊骨。余華的「小說時間」鐘面恰迴異於王安憶的「心靈世界」。王安憶的後俄小說素養使她在某一階段的書寫實現上避開了現代主義的文字白化症與一種早於他們現代性經驗、僅只內向封閉於小說中的「觀念性的解釋世界的衝動和為世界製造一次性的圖像模型」。而那恰正是余華的起點。這樣的（朝向不同時代的西方典律）時差、濃縮擠壓、錯雜並置——包括八〇年代同期產生於尋根之後的「新寫實小說」和「先鋒小說」——令人不能置信地在二十年間（余華二十歲最初讀到川端《伊豆的舞娘》，二十五歲在浙江海鹽一間臨河的屋子裡讀到了卡夫卡），將西方近百年來的小說（或如昆德拉所說：歐洲小說一種對於人的存在處境之描述熱情），「超英趕美」，繁花簇放集中實現在大陸這一批黃金世代的中文小說實踐上。那個過程或已難立分一邊界——或正是奈波爾哀傷感慨，或是早於六〇年代便由王文興、郭松棻他們開啟的現代主義——他們在五四以後，中文小說書寫的另一次接軌西方文藝的現代化高峰，觸撞到了怎麼樣的牆？（黃錦樹說？「哲學？」）因為波赫士是《我能否相信自己》的核心關鍵字，所以串連著每一詩意飽滿的篇章，每一位提供了不同的敘事的現代性體驗或「當代小說對技巧的深刻需要」的大師名字，便無可避免地環繞著「虛構」這個小說國度與真實隔河相望的詞語之王。「真實可信的存在方式是因為它曲折的形象。」（《一千零一夜》）「描述細部的方式，幾乎抵達了事物的每一條紋路。」（川端康成語）「他們都是在人們熟悉的事物裡進行並且完成了敘述。」（卡夫卡語）當然全書最動人的章節是福克納、杜斯妥也夫斯基他們在小說中殺人後，如何「停止描寫內心的語言」；以及講到布魯諾・舒茲那「父親變成螃蟹被煮熟後復逃跑」的段落。「虛構」在這裡成了小說家素樸尊嚴的工匠技藝，而非昆德拉式的碎裂犬儒或艾可的電腦爆炸知識百科之熵。

波赫士
（Jorge Luis Borges, 1899-1986）
《歧路花園》
（*El Jardin de senderos que se bifurcan*）
一九四一

魯佛
（Juan Rulfo,1917-1986）
《佩德羅・巴拉莫》
（*Pedro Paramo*）
一九五五

沈從文
（1902-1988）
〈三個男人和一個女人〉
一九三〇

納博可夫
（Vladimir Vladimirovich Nabokov, 1899-1977）
《蘿麗塔》
（*Lolita*）
一九五五

川端康成
（1899-1972）
《睡美人》
（眠れる美女）
一九六一

三島由紀夫
（1925-1970）
《金閣寺》
一九五六

威廉・高汀
（William Gerald Golding, 1911-1993）
《蒼蠅王》
（*Lord of the Flies*）
一九五四

符傲思
（John Fowles, 1926-2005）
《魔法師》
（*The Magus*）
一九六六

葛拉斯
（Günter Wilhelm Grass, 1927-2015）
《鐵皮鼓》
（*Die Blechtrommel*）
一九五九

（附錄）

胡人閱覽室

延伸書單

波特萊爾
（Charles Pierre Baudelaire, 1821-1867）
《惡之華》
（*Les Fleurs du mal*）
一八五七

福婁拜
（Gustave Flaubert 1821-1880）
《情感教育》
（*L'Éducation Sentimentale*）
一八六九

杜斯妥也夫斯基
（Фёдор Михайлович Достоевский, 1821-1881）
《附魔者》
（*The Possessed*）
一八七二

福克納
（William Cuthbert Faulkner, 1897-1962）
《聲音與憤怒》
（*The Sound and the Fury*）
一九二九

魯迅
（1881-1936）
《在酒樓上》
一九二四

卡夫卡
（Franz Kafka, 1883-1924）
《城堡》
（*Das Schloß*）
一九二二

班雅明
（Walter Benjamin, 1892-1940）
《單向街》
（*Einbahnstraße*）
一九二八

布魯諾・舒茲
（Bruno Schulz, 1892-1942）
〈肉桂色鋪子〉
（*Sklepy cynamonowe*）
一九三三

品特
（Harold Pinter,
1930-2008）
《今之昔》
（*Old Times*）
一九七〇

米蘭・昆德拉
（Milan Kundera，1929-）
《生命中不能承受之輕》
（*Nesnesitelná lehkost bytí*）
一九八四

雅歌塔・克里斯多夫
（Kristóf Ágota,
1935-2011）
《惡童日記》
（*Le Grand Cahier*）
一九八六

艾可
（Umberto Eco,
1932-2016）
《昨日之島》
（*Isola del giorno prima*）
一九九四

魯西迪
（Salman Rushdie,
1947-）
《摩爾人的最後嘆息》
（*The Moor's Last Sigh*）
一九九五

瑪格麗特・愛特伍
（Margaret Atwood,
1939-）
《末世男女》
（*Oryx and Crake*）
二〇〇三

巴加斯・尤薩
（Jorge Mario Pedro
Vargas Llosa, 1936-）
《酒吧長談》
（*Conversación en La Catedral*）
一九六九

徐四金
（Patrick Süskind, 1949-）
《香水》
（*Das Parfum*）
一九八五

印刻文學 524

胡人說書

作　　者　駱以軍
總 編 輯　初安民
責任編輯　陳健瑜　蔡俊傑
美術編輯　黃昶憲　陳淑美
校　　對　吳美滿　陳健瑜

發 行 人　張書銘
出　　版　**INK**印刻文學生活雜誌出版有限公司
新北市中和區建一路249號8樓
電　　話　02-22281626
傳　　眞　02-22281598
e-mail　ink.book@msa.hinet.net
網　　址　舒讀網http://www.sudu.cc

法律顧問　巨鼎博達法律事務所
施竣中律師
總 經 銷　成陽出版股份有限公司
電　　話　03-3589000(代表號)
傳　　眞　03-3556521
郵政劃撥　19000691　成陽出版股份有限公司
印　　刷　海王印刷事業股份有限公司

港澳總經銷　泛華發行代理有限公司
地　　址　香港新界將軍澳工業邨駿昌街7號2樓
電　　話　(852) 2798 2220
傳　　真　(852) 2796 5471
網　　址　www.gccd.com.hk

出版日期　2017年 2 月　初版
2017年 2 月 25 日　初版二刷
ISBN　978-986-387-142-2

定　價　300元

Published by **INK** Literary Monthly Publishing Co., Ltd.

Printed in Taiwan

國家圖書館出版品預行編目資料

胡人說書 / 駱以軍 著
--初版, --新北市中和區：INK印刻文學，
2017.2　面；　公分.（印刻文學；524）
ISBN　978-986-387-142-2　（平裝）
812　105024382